D1942225

KNAUR

Über den Autor:
Franz Zeller, Jahrgang 1966, hat Germanistik und Anglistik in Salzburg und Oxford studiert. Seit 2004 moderiert er beim ORF-Sender Ö1 die Sendereihen »Matrix« und »Digital.Leben«. Wenn er nicht gerade »on-air« ist oder schreibt, kocht er mit seiner Familie, spielt Bass, braut Bier oder erzählt seinen Söhnen vom Wasserkobold »Bubbelmuck«, dessen Geschichten als eBooks bei Knaur erschienen sind.
Mehr Infos über den Autor unter: www.franzzeller.at

FRANZ ZELLER

Sieben letzte Worte

Kriminalroman

KNAUR

Besuchen Sie uns im Internet:
www.knaur.de

FSC
www.fsc.org
MIX
Papier aus verantwortungsvollen Quellen
FSC® C083411

Vollständige Taschenbuchausgabe Mai 2014
Knaur Taschenbuch
© 2014 Knaur Taschenbuch
Ein Unternehmen der Droemerschen Verlagsanstalt
Th. Knaur Nachf. GmbH & Co. KG, München
Alle Rechte vorbehalten. Das Werk darf – auch teilweise – nur
mit Genehmigung des Verlags wiedergegeben werden.
Redaktion: Kerstin von Dobschütz
Umschlaggestaltung: ZERO Werbeagentur, München
Umschlagabbildung: FinePic®, München
Satz: Adobe InDesign im Verlag
Druck und Bindung: CPI Books GmbH, Leck
ISBN 978-3-426-51520-4

2 4 5 3 1

Für Bibiane

1

»Warum schaut der Mann so?«

Das Mädchen mit dem Schokoladenmund starrte der Heiligenstatue ins Gesicht. Mit geneigtem Haupt ruhte der hölzerne Kirchenmann auf seinem Steinsockel.

Die Mutter hob den Kopf, während sie einem Säugling im Kinderwagen das Fläschchen hielt.

»Er sieht das Kreuz mit dem Herrn Jesus in seiner Hand an.«

Lea drückte eine geblümte rosa Plastiktasche enger an sich und fixierte unverwandt den heiligen Nepomuk unter seinem Blechdach.

Kaum zehn Meter entfernt toste aus dem Mönchsberg das Wasser des Almkanals heraus und stürzte über eine Holzrinne auf ein riesiges Wasserrad neben der Stiftsbäckerei von St. Peter. Für das Kind, das nun endlich dem Blick der Heiligenfigur folgte, war das rotierende Rad ein gleichermaßen faszinierendes wie beängstigendes Ungetüm, fast viermal so hoch wie es selbst. Es drehte sich so rasch, dass Lea Angst bekam, das wuchtige Holzding könnte sie mitreißen.

»Jetzt weiß ich es«, sagte das Mädchen ruhig, aber so laut, dass es das Wasser übertönte. »Wegen dem roten Wasser.«

»Rotes Wasser«, murmelte die junge Frau, die erst vor kurzem mit ihren zwei Kindern alleingelassen worden war. Manchmal war die Fantasie von Lea überbordend. Und momentan fand sie für die Flausen ihres Kindes einfach keinen Platz in ihrem Leben.

»Blutrot«, setzte Lea nach und versuchte, das Wort überdeutlich und so theatralisch wie möglich auszusprechen. So wie die Kinder in ihrer Lieblingsserie Little Amadeus.

Erst jetzt sah ihre Mutter von der kleinen Schwester auf.

Aus der Rinne über dem mächtigen Wasserrad schoss rotes Wasser hervor. Blutrotes Wasser. Zumindest war dies der erste Vergleich, der auch der jungen Frau unwillkürlich in den Sinn kam.

Die Frau wischte sich eine Haarsträhne aus dem Gesicht und brachte das Kleinkind im Wagen dazu, sein Fläschchen kurz selbst zu halten. Sie war mit ihren Kindern allein im kleinen Hof der Stiftsmühle. Kurz vor halb neun spazierten trotz Festspielzeit erst wenige Menschen durch die Altstadt. Schnell zog sie Lea zum Kinderwagen.

»Warte hier einen Moment«, rief sie mit einem weiteren Blick auf das blutrote Wasser.

Die junge Frau hüpfte die paar Stufen zum Eingang des Bäckereiladens an der Stiftsmühle hinunter. Er war noch versperrt. Sie schlug mit dem Metallring gegen die Holztür. Währenddessen behielt sie Lea im Auge. Das Mädchen war immer für Überraschungen gut. Aber im Moment starrte die Fünfjährige fasziniert auf das Wasserrad, über dessen Rippen rote Gischtkaskaden heruntersprühten, um in einem schmalen Kanal gesammelt zu werden und unter dem Hof der Bäckerei zu verschwinden.

Niemand öffnete.

Links von der Tür entdeckte sie eine elektrische Klingel. Sie drückte dreimal ungeduldig dagegen. Es war schließlich dringend. Aber auch jetzt öffnete niemand. Und noch immer hatte der Hof keine anderen Besucher angezogen.

Mittwoch. Da war die Stiftsbäckerei geschlossen. Sie hatte es ganz vergessen. Zu selten kaufte sie hier ein.

Sie ging mit raschen kurzen Schritten zurück zum Kinderwagen und zog ein teures Handy aus der Ablage unter der Babyschale hervor. Wasser spritzte in ihre Richtung, sie sprang angeekelt zurück, entschloss sich dann aber, die roten Fontänen zu fotografieren. Wer wusste schon, woher das rote Zeug stammte?

Als sie das Mobiltelefon in den Kinderwagen zurücklegte, atmete sie lange aus, so wie nach einer anstrengenden Turnübung im Fitnesscenter. Aber diese unbeschwerte Zeit auf Laufbändern und

Ergometern war längst vorbei, seit dem ersten Kind, seit Lea. Seit sie eine brave, fleißige, aufopfernde und damit uninteressante Mutti geworden war.

Dann Leas Schrei wie eine Detonation kindlichen Schreckens, langgezogen und schrill, ähnlich den Lauten exotischer Vögel im Palmenhaus im Zoo. Im selben Moment durchzuckte auch ihren Körper ein Schauer, von der Schulter abwärts bis in die Oberschenkel.

Aus der Holzrinne über dem Wasserrad kamen zwei Beine zum Vorschein. Sie wurden vom Rad mitgenommen und zogen einen Torso samt Kopf hinten nach, der etwas sehr Seltsames an sich hatte. Der Körper aus dem Almkanal überschlug sich auf dem Rad, sah irgendwie verwundert in Richtung Dom und stürzte trotzdem recht langsam zum Kanal hinunter, während er sich halb um seine Achse und die Augen in den Himmel drehte. Bevor er vom Wasser wieder in sein unterirdisches Gerinne mitgerissen werden konnte, verklemmte er sich. Der Oberkörper blieb auf einer kleinen Steinbrücke über dem Kanal liegen.

Die junge Frau hielt Lea die Augen zu. Das Mädchen hörte sofort zu schreien auf und verfiel in eine Art Starre. Dafür begann der Säugling zu plärren, weil ihm das Fläschchen aus den Händen gerutscht war.

»Hilf ihr mal«, sagte die Frau und drehte Lea zum Kinderwagen. Sie gab das Gesicht frei und drückte ihrer großen Tochter die Babyflasche in die Hand.

In ein paar Schritten war die junge Mutter beim Wasserrad und blickte hinunter auf den Körper.

Der Mund stand weit offen, ein unnatürlich runder Mund mit leuchtend roter Umrandung. Langsam begriff sie, während sie die Augen in diesem seltsamen Kopf suchte. Das war kein Toter. Das war eine Puppe. Eine lebensgroße Puppe aus Plastik. Eine Puppe für Einsame.

2

Oberhollenzer hob den kleinen violetten Teller hoch, starrte den Fischlappen auf dem Reis kurz an wie ein Kaninchen die Schlange und setzte das Sushi dann kopfschüttelnd zurück auf das Förderband.

»Hat dich der Mut verlassen?«

Franco Moll schob sich ein rohes Stück Thunfisch in den Mund. Zwischen ihm und Martina Pelegrini stapelten sich bereits die bunten Teller.

Ohne eine Antwort zu geben, griff sich Oberhollenzer ein Minischnitzel vom Band.

»Das gibt's doch nicht, Oberhollenzer.«

Pelegrini strich grüne Wasabipaste auf ihr vegetarisches Maki. »Erst wünschst du dir, dass wir zum Running-Sushi gehen, und dann isst du nur uncoole Bröselfetzen, wie der Wiener sagt. Das ist mindestens schon das achte Schnitzel, grob geschätzt.«

Der stark übergewichtige Polizist aus dem gebirgigen Pinzgau hatte nicht einmal zehn Sekunden gebraucht, um das hellbraun panierte Fleisch zu verschlingen. Er klopfte sich auf den Bauch. Es war nicht ganz klar, ob er die mächtige Wölbung aus verhaltenem Ärger schlug oder sie mit seinen Riesenhänden spielerisch liebkoste.

»Ja, du hast recht, Martina. Ich habe Angst vor meiner eigenen Tapferkeit bekommen. Wir Pinzgauer sind im Herzen Bauern und essen nur, was mindestens zwei Beine hat. Und wir sind manchmal roh, aber wir essen niemals roh.«

Zur Abwechslung griff sich Oberhollenzer einen Teller mit Hummerchips. Er schnüffelte daran. Mit einem gefälligen Nicken ließ er die zwei weißen Scheiben krachend zwischen seinen Zähnen verschwinden.

»Das ist immerhin ein Anfang.«

Der schlanke, hochgewachsene Moll klopfte Oberhollenzer über den Tisch hinweg auf die Schulter. Oberhollenzer zuckte unwillkürlich zurück. Eben noch hatte Pelegrinis Blick seine Wampe gestreift, jetzt tätschelte ihn sein gutaussehender Kollege herablassend wie einen folgsamen Berner Sennenhund.

»Hat eine zarte Note von Fisch, Oberhollenzer. Stammt auch nicht aus dem Meer, sondern wahrscheinlich aus einer Algenkultur, im besten Fall, oder überhaupt nur aus dem Reagenzglas. Dazu eine dezente Brise würziger Seeluft im Abgang.«

»Ich glaube, die Krautsuppendiät hat mich psychisch gebrochen«, stammelte Oberhollenzer. Sein voller Mund hinderte ihn daran, mit Grobheiten zurückzuschlagen.

»Davon habe ich bei unserem Hausbesuch nichts gemerkt«, sagte Moll ohne alle Ironie und änderte damit schlagartig die Stimmung am Tisch. Er strich sich durch die kurzen schwarzen Haare, ein Erbe seiner italienischen Mutter. »Ich dachte, du erwürgst den Schläger mit einer Hand.«

»Die hat sich bei seinen trostlosen Ausreden einfach selbständig gemacht.« Oberhollenzer hob entschuldigend die Schulter. Er hatte es satt, immer wieder auf seine impulsiven Ausbrüche angesprochen zu werden, wollte aber jetzt keine Diskussion darüber beginnen. Er wollte essen. Nichts anderes. »Manchmal glaube ich, meine linke Hand hat ein Gerechtigkeitsempfinden, das nicht zu kontrollieren ist«, sagte er beiläufig.

»Zumindest der Unkontrollierbarkeit würde ich zustimmen.«

Francos Blick blieb länger als gewollt an Oberhollenzer hängen. Manchmal tat ihm dieses gestandene Mannsbild mit seinen Bauernschrankausmaßen fast leid, wenn ihm die linke Hand wieder mal ausrutschte und er sich nachher regelmäßig dafür schämte. So wie jetzt. Innerhalb weniger Sekunden war er in sich zusammengesunken. Geistesabwesend blickte der korpulente Polizist in den bröselnden Schaum mit Fischgeschmack. Manchmal sah Oberhollenzer richtig niedergeschlagen aus, trotz der immensen Kraft, die in ihm steckte. Dann wieder konnte seine Stimmung innerhalb einer Sekunde ins Gegenteil umschlagen.

Pelegrini stieß Franco unter dem Tisch an. Nein, er würde sowieso nicht noch länger in dieser Wunde bohren. Zu gut verstand er das Aufbrausen seines Kollegen. Oberhollenzers Gerechtigkeitsempfinden hatte etwas Krankhaftes. Oder einfach eine Delle, woher auch immer sie kommen mochte.

Eine junge Frau hatte ihren Mann angezeigt, weil er sie wieder einmal grün und blau geschlagen hatte. Als das Kripo-Trio vor kaum einer Stunde in ihrer Mietwohnung in Liefering erschien, war plötzlich wieder alles eitel Sonnenschein gewesen. Die kleine schwarzhaarige Frau stand mit geschwollener und dunkel verfärbter Wange in der Tür und erklärte stotternd, sie sei im Suff gefallen und habe nur eine Ausrede gebraucht.

Pelegrini fragte, was sie denn getrunken habe.

Nach kurzem Luftholen meinte die Frau: »Schnaps.«

»Stimmt doch gar nicht«, hörten die Beamten eine gedämpfte junge Stimme, die nur auf ihren Einsatz gewartet zu haben schien. Ein vielleicht zwölfjähriges Mädchen mit ebenso dunklen Haaren wie seine Mutter zwängte sich durch eine schmale Seitentür in den kleinen Flur.

»Verschwinde in dein Zimmer, aber schnell«, brüllte ein drahtiger Mann mit Ruderleibchen und Trainingshose, der unerwartet hinter ihnen auftauchte.

Bevor er das Mädchen am Arm packen konnte, hatte Oberhollenzer mit einer Hand seine Gurgel umfasst und drückte ihn gegen die Garderobe. Der rabiate Familienvater verstummte augenblicklich und rührte sich nicht mehr.

»Warum stimmt das nicht?«, fragte Oberhollenzer das Kind.

Das Mädchen sah unsicher zu seinem Vater. Pelegrini ging einen

Schritt vorwärts, um den Blickkontakt mit dem Mann zu unterbrechen.

»Mama hat doch solche Probleme mit der Speiseröhre. Sie kann gar nichts trinken, was so scharf ist wie Schnaps. Sie kann nicht einmal Tomaten essen, weil die ihr beim Schlucken weh tun.«

»Gut«, sagte Moll. »Wie machen wir weiter?«

»Gar nicht«, antwortete die junge Frau plötzlich sehr couragiert. »Sie verlassen jetzt die Wohnung. Und ich ziehe die Anzeige zurück.«

»Überlegen Sie sich das noch mal.« Moll fixierte die Frau. Sie sah zu Boden und schien von ihrer plötzlich aufwallenden Stärke schnell wieder verlassen worden zu sein. »Bei Ihnen in der Wohnung ist es immer wieder mal überdurchschnittlich laut, sagen die Nachbarn, um es vorsichtig auszudrücken. Wir werden auf jeden Fall das Jugendamt verständigen. Die sollen sich mal Ihre Kinder ansehen. Sie haben ja noch zwei kleinere, soviel wir wissen. Wenn wir dort irgendwelche Anzeichen von Misshandlungen finden, kommen wir wieder.«

Oberhollenzer presste den Mann noch immer mit seiner linken Hand gegen die Garderobe. Der Schläger stand dort wie paralysiert auf Zehenspitzen und wagte unter dem Griff des 120-Kilo-Mannes kaum zu atmen.

»Ich komme auch wieder, mein kleiner Prügelknabe«, flüsterte Oberhollenzer dem Mann deutlich hörbar ins Ohr. »Aber wenn ich wieder zu dir kommen muss, dann machen wir ein kleines lehrreiches Rollenspiel. Eine Übung im Fach Demut. Du wirst deine Frau sein. Und ich bin du.«

Oberhollenzer kicherte jetzt ein wenig, als würde er eben verrückt werden. »Und glaub mir. Mit dir als Frau kann ich deine Rolle weitaus besser spielen als du selbst. Falls du mit deinem kleinen Schlägerhirn überhaupt begreifst, was ich meine.«

An den sich plötzlich weitenden Augen des Mannes erkannte

Moll, dass Oberhollenzers Pranke sich um den Hals des Schlägers schloss. Moll klopfte seinem Kollegen begütigend auf die Schulter. Langsam, ohne den unrasierten Typen aus den Augen zu lassen, lockerte der Kriminalpolizist seinen Griff und nahm die Hand von der Kehle.

»Schnucki.« Der korpulente Kriminalbeamte tätschelte dem Mann die Wange. »Beim nächsten Mal machen wir dort weiter, wo wir jetzt aufgehört haben, ja?«

Der Mann rührte sich auch nicht, als Oberhollenzer sein Jackett ordnete und damit seine Bereitschaft zum Aufbruch signalisierte.

»Vergesst die Geschichte.« Die knapp fünfundzwanzigjährige Pelegrini stellte scheppernd den Teller auf dem Tisch ab und holte Moll wieder in die Gegenwart des japanischen Restaurants zurück. »Das war nicht das erste Mal, dass der Racker sie verdroschen hat. Und es wird nicht das letzte Mal gewesen sein. Wahrscheinlich hat die Frau gar keine andere Wahl, als entweder ins Frauenhaus zu gehen oder bei ihrem Typen zu bleiben. Keine Arbeit, kein Spielraum. Und darum werde ich mich nie von einem Mann abhängig machen.«

»Ich auch nicht«, antworteten Moll und Oberhollenzer fast gleichzeitig. Sie grinsten sich wegen ihrer synchronen Replik an. Die Stimmung zwischen dem äußerlich so ungleichen Ermittlerpaar war wieder im Lot. Die Tür zum kleinen Elend von vorhin schloss sich.

Pelegrini wischte mit einer Serviette Schweiß aus ihrem Nacken. Selbst bis hier in den gekühlten Innenraum des Sushi-Restaurants war die Hochsommerhitze vorgedrungen.

Moll sah sie über seinen Thunfisch hinweg an. Die junge Kollegin hatte sich gut in ihr Team integriert, obwohl sein ungeliebter Vorgesetzter, Brigadier Gokl, ihnen die junge Polizistin aufs Auge gedrückt hatte. Pelegrini trug die hellblonden Haare wild hochgesteckt und tat auch sonst im Dienst alles, um sich so burschikos wie möglich zu geben. Moll versuchte, sich die schlanke Frau mit offenen Haaren vorzustellen. Es gelang nicht. Überhaupt: Die Sache mit den Frauen war nicht gerade sein Ding. Seit Eva ihn und seinen Sohn Felix wegen Mondsteinen, Chakren und anderem Eso-Zeugs verlassen hatte, hatte er die Beine beziehungstechnisch nicht mehr auf den Boden gebracht. Jetzt auch noch die Pleite mit Alexandra.

»Iss endlich deinen Thunfisch, sonst wird er kalt«, sagte Pelegrini, ohne ihn anzusehen. Sie schmunzelte sichtlich. Hoffentlich konnte sie nicht Gedanken lesen. Die Hitze kochte offenbar gerade sein Gehirn auf. Die Vorstellung ließ ihn grinsen.

Die junge Beamtin nahm einen Teller mit einer Riesenmuschel vom Band und überlegte, wie sie das schleimige Unding ohne allzu viele Kollateralschäden aus seinem Sojabad kriegen würde. Sie entschied sich für den Frontalangriff und schlürfte die Muschel aus.

»Heute ohne Schalldämpfer unterwegs, die junge Frau Kollegin.« Oberhollenzer wartete keine Erwiderung ab und sah sich nach einem neuen Opfer seines Hungers um. Er saß ungünstig, mit dem Rücken zur Laufrichtung des Sushi-Bandes. Immer wieder entwischte ihm ein Schnitzelteller, weil er zu langsam auf die vorbeigleitenden Speisen reagierte. Um zu sondieren, was da in nächster Zeit auf ihn zukommen würde, drehte er sich um.

»So wählerisch oder so hungrig?«, fragte die Frau am nächsten Tisch und sah Oberhollenzer amüsiert über ihre Zeitung hinweg an. Sie hielt das Blatt trotz des großen Formats mit einer Hand, während die andere immer wieder wie nebenbei nach Essen griff.

»Nein, so gierig.« Der wuchtige Kriminalpolizist lächelte unaufdringlich zurück und langte mit Heißhunger nach dem gelben Teller, auf dem er vor ein paar Sekunden ein Schnitzel hatte näher kommen gesehen. Plötzlich stockte seine Hand. Ungläubig starrte Oberhollenzer auf den rohen, weiß geäderten Lachs.

»Falls du dein Schnitzel suchst«, sagte Franco, »das hat sich Richtung Küche aus dem Staub gemacht. Ich glaube, es hatte bei deinem Anblick Todesangst, nachdem du seine ganze Familie ausgerottet hast. Wenn du ganz lieb bist zu mir, zieh ich die Glock und stelle es, bevor es in die nächste Runde geht.«

»Geben Sie her«, sagte die Frau hinter Oberhollenzer belustigt. »Ich kann Sie nicht leiden sehen. Aber gestatten Sie mir eine Frage. Kann es sein, dass Sie sich im Lokal geirrt haben?«

»Negativ.« Oberhollenzer stellte den Fischteller vor ihr ab. »Wo gibt es sonst Schnitzel am laufenden Band?«

Die Frau lächelte Oberhollenzer und Moll an. »Ja, diese Teller mit ihrem Plastiksturz sehen wirklich aus wie kleine Fischsärge.« Kurz lachte sie und verbarg sich wieder hinter den *Salzburger Nachrichten*. Sie hatte üppige schwarze Haare und trug selbst jetzt, Ende Juli, lange dunkle Ärmel, die hauteng ihre schlanken Arme modellierten. Das kurze rote T-Shirt darüber wirkte, als hätte sie sich beim Weggehen noch besonnen, dass der Sommer auch einen Farbtupfer brauchte.

»Festspielstar vermisst«, las Moll aus der Ferne eine Schlagzeile im Lokalteil der Zeitung. Schnell desinteressiert verlagerte er seine Aufmerksamkeit von dem Artikel, der aus der Entfernung ohnehin schwer lesbar war, zurück zum Sushi-Band.

Oberhollenzer verdrückte innerhalb kürzester Zeit ein Dutzend Minischnitzel und so gut wie alle Hummerchips. Die dunklen Schweißflecke auf dem weißen Hemd stammten trotzdem nicht von der Anstrengung des Essens, sondern von der Julihitze.

»Verzeihen Sie«, sprach ein junger Mann Oberhollenzer überraschend an. »Ich möchte wirklich nicht unhöflich sein. Aber dürfte ich Sie um etwas bitten? Meine Kinder …«, er deutete zu einem Tisch weiter hinten im Lokal, an dem eine Frau gerade einen circa vierjährigen Buben zu trösten schien, während ein älterer Junge erwartungsvoll in Richtung Vater sah, »... meine Kinder drehen durch, wenn sie nicht bald ein paar Hummerchips bekommen. Zwei Teller würden einstweilen reichen, nur damit Sie hier nicht Zeuge einer Familientragödie werden.«

»Das wäre wenigstens ein einfach zu klärender Fall«, erwiderte Oberhollenzer ernst. »Aber natürlich hebe ich in diesem begründeten Fall das Embargo auf. Sie können sich auf mich verlassen.«

Der junge Mann nickte dankbar und kehrte zu seinen Kindern zurück, denen er aufmunternd zuzwinkerte.

Moll flüsterte Pelegrini etwas ins Ohr und verließ mit einem entschuldigenden Nicken und einem schelmischen Grinsen in Richtung Oberhollenzer den Tisch.

Als er wenig später zurückkam, unterhielt sich Oberhollenzer intensiv mit dem attraktiven Gast in Schwarz-Rot. Die Frau um die dreißig hatte die Zeitung zusammengefaltet und neben sich auf den Tisch gelegt. Vor Oberhollenzer zählte Franco sechsundzwanzig Teller. Offenbar servierten die Restaurantbetreiber nicht ab, um zu erfahren, was ein Mensch im Extremfall essen konnte. Der Koch und ein weiterer Mann standen mit verschränkten Armen an der Bar und unterhielten sich lachend, während sie immer wieder auf den Tisch des Trios blickten und das Geschehen hier offenbar kommentierten.

Mitten in seiner angeregten Unterhaltung mit der fröhlichen Frau stockte Oberhollenzer plötzlich. Auf dem Sushi-Band näherte sich ein bunter Fremdkörper zwischen all den kleinen Tellern mit den Miniportionen, ein aufgeblähter großer Sack mit Hummerchips. Eine gelbe Notiz klebte auf der roten Verpackungsfolie. Als die Riesentüte den Tisch seiner Gesprächspartnerin passierte, konnte der stämmige Kriminalpolizist die Schrift auf dem Post-it lesen: Fül Obelhollenzel.

3

Sie hatte sein Herz in Salzsäure getränkt. Nach all dem Balsam, mit dem sie es ins Leben zurückgeholt hatte, aus einem Wachkoma der anderen Art. Nur um ihn samt seinen frisch belebten Liebes-Innereien dorthin zurückzuschicken, woher er gekommen war. Zurück in die Dürrezeit.

Mit einem Papiertaschentuch wischte er sich den Schweiß von der Stirn. Hier drin in der Kaverne war es zwar vergleichsweise kühl, aber der Aufstieg hatte all seine Poren geöffnet. Das T-Shirt klebte an ihm. So wie die Leiche zu seinen Füßen ab nun an ihm haften würde.

Alles klebte momentan. Die leichten Stoffe an den Hüften der Frauen, wenn sie durch die Stadt flanierten. Die Unterwäsche, die sich sichtbar in die Falte zwischen den Pobacken fraß. Die Sommerkleider drückten sich feucht auf das Gesäß, der Saum hob sich und zeigte noch mehr Oberschenkel als erlaubt. Bei den Radfahrerinnen rutschten die Röcke hoch, und ihre Schenkel blitzten in der Sonne, als schrien sie nach Berührungen. Nicht auszudenken, welch glitschiges Regenwaldbiotop erst unter den Stoffen lauerte. Am liebsten hätte er all diese Hüften umklammert und sich in all diese überbordenden Teiche von Verlangen versenkt.

Das Leben entglitt einem in Sekundenbruchteilen. Und wenn es ein weiteres Mal entgleiste, hüpfte es trotzdem nicht auf die altbewährten Schienen zurück. Im Leben ergab minus mal minus nicht unbedingt plus. So war es gewesen, als er seine spätere Frau Elisabeth unabsichtlich geschwängert hatte, so war es gewesen, als er Mira vor exakt zweiunddreißig Tagen getroffen und vor drei Tagen wieder verloren hatte.

Die Flasche und der Kopf. Ein Sekundenbruchteil. Er hatte sich gebückt, die grüne Flasche am Hals gepackt, den Oberkörper aufgerichtet, den Arm gehoben und einmal draufgeschlagen auf die Aufkündigung ihrer Zuneigung und damit ihrer gemeinsamen Zukunft. Mira war lautlos zusammengesackt. Danach hatte ihn eine große Ruhe befallen wie andere ein Schlafvirus. Erst Stunden später war das Zittern in ihm angekommen, als hätte es aufgrund einer beschwerlichen Anreise sehr lange gebraucht.

Selbst jetzt kam er aus diesem Pendeln zwischen höchster Erregung angesichts seiner Notwehr, ja es war Notwehr, Notwehr gegen die Einsamkeit, und einer großen Gleichgültigkeit nicht heraus. Vielleicht hätte es ihm geholfen, diese Geschichte jemandem beichten zu können. Aber da gab es niemanden, zu dem er genug Vertrauen gehabt hätte. Am allerwenigsten zu seiner Frau, zu Elisabeth. Und auch seinem Sohn erzählte man nicht, dass man eben jemanden erschlagen hatte. Noch dazu, wenn es die Geliebte war, das vermeintliche Absprungbrett aus dem jahrelangen Ehefrost. Wie hatte Mira es wagen können, ihn zu verlassen.

Vielleicht sollte er es seiner Schwester schreiben, die Einzige, zu der er Vertrauen hatte. Sie war weggezogen. Aber sollte man den Tiefpunkt seines Lebens einem Brief anvertrauen? Oder konnte er ihr etwas andeuten? Vielleicht hätte auch das geholfen.

Mira war zu Boden geglitten, so fließend und langsam, als würden sich die Knochen in ihrem Inneren auflösen. Dann fiel ihr Oberkörper zurück, und sie starrte an die Decke, emotionslos und gar nicht verwundert über das, was ihr passiert war. Sie hatte wahrscheinlich begriffen, warum sie den Schlag verdiente. Ihn nach vier Wochen Glück plötzlich zurückzuweisen und zurückzustoßen in die alte Einsamkeit, das stand ihr nicht zu.

Das kleine Rinnsal, das aus einer Sturzwunde über ihrem linken Ohr sickerte, hatte er anfangs gar nicht bemerkt. Als es sich in einem großen Fleck sammelte und klar vom Felsboden abhob, war ihm seine finale Bedeutung schlagartig bewusst geworden. Miras

Leben war ausgeronnen, so wie sein eigenes. Seines tröpfelte seit fast zwei Jahrzehnten aus ihm hinaus, ihres hatte sich durch einen Schleusenbruch schnell entleert.

Er hatte Mira erst Stunden später berühren können. Aber das war nicht mehr die Mira gewesen, deren Haut er kannte, fest und starr fühlte sie sich an. Alle Weiblichkeit war aus ihrer Hülle gewichen. Selbst im Tod bemühte sie sich noch, die letzten Bande zu kappen. Nicht einmal für die Hände gab es Trost.

Fliegen hatten sich in der kleinen roten Lache zu schaffen gemacht. Er hatte einen alten Fetzen aus seiner Hosentasche gezogen und den Blutfleck so gut wie möglich entfernt.

Und dann hatte er Miras Blick an die Decke nicht mehr ausgehalten und den starren Körper auf den Bauch gedreht. Das Haar in ihrem Nacken war zur Seite geglitten und gab einen dunkelviolett verfärbten Hals frei. Zuletzt schob er seinen Strohhut unter ihren Kopf. Ihr Gesicht sollte nicht im Staub liegen. Nein, das hatte sie nicht verdient, auch wenn sie eine untreue Seele war.

Mittlerweile bevölkerten die Fliegen das blutige Stofftuch, das er achtlos zu Boden geworfen hatte. Mit spitzen Fingern fasste er den alten Fetzen an und sah sich nach einer Entsorgungsmöglichkeit um. Schließlich schob er ihn in den Slip der Leiche. Dort kamen gewiss keine Fliegen hin.

Das war vor fast zwei Tagen gewesen. Seitdem hatte er sie nicht mehr berührt. Es wurde Zeit, Mira wegzuschaffen. Mittlerweile suchte man schon nach ihr. Einige Male hatte er probiert, einen klaren Gedanken zu fassen und Vorbereitungen für ihren Abtransport getroffen, aber dann hatte ihn unversehens dieses seltsame Zittern erfasst, dieses Totenfieber, das ihn erst nach langen, intensiven Attacken losließ. Ein Zittern wie jenes von Mira, wenn sie sich auf ihrem Lager unter dem Dach durchstreckte, die Hände über ihrem Kopf gegen die Wand gestemmt, dazu die Schreie, diese lauten Schreie, die ihrer beider Lust etwas Verzweifeltes, Endgültiges gegeben hatten, und das lange Nachbeben in ihrem verkrampften Körper, das Gesäß, das sich wie unter Liebesschmerzen vom Leinentuch hob, selbst dann noch, als er schon heftig atmend neben ihr gelegen hatte.

Allein beim Gedanken daran fing er heftig nach Luft zu schnappen an. Er musste sich an der Steinbrüstung festhalten und starrte eine Weile durch ein schmales Felsloch auf die Erhardkirche hinunter, ohne sie überhaupt wahrzunehmen. Erst als er die grünliche Kuppel und die zwei Türme erkannte, begannen sich seine Gedanken wieder zu ordnen. Ihn fröstelte plötzlich, auch wegen des Luftzugs durch das Felsfenster.

Er drehte sich um. Toter Liebesengel. Jetzt lag dieser Engel allein mit seiner Strafe am Boden dieses Felsenlochs. Die Liebesgruft. So würde er fortan an die Kaverne denken.

Er ging in die Knie und stieß die Leiche mit den Fingerkuppen an. Überrascht zog er die Hand zurück. Und drückte seinen Zeigefinger noch einmal in den toten Körper. Die Haut war wieder weich geworden. Der Tod war ein Verwandlungskünstler.

Es war wirklich Zeit, Mira wegzubringen. Und noch eines wusste er: Jener Mann, der sich in sein Glück gezwängt hatte und damit an Miras Tod schuld war, dieser Mann würde nicht ungeschoren davonkommen. Die Vorarbeiten hatte er schon erledigt.

4

Franco rieb sich das Gesicht mit Eiswürfeln ab. Selbst unter seinen Haaren schien der Juli zu kochen. Felix, sein neunjähriger Sohn, sah ihm von der Couch aus interessiert zu.

»Ich muss dir was sagen, Papa. Aber ich warte noch. Es ist gut, wenn du einen kühlen Kopf dabei hast.«

Mit Schwung warf Franco den Eisrest Richtung Spüle. Er verfehlte sie.

»Na, da bin ich aber gespannt, wenn du so geheimnisvoll tust. Hast du eigentlich schon gepackt? Deine Mutter holt dich morgen um sechs Uhr früh ab, hat sie versprochen.«

Felix zog an einer seiner blonden Locken und verneinte. Offenbar wusste er immer besser Bescheid, wie charmant er auf seine Umwelt wirkte, selbst auf seinen störrischen und tendenziell unausgeglichenen Vater.

»Wir zwei packen gemeinsam. Du bist ja mein Papa und meine Mutter zugleich. Behauptet der Uropa.«

Franco hielt erneut das Eisstück in der Hand, das sein Ziel verfehlt hatte. Und warf es verspielt auf Felix. Wieder traf er nicht.

»Du redest, als wärst du fünfzehn. Wer hetzt dich denn so auf? Melinda?«

Einerseits mochte Franco seine neue Nachbarin sehr, andererseits traute er der schrulligen Pferdenärrin auch zu, den Kleinen zu einem Teil ihres Tierwahns zu machen. Und Felix war ganz klar die Nummer eins bei Melinda. Da konnte er sich selbst Gel ins Haar schmieren, so viel er wollte.

Felix dachte nach und schüttelte wieder den Kopf. »Nein, meine Lieblingsnachbarin kennt sich ja mit nichts aus, außer mit

Fischstäbchen und Pferden.« Er machte eine Pause. »Und genau darüber möchte ich ja mit dir reden.«

Er klopfte mit der Hand auf die Couch und nickte Franco lächelnd zu. Der verstand den Wink und setzte sich neben Felix.

»Ich hab mir etwas überlegt«, fuhr Felix staatstragend fort. »Auf dieser Couch wäre durchaus noch Platz für jemanden.«

»Du sagst jetzt aber nicht, dass Melinda bei uns einziehen soll. Ich bin noch nicht mal per Du mit ihr.« Franco sah seinen Sohn entgeistert an. Er und die rothaarige Bankerin, die vor knapp einem Jahr nebenan eingezogen war, das konnte er sich doch etwas schwer vorstellen. Obwohl er den unberechenbaren Charme des kleinen Energiebündels durchaus zur Kenntnis nahm. Moll dachte an den erst kurz zurückliegenden Auszug von Alexandra und wischte den Gedanken sofort wieder beiseite. Litt Felix wirklich so unter der abwesenden Mutter, dass er sich insgeheim eine Frau im Haus wünschte?

Felix hatte die Hände zwischen seine Knie geklemmt. »Nein, Melinda ist zwar klein und schmal; sie braucht aber trotzdem zu viel Platz. Ich hab an etwas gedacht, was sich leichter halten lässt.«

»Nicht schon wieder ein Haustier«, stöhnte Franco. Erneut rann ihm Schweiß über das Gesicht. Und es war ihm nicht ganz klar, ob ihn die Diskussion mit seinem findigen Sohn so erhitzte, oder ob es nach wie vor der Sommer war.

»Ich möchte eine Katze«, strahlte Felix. »Die würde gut zu uns passen. Es kann auch ein Kater sein, dann sind wir drei Männer.«

»Warum ausgerechnet eine Katze und nicht … eine Schildkröte?«

»Papa, die willst du dann wieder essen … Schildkrötensuppe oder so. Bisher wolltest du alle meine Tiere kochen. Das Kaninchen, den Karpfen, und … ich weiß leider nicht, ob man auch Hamster essen kann, sonst würde ich mir vielleicht einen wünschen.« Felix stockte kurz. »Ich kenne zumindest niemanden, der Katzen isst. Darum hoffe ich, dass selbst du meine Katze nicht in den Kochtopf werfen willst.«

»Gut, dass wir darüber reden«, sagte Franco und verschränkte die Hände hinter dem Kopf. »Offenbar habe ich da für einige Missverständnisse gesorgt.«

Felix redete voller Verständnis weiter. »Nein, kein Missverständnis, Papa. Ich hab dich schon verstanden. Es ist nur ... Es ist so mühsam, wenn ich alle Tiere vor dir in Sicherheit bringen muss. Krabbe, den Karpfen, den wir im letzten Sommer freigelassen haben, den hättest du sicher auch gekocht, oder?«

»Ja, serbisch«, antwortete Franco und hätte sich im gleichen Augenblick am liebsten auf den Mund geschlagen.

»Eben. Und das Kaninchen vor zwei Jahren?«

Mit einem Seufzer drehte Franco sich zu seinem Sohn. Jetzt war es Zeit, mal ein paar Dinge klarzustellen. »Das Kaninchen ist eines natürlichen Todes gestorben, Felix. Keine Gewalteinwirkung. Das hat den Linoleumboden im Abstellraum aufgefressen. Und offenbar nicht vertragen. Obwohl wir es gefüttert haben. Mit allem, was man Kaninchen laut Internet geben soll. Gerade dass wir ihm in der Apotheke keine Vitamintropfen gekauft haben.«

Felix nickte betrübt. »Ich glaube, es hat sich in den Tod geflüchtet, weil es nicht im Backrohr landen wollte.«

»Sag mal, Felix, nimmst du irgendwo Rhetorikunterricht? Oder Coaching für angehende Viertklässler?«

»Wenn du mir sagst, was das ist, dann kann ich dir eine Antwort geben.«

Franco schüttelte verwundert den Kopf und fühlte sich wie im falschen Film. Der Felix, der da mit ihm redete, steckte offenbar in einem zu jungen Körper. Hatte er irgendetwas übersehen?

»Egal. Der Karpfen hat aber überlebt«, rechtfertigte er sich.

»Ja, aber nur, weil ich dich erpresst habe, Papa.«

»Immerhin, es hat funktioniert.«

»Aber ich will dich nicht andauernd erpressen müssen. Das ist so anstrengend«, klagte Felix mit ehrlichem Bedauern.

»Klingt überzeugend.« Das waren offenbar wirklich schwierige Verhandlungen mit seinem Sohn. »Bin ich tatsächlich so verfressen?«, fragte Franco vorsichtig nach.

»Nein, du bist ja superschlank. Aber das ist deine Art, Zuneigung auszudrücken. Sagt Melinda.«

»Sagt Melinda«, echote Moll. Er zögerte. Vielleicht ließ sich sein Sohn ablenken. »Und wie wär's, wenn Melinda die Katze nimmt?«

Felix schüttelte den Kopf. »Die hat schon ein Pferd. Vielleicht können wir ab und zu ihre Hilfe in Anspruch nehmen.«

»Ich denke darüber nach. Jetzt fährst du ohnehin erst mal fünf Tage mit deiner Mutter nach Italien.«

»Ja, aber danach wird es ernst. Das verspreche ich dir.« Felix stützte sich auf Francos Oberschenkel und hüpfte von der Couch. Dann drehte er sich mit einem Grinsen noch einmal zu seinem Vater um. »Und wenn du nein sagst, gehe ich zu Melinda, um mich bei ihr auszuheulen. So lange, bis sie dich für einen Schwerverbrecher hält. Ich kann nämlich furchtbar klein sein, wenn ich will.«

Damit küsste Felix seinen Vater auf die Wange und zog einen blauen Rucksack unter dem Tisch hervor.

Franco blieb auf der Couch sitzen. Das war gerade eine Heimsuchung der anderen Art gewesen. Seit wann konnte sein Sohn so reden? Offenbar verabschiedete sich der kleine Junge in Felix eben, um einem größeren Platz zu machen. Im Vergleich zu Felix' Bestimmtheit war das Katzenproblem klein.

Schon wieder rann der Schweiß. Das graue Haus im alten Nonntal war normalerweise gut temperiert. Die dicken Steinmauern in Kombination mit den kleinen Fenstern hielten die Wärme im Winter drinnen und die Hitze im Sommer draußen. Aber dieser Juli brannte die Stadt ab, ohne dass auch nur eine Flamme zu sehen gewesen wäre. Die Sonne schmolz das Leben auf, machte alle mürbe und widerstandslos. Was immer gut unter Verschluss gewesen war: Die Hitze brach sich ihre Bahn und züngelte in schwer zugängliche Finsternisse hinab.

Franco dachte an Alexandra. Die Psychologin. Hatte er vielleicht irgendwo tief in seinem Inneren gehofft, dass ihm Alexandra helfen würde? Wobei? Er hatte keine Bindungsprobleme. Auch nicht nach Evas Abgang vor drei Jahren. Ein bisschen Enttäuschung durfte wohl sein. Ohne dass er es bemerkte, winkte seine Hand mit einer gleichgültigen Geste die Vergangenheit ab, als spielten die letzten Monate keine Rolle mehr. Irgendwie hatte sich das bisschen Kitt, das ihn und Alexandra zusammengehalten hatte, im damaligen Salzburger Nieselregen aufgelöst und war im Boden versickert.

Vielleicht verstand er, Chefinspektor in der Abteilung »Leib und Leben«, wirklich wenig von Zwischenmenschlichem, sobald keine Gewalt im Spiel war. Mehr oder weniger sanft entschlafen. So hätte man das Ende durchaus umschreiben können. Selbst das Begehren hatte sich aufgelöst, dieser Klebstoff in schwierigen Zeiten. Vielleicht war es gut so.

Nun brannten die Augen vom Schweiß. Irgendwie tat der Schmerz gut. Er erdete einen schnell wieder. Aber Zeit, darüber nachzudenken, blieb ihm keine mehr. Das Leben rief. Es rief verzweifelt: »Papa, wo ist meine gelbe Taucherbrille? Und der Schnorchel?«

5

Hallstatt im Juli

Liebste Leonore!

Du hast gewusst, was ich mit ihr vorhabe, nicht wahr? Du hast es gespürt, als ich am Schädelhaus vorbeiging und seufzte. Seufzte wie ein Anfänger im Schauspielseminar, so überzogen und lang, dass niemand die Tiefe des Seufzers glauben mochte. Und Du wusstest auch, dass ich mit ihr weit hinter die Grenzen ihres Körpers gehen würde.

Aber ich musste wissen, ob sie eine Wesensverwandte ist oder nur eine Statistin in diesem Spiel zwischen Leben und Tod. Es fällt mir nicht mehr ganz so leicht, das Kreuz im Keller aufzustellen. Ich habe es geschultert wie ein armer Büßer, die fünf Meter zur Wand geschleppt und es dort aufgerichtet, mit einer Mühe, die ich meinem zerfallenden Körper gar nicht zutrauen würde, und mit einer verborgenen Kraft, die ich im Leben nicht mehr in mir finde. Zu kaum einem anderen Zeitpunkt bin ich so bei mir wie in diesen Minuten, in denen ich das Eichenkreuz mit seinen hundertzwanzig Kilogramm über den Boden ziehe, in diesen Minuten, in denen es nur meinen flüchtigen Atem und das Scharren zu hören gibt, wenn das Holz über den Boden schleift. Ich dachte, ich würde es nicht mehr aus seinem Winkel holen müssen. Aber nun konnte ich diesem Verlangen nicht mehr widerstehen.

Wenn ich denke, wie lange wir nach diesem Haus gesucht haben. Ein Haus mit einem großen Kellergewölbe. Hoch genug für dieses Kreuz, das ich so lange schon mit mir herumschleppe. Und Du hast es immer mitgetragen. All die Jahre. Aber wenn ich es gegen die Mauer lehne, ist die Erregung noch immer die gleiche wie vor fünfundzwanzig Jahren, als ich sein Mysterium zum ersten Mal erforschen wollte. Mittlerweile kenne ich jede Narbe im Eichenholz, jede Vertiefung, die irgendein Tier in ihm hinterlassen hat, ich kenne seinen Trauergeruch, den Odem, den es noch immer ausstößt, ein Geruch zwischen zartem Moder und dem Atem der Nacht. Warum nur diese Obsession? Was habe ich verbrochen? Wofür büße ich?

Ich habe überlegt, ob ich Mira die ganze Wahrheit sagen soll. Aber dann habe ich ihr nur erzählt, dass dies Teil der Vorbereitung auf das Theaterstück ist, eine kleine Einübung in das Leiden und den Abschied und das, was zwischen den letzten Worten des Erlösers liegt, die Wunde innen.

Ich kann meine Gedanken kaum mehr zusammenhalten, seit Du fort bist, Leonore. Sie brechen auseinander wie eine billige Vase aus dem Chinamarkt. Ich breche auseinander. Mein Leben ist ein Laden aus Restbeständen, eine Konkursmasse. Aber ich wehre mich gegen meine Auflösung.

Mira kam am Montagnachmittag zu mir. Ich eiste sie von der Probe los und ließ den Regieassistenten Gänge mit Statisten einstudieren. Sie schnüffelte, als sie ins Haus trat. Offenbar stieg ihr der Geruch des Moders in die Nase. Sie sieht aus wie das Leben. Sie ist das Leben. Sie konnte diesen Geruch der alten Mauern nicht mögen. Es sind unsere Mauern. Unser Leben ist in ihnen. Sie spürte das, Mira ist sensibel.

Ich hab ihr nicht weh getan. Nicht wirklich.

Sie zögerte, als sie das Kreuz sah. Ich weiß nicht, ob sie mich für einen Perversen hält. Wenn ja, dann hat sie nichts verstanden.

Sie ist nicht schwer. Ich bat sie, ihre Unterwäsche auszuziehen, aber ihr Kleid anzubehalten. Du weißt warum, oder? Ich hob sie hoch, das gehört zum Ritual. Sie klammerte sich an den Querbalken und stellte ihre nackten Füße auf die kleine Erhebung. Dann drückte ich ihre Leisten gegen das Holz. Sie ist gelenkig, sie hatte keine Probleme damit und zeigte keine Anzeichen von Schmerz. Das ganze Bein samt Fuß muss in einer geraden Linie sein, wie beim Vorbild.

Sie schwieg, als ich ihre Hände an den Balken zurrte. Das Leder ist rissig, Du weißt es. Es schmerzt schon, wenn man es ansieht. Ich habe es absichtlich nicht eingefettet. Diese Dinge sind voller Kraft, wenn man sie sein lässt.

Mira schloss die Augen, instinktiv. Ich weiß noch immer nicht, ob das die Ohnmacht ist oder die Müdigkeit aus dem Kreuz kriecht, weil sie in ihm steckt. Und dann habe ich auf die Uhr gedrückt.

Ich setzte mich in die dunkelste Nische des Gewölbes und beobachtete sie in ihrer Einsamkeit.

Anfangs spielte sie noch. Sie spielte ihre Rolle. Aber nach fünf Minuten neigte sie ihren Kopf auf die andere Seite. Ein untrügliches Zeichen, dass etwas passiert. Bei Dir war es genauso, beim ersten Mal. Nach zehn Minuten atmete sie schon schneller. Genauso, wie es Frederick Zugibe beschrieben hat in seinen Kreuzigungsexperimenten. Das eigene Gewicht beginnt auf das Leben zu drücken. Die Lunge wird zusammengepresst, der Atem schwerer.

Als sie zum ersten Mal mit heiserer Stimme fragte, wie lange es noch dauern würde, öffnete ich ihr Kleid. Es ist immer noch etwas möglich an Einsamkeit und Ohnmacht. Nach oben ist der Mensch begrenzt, aber in seinen Tiefen ist er grenzenlos.

Ich sah den Speichel, der unwillkürlich aus ihrem Mund floss. Das war nicht gespielt. So beginnt der Kontrollverlust über den Körper. Die Kraft lässt nach, der Oberkörper drückt auf den Bauch. Der Atem wird flacher. Das Innere schreit nach Luft.

Bald danach kam die Angst, ich könnte aus dem Spiel Ernst machen. Ich holte die Lanze aus der Nische und steckte sie fünf Meter vor dem Kreuz in das Loch im Lehmboden. Das sind die Augenblicke, in denen eine Tür aufgeht. Ich sah es an Miras Augen. Ich war hinabgestiegen in das Reich der Hoffnungslosigkeit, ihre Hoffnungslosigkeit. Und dies alles wie in einem Zeitraffer, nach kaum zwanzig Minuten, in diesem Zeitraffer des menschlichen Elends, durch die Kreuzigung.

Nach siebenundzwanzig Minuten gab Mira auf. Ich habe sie nicht gequält. Als sie nach ein paar Schreien und hilflosen Flüchen ins Flehen überging, wartete ich noch drei Minuten. Erst als ihr Atem verzweifelt wurde, nahm ich sie vom Kreuz.

Sie muss noch üben. Für das Stück brauche ich sie dreißig Minuten am Kreuz. Für mich in meinem Gewölbe hat es vollends gereicht. Mein Bauch war warm und nass. So nährt sich das Leben aus dem Tod, der Baum aus dem abgestorbenen Wald, das Gemüse aus verwesten Pflanzenresten.

Sie konnte nicht mehr gehen, als ich sie heruntemahm. Niemand würde meinem Körper diese Stärke zutrauen, aber ich ließ Mira auf meine Schulter gleiten und trug sie auf das weiße Bett. Diese Kraft hat mich selbst verwundert. Sie hatte Mühe, wieder Luft zu bekommen. Ich wollte ihre Hand halten. Aber sie zog sie mir weg. Sie hielt ihre Augen geschlossen. Ich glaube, sie weinte in sich hinein. Ihre Lippen, diese vollen dunklen Lippen, waren plötzlich so schmal geworden, das Blut war aus ihnen gewichen.

Nach ein paar Minuten behielt sie meine Hand dann in der ihren. Ich weiß nicht, ob aus Verzweiflung oder Erkenntnis.

»Warum?«, fragte sie nur.

»Damit du es weißt«, sagte ich.

Sie schwieg lange und öffnete die Augen nach wie vor nicht.

»Man kann es mit Stanislawski auch übertreiben«, flüsterte sie dann und legte die Hand über ihre Stirn.

Ich gab keine Antwort. Es ging nicht um Method Acting, nicht um Lee Strasberg, nicht um Konstantin Stanislawski, nicht um das tiefe Erinnern, es geht um den Blick in unbetretene Teile des Selbst.

Aber ich denke, Mira verstand in der Tiefe ihres Herzens, worum es mir gegangen war.

Ich rief einen der Studenten an, die die Schauspieler bei den Festspielen zu allen Tages- und Nachtzeiten herumkutschieren. Mira döste noch ein wenig. Sie schien Angst zu haben, neben mir einzuschlafen, und bemühte sich trotz ihrer Erschöpfung mit aller Kraft, wenigstens halb wach zu bleiben.

Als der silberne Audi fünfzig Minuten später vor der Tür stand und der Fahrer läutete, stand sie mit Mühe, aber ruhig auf und ging, ohne zu grüßen. Sie drehte sich auf der Schwelle noch einmal um, lächelte jedoch nicht.

Ich habe ihr nicht weh getan, wirklich nicht. Glaub mir, bitte. Bitte.

In hoffnungsloser Sehnsucht,

Dein Kajetan

6

Ich halte diese Mörderhitze nicht mehr aus!«, schrie Pelegrini unvermittelt auf und schleuderte ihr Smartphone auf den Schreibtisch. Wenn sie sich aufregte, hörte man ab und zu durch, dass sie aus dem proletarischen Wien stammte.

Oberhollenzer blickte von seinem Sudoku auf. »Frauen sind generell schwer zu temperieren. Aber bei dir habe ich den Verdacht, dass ein bisschen Hitze auch von innen kommt. Und dass da ein Feuer brennt, das offenbar nicht gelöscht wird.«

Er grinste seine Kollegin breit an und ahmte mit seinen Daumen ihr heftiges Tippen auf der Handytastatur nach. Sie hatte die letzte Dreiviertelstunde damit verbracht, SMS zu schreiben. Kaum war eine ihrer Kurzmitteilungen mit einem seltsamen Fiepen auf seine Reise geschickt worden, hatte ein Schnattern angezeigt, dass sie bereits Antwort erhalten hatte.

Moll kramte in ein paar Papieren auf seinem Schreibtisch und bemühte sich, möglichst ernst dreinzublicken. »Sollen wir ihn festnehmen und vorführen lassen? Für dich legen wir den Kerl auch in Handschellen. Amtsmissbrauch kommt uns bei einer Kosten-Nutzen-Rechnung allemal billiger, als dich mit dieser Laune hier zu haben.«

Pelegrini zeigte ihm die Zunge und schnappte sich wieder ihr Handy.

»Willst du darüber reden?« Oberhollenzer meinte es diesmal ehrlich.

Die junge Polizistin aus dem Wiener Stadtteil Favoriten, die von der Praktikantin zur Kollegin geworden war, schüttelte den Kopf. Und fing gleichzeitig zu erzählen an.

»Diese verdammte Schulung in Wien. Ich wusste ja nicht, dass er Frau und Kinder hat. Aber ab und zu erwischt einen bei diesen Seminaren das Skikurs-Feeling. Und wenn die Stimmung passt, dann …«

»Dann ist beim Erwachen das Unglück nicht mehr weit«, setzte Oberhollenzer den Satz fort. Manchmal hätte er sich ähnliche Probleme gewünscht. Er lehnte sich zurück. Seine Pranke lag auf seinem gespannten Bauch.

Pelegrini tippte wieder.

Moll drehte sich zu Oberhollenzer. »Wenn du wissen willst, ob deine Liebste fremdverliebt ist, brauchst du eigentlich nur die Anzahl ihrer SMS mit den durchschnittlichen Telefonmonaten vergleichen. Ich schwör dir, das wäre die beste statistische Methode, um mit wenig Aufwand Untreue nachzuweisen.«

Oberhollenzer nickte. Er hatte den Hirschfänger aus seiner ledernen Jagdmontur geholt und reinigte damit die Fingernägel. »Gute Idee. Sollten wir ins Handbuch abgründiger Ermittlungsstrategien aufnehmen. Nur bei mir würde es nicht funktionieren. Ich hasse es, zu simsen. Die Buchstaben auf dem Ding da sind ja nicht zu treffen.«

Der bullige Polizist deutete auf ein Gerät aus dem Jahre Schnee, das vor ihm am Schreibtisch lag. »Aber das Tolle an meinem Handy ist, man kann damit auch telefonieren. Wenn man nicht Pelegrini heißt.«

Statt einer Antwort hörten die beiden Beamten nur das Fiepen einer abgehenden Kurzmitteilung. Pelegrinis Haar hing wirr herunter, als wäre sie eben in der Hitze gejoggt.

Moll drehte sich zu seiner jungen Kollegin um. »Sag, Martina, kannst du statt diesem Ton nicht irgendein Wimmern für deine SMS einstellen? Das würde doch weitaus besser passen. Und vielleicht Maschinengewehrfeuer für eingehende Nachrichten. Wäre emotional stimmiger, oder?«

Wortlos verließ Pelegrini das Zimmer.

»Siehst du? Jetzt ist sie böse«, bemerkte Oberhollenzer und klopfte sich auf den Oberschenkel. »Aber ich mag deine Einfühlsamkeit, Franco«, fügte er hinzu, während er sich erneut über sein Rätsel beugte, um gleich wieder kopfschüttelnd aufzublicken. »Keine Ahnung, was Frauen an dir finden.«

»Nichts«, grinste Moll mühsam. Er hätte seine Antwort gern weniger ernst gemeint. »Schlechter Werbegag? Blutroter Almkanal.« Lustlos wischte Moll über die Zeitung, die unter den Papieren auf dem Tisch zum Vorschein gekommen war. Die Festspielleitung hatte zwar dementiert, aber aller Wahrscheinlichkeit nach diente die kurzzeitige Umfärbung des Wassers im Stiftsarm des Almkanals ebenso wie die verschwundene Schauspielerin nur dazu, auf die szenische Aufführung eines Haydn-Oratoriums aufmerksam zu machen. Alle Zeichen standen auf Skandal-Inszenierung der *Sieben letzten Worte des Erlösers am Kreuz*. Und zu einem Skandal mutierte im Salzburger Festspielbetrieb rasch eine Aufführung, die sich außerhalb der ausgetretenen Kulturtrampelpfade bewegte. Ermittlungstechnisch war es ruhig in der Abteilung »Leib und Leben« der Salzburger Polizei. Auch wenn der »Leib« gerade Gegenstand einer Privatermittlung von Martina Pelegrini wurde. Die ganze Polizeidirektion an der Alpenstraße schien zu schlafen. Wer sich bewegte, bewegte sich langsam. Die Klimaanlagen in den Büros hatten die Grenzen ihrer Leistungsfähigkeit überschritten. Und selbst Mord und Totschlag schienen wegen der Hitze eine Pause eingelegt zu haben. Den Verbrechern war offenbar zu heiß. Nicht einmal den Fall der seit drei Tagen vermissten Schauspielerin nahm jemand ernst. Sie war schon öfter kurz vor einer Premiere abgetaucht, um am Morgen vor der Aufführung überraschend wieder im Theater zu erscheinen.

Entsprechend zurückhaltend engagierten sich die Behörden auch bei der Suche nach Mira Krainer, der blonden Schönheit von der Bühne.

7

Selbst am Abend fühlte sich Franco wegen der Hitze noch etwas reduziert, aber dessen ungeachtet guter Laune. Zu seiner Überraschung hatte auch die Übergabe von Felix in der Früh gut geklappt. Seine Ex-Frau Eva war wider Erwarten pünktlich gewesen und hatte Felix um sechs Uhr übernommen. Erstaunlicherweise wirkte die ehemalige Liebe seines Lebens schon wie eine Fremde, eine Frau, an deren Körper er sich nicht mehr erinnern konnte. Das beste Zeichen, dass Eva von der Vergangenheit verschluckt worden war.

Mit Mitte dreißig hatte er zumindest genug erlebt, um zu wissen, was er nicht wollte. Zum Beispiel eine Frau wie Eva. Die gehörte in die Zwanziger-Ära. Eine Frau, die ihren Gefühlen immer vertraute und jedem Impuls und jeder noch so fragwürdigen Idee nachgab, sobald ihr irgendetwas Abstruses in den Kopf kam – von heilenden Steinen bis zur Kraft der Chakren, von veganer Mangelernährung bis zur Lichtdiät.

Danke, nein. Wenn schon mit jemandem leben, dann mit einer Frau, die mit beiden Beinen auf dem Boden stand und deren Kopf nicht in mystischen Wolken steckte.

Irgendwie ungewohnt, ein Abend ohne Termin. Er musste weder Felix ins Bett bringen noch sich um Opa Viktor kümmern, der in einer Hochhauswohnung im Stadtteil Lehen dem Vergessen entgegenlebte. Vielleicht buk der alte Bäcker wieder seine Salzstangerl, eines der wenigen Rezepte, an das er sich noch erinnern konnte. Wenn er bald Francos Namen nicht mehr wissen würde, würde er sich wenigstens noch mit Mehl und Wasser in der Rührschüssel zurechtfinden.

Der Abend roch nach alter Freiheit, einer Freiheit aus studentischen Tagen. Vor der Ehe und ihrem Scheitern.

Franco hatte sich mit seinen Langzeitfreunden Heinrich Weinmeister und Nikolaus Ulrichsberger im Lethe verabredet. Selbst jetzt, in der beginnenden Dunkelheit, war es draußen noch so heiß, dass er statt in den Gastgarten in den Kellerteil des Lokals an der Petersbrunnstraße floh, auch wenn die Luft dort gewöhnlich rauchgeschwängert war.

Die paar Augenpaare, die den Polizisten beim Betreten länger als gewohnt ansahen, bemerkte er nicht. In seine Gedanken vertieft, ging er wie immer zur Bar. Franco winkte Louis, dem Kellner, kurz zu. Der deutete mit der Hand ein großes Bier an, Franco nickte und lehnte sich an den Tresen.

Neben ihm aß eine Frau hingebungsvoll gegrillte Sepie. Franco sah nur auf ihren Teller, nicht in ihr Gesicht. Etwas war ungewöhnlich an ihr, er hätte aber nicht sagen können, was. Er begann, die kommenden fünf Tage Abendfreizeit zu überdenken.

Die Frau neben ihm trug trotz der Sommerhitze lange Ärmel. Das hatte ihn irritiert, ein rotes, halbtransparentes Gewebe zog sich von den Handgelenken bis zu den schlanken Oberarmen. An den Schultern mündete der leichte Stoff in ein schwarzes Kleid mit ein paar neckischen roten Punkten.

»Ermitteln Sie hier?«, fragte die Frau, ohne von ihrem Essen aufzusehen.

»Nur in Sachen Lebensfreude«, antwortete Franco überrumpelt und sah die Frau mit der schwarzen Mähne zum ersten Mal an.

Er kannte sie und hatte sie zumindest in angenehmer Erinnerung. Aber sonst fehlten ihm alle Koordinaten einer Begegnung.

»Woher … ?« Er beendete den Satz nicht, sondern deutete mit zwei Fingern eine unsichtbare Verbindung an, die er im Augenblick nicht benennen konnte.

»Running-Schnitzel«, sagte die junge Frau und wandte ihre Aufmerksamkeit zum ersten Mal von ihren Tintenfischen ab, um ihn kurz und intensiv anzulächeln.

»Ach, Sie meinen das asiatische Überlebenstraining mit Oberhollenzer?«

»Oberhollenzer. Genau. Und dazu Ihre hübsche Kollegin.«

Franco sah erneut auf den Teller der Frau. »Muss ich noch fragen, ob die Sepie empfehlenswert sind? Oder soll ich mich einfach anschließen?«

»Sie können nichts falsch machen, wenn Sie mir folgen. Von Essen hab ich eine Ahnung.«

Er fragte nicht nach, hob nur interessiert die Augenbrauen.

»Wirtstochter. Also geschädigt von kalorienreicher Hausmannskost. Trotzdem komme ich nicht los von der Hassliebe zur Küche und zum Kochen.«

Die junge Frau stellte sich als Bettina Finsterer vor. Schon bevor sie sich duzten, redeten sie wie alte Bekannte miteinander. Bettina war Biologin und arbeitete ganz unorthodox in einer Gärtnerei. Und studierte gerade noch Spanisch. Das Überbleibsel einer Beziehung über Tausende Kilometer hinweg, deren Details Franco nicht wissen wollte. Am Abend eines ausgeglichenen Tages noch zur Endlagerstätte für Seelenmüll zu werden, das wollte er sich heute definitiv ersparen. Zwischendurch bestellte er sein Essen und sah dann wieder unbewusst auf Bettinas lange Ärmel. An ihrem rechten Arm baumelte ein seltsames Band aus einem Metall, das er nicht zuordnen konnte.

Sie bemerkte seinen Blick.

»Ich habe eine Sonnenallergie, deshalb sind meine Arme so unsommerlich drapiert. Im Juli und August ist es besonders schlimm. Also wenn ich mich nicht vor der UV-Strahlung schütze.«

Sie spielte mit der Kette aus Metallkuben, die wie Folie glitzerten. Zwischen den Würfeln blitzte eine stilisierte Sense hervor. »Ein Recycling-Projekt. Ich kann mich schwer von etwas trennen, wenn ich es erst einmal habe. Was das früher war, errätst du nie.«

Bettinas Mund verzog sich erwartungsvoll zu einem breiten Lächeln.

Franco schüttelte den Kopf und wartete auf die Auflösung.

»Würfel und Sense hat eine befreundete Schmuckdesignerin aus der silbernen Metallfolie von Katzenfutter gepresst. Sieht gut aus, oder?«

Ihm fiel es leicht, zu nicken, während ihn wieder ein funkelnder Reflex vom Armband traf. Viel Gelegenheit, sich über originellen Schmuck den Kopf zu zerbrechen, hatte er zuletzt nicht gehabt. So eng war er mit seinem jüngsten Beziehungsversuch Alexandra nie geworden, als dass er sich eine derartige Vertraulichkeit erlaubt hätte. Oder vielleicht war gerade das der Fehler gewesen und Alexandra hätte nur eine kleine Andeutung wie diese gebraucht, dass er es ernst meinte. Egal. Es war aus. Gut so.

Auf einem Monitor über der Bar lief ein Konzertfilm ohne Ton. Der junge Sänger mit der blonden Stehfrisur und der schwarzen Brille lief über die Bühne, als sei sie sein ureigenster Lebensraum. Er schien sich buchstäblich von der Menge zu ernähren. Es mussten weit über fünfzigtausend Leute sein, die dem Sänger bei seiner kraftvollen Performance zusahen. Ein rothaariges Mädchen saß auf den Schultern seines Freundes und zog sein T-Shirt hoch bis zum Hals, um dem Mann auf der Bühne ihre bloßen Brüste zu zeigen. Auffordernd wiegte die junge Frau ihren Oberkörper und streckte dem Sänger mit durchgebogenem Rücken ihren Busen entgegen. Deutlicher konnte man sein Begehren für das Idol auf der Bühne nicht mehr ausdrücken.

»Jim Loft. Live ein Wahnsinn. Ich hab ihn mal in München im Olympiastadion gesehen. Je mehr Publikum er hat, umso mehr geht er aus sich heraus. Er hat eine unglaubliche Präsenz auf der Bühne.«

»Der Name sagt mir was, auch wenn ich nicht so auf seine Musik stehe«, antwortete Franco. »Ich weiß bloß nicht, ob ich der

Tragesel unter dem Mädchen sein möchte, während es sich dem Sänger anbietet.«

»Ach was, nimm das nicht so ernst. Da geht halt die Leidenschaft mit dem Mädel durch. Die ist ja noch nicht mal zwanzig. Achtzehn, wenn es hochkommt. Die glaubt noch an Idole und Stars.«

Die junge Frau hatte ihr T-Shirt mittlerweile wieder fallen lassen und die Hände erschrocken vors Gesicht geschlagen, als sie sich und ihre Nacktheit überdimensional auf einer Riesenleinwand neben der Bühne entdeckt hatte. Die Kameraleute waren solche Szenen gewohnt und warteten routiniert auf emotional geladene Bilder wie diese.

Jim Loft ließ das hübsche Mädchen nicht mehr aus den Augen. Er lief über einen langen Steg mitten ins Publikum hinein, streckte seinen Arm in Richtung des weiblichen Fans aus und ließ die Finger auffordernd vibrieren. Mehr, mehr, sollte das heißen. Schließlich hob er noch zweimal verlangend den Kopf, während das Publikum rhythmisch dazu klatschte. Nachdem sie ihren Kopf ein paarmal nach links und rechts gedreht hatte und ihr Bild nach wie vor groß auf dem Bühnenscreen erschien, gab sie nach und entblößte noch einmal ihren Busen. Jim Loft klatschte ihr Beifall und konnte sich vor Lachen kaum halten, während er das Mikrofon weit von sich hielt. Es war das Lachen des Siegers. Er hatte das Spiel wieder einmal gewonnen. Die Menge tobte. Vor allem der männliche Teil.

In diesem Augenblick läutete Francos Handy. Er sah Ulrichsbergers Nummer auf dem Display, verstand ihn aber nicht und ging deshalb hinaus. Auf der Straße war der Empfang besser.

Der Wirtschaftsanwalt entschuldigte sich für die Verspätung. Er würde in einer Viertelstunde da sein. Ein Klient hatte ihn länger als geplant aufgehalten. »Vermögensanlage im Ausland«, so die Begründung – eine Chiffre für eine Schwarzgeldtransaktion. Und

Weinmeister, der Statistiker, der sein Geld mit dem Erfinden von Krankheiten verdiente und der monatelang im Online-Spiel *World of Warcraft* verlorengegangen war, würde überhaupt nicht kommen, wie der Anwalt kurz berichtete. Ein Marder hatte Weinmeisters Auto lahmgelegt. Schon das dritte Mal in diesem Sommer, was Ulrichsberger einen hustenden Lacher entlockte.

Seltsam, dass seine besten Freunde Halbkriminelle waren, die in der Gesellschaft höchste Achtung genossen.

Kopfschüttelnd ging Franco zurück ins Lethe.

Bettina wandte sich ihm vergnügt zu, während er zur Bar ging. Dass sie, ohne wie ein Standardklon aus Magazinen zu wirken, äußerst schön geformt war, entging ihm in diesem Augenblick nicht mehr. Er nahm es mit einem versteckten längeren Atemzug zur Kenntnis.

Als Ulrichsberger zwanzig Minuten später tatsächlich erschien, hatten sich die Arme von Bettina und Franco bereits ein paarmal zufällig berührt, so zufällig, wie die Knie aneinandergestoßen waren und sich für einen Sekundenbruchteil länger als gewöhnlich aneinanderdrückten, bis ein Piepsen ihres Handys sie wieder von Franco entfernte. Bettina sah kurz auf das Display, nickte und schüttelte gleichzeitig den Kopf, als käme der Anruf gerade ungelegen.

Sie zog fahrig einen roten Kugelschreiber aus ihrer Tasche. Wortlos schrieb sie ihre Telefonnummer auf Molls Unterarm. Die junge Frau drückte mit dem spitzen Stift so fest auf, dass Franco unwillkürlich zusammenzuckte.

»Das muss weh tun, damit du dich an mich erinnerst«, strahlte sie ihn an und verschwand.

8

Am Freitag spie der Festungsberg eine Leiche aus. Der leblose Körper trieb kurze Zeit durch die Dunkelheit des Almkanals im Berg und schoss dann, als machte sich das Wasser einen Spaß mit ihm, aus dem Felsen. Getrieben von der Kraft des St.-Peter-Arms, schlug der zarte Leib links und rechts an die Seitenwände und drehte sich auf den Rücken. Er tauchte unter einer hölzernen Passage durch und schwamm schließlich rasant in die blecherne Zuleitung des Wasserrades. Der Almkanal holte hier nach seiner Reise durch den Felsen Luft und brauste beängstigend laut auf. Kurz schien sich die Leiche in der schmalen Rinne zu verspreizen, als wollte sie vor der letzten Stufe zögern, aber der Druck des Wassers gab ihr keine Chance, länger als einen Moment zu verweilen. Die Strömung schleuderte sie vorwärts und katapultierte sie mit dem Kopf voran auf das riesige Wasserrad. Das Holz krallte sich das seltsame Gut inmitten von Fontänen, es verbiss sich in die Kleidung und den zerschundenen Körper und ließ die Leiche nicht mehr los. Mit dem Kopf nach unten tauchte das Opfer ins Wasser und wurde auf der anderen Seite des mächtigen Wasserrades wieder nach oben gehoben. Wie lahme Schmetterlingsflügel fielen die Arme bei der Abwärtsfahrt über den blonden Kopf, während sie auf der Hinterseite des Wasserrades beim Anstieg wieder willenlos nach unten sanken.

Der Hof vor der Stiftsbäckerei St. Peter war jetzt um halb sieben noch leer. Die zwei Männer, die in der Backstube im gelben Gebäude mit lauten alten Rührwerken hantierten, merkten nichts davon, dass sich das Wasserrad draußen eine seltsame Fracht geschnappt hatte und sie nun wie zum Hohn auf einer Kreisbahn gefangen hielt, in einem scheinbar ewigen Tauf- und Reinigungsprozess.

Als bekennender Morgenmuffel hatte Moll sich vorgenommen, heute etwas später zu beginnen und so etwas wie private Hitzeferien zu nehmen. Trotzdem war er um sieben, als ihn der Bereitschaftsdienst anrief, sofort hellwach. Er streckte seine rechte Hand nach dem Körper neben ihm aus, aber da war niemand. Die Matratze auf der zweiten Betthälfte war nur mit einem Laken bedeckt und so frisch wie am Tag zuvor.

Während er die Zähne putzte, zog er die Jalousie zur Wohnküche hoch. Er blickte noch halb schlafend durch die Glaswand in Richtung Espressomaschine und beschloss, auf den Kaffee ausnahmsweise zu verzichten.

Fünf Minuten später hatte Moll zumindest die Notfallhygiene hinter sich. Er lief, weil er das Ausspülen vergessen hatte, mit dem Geschmack der scharfen Zahnpasta im Mund die Treppen hinunter.

Franz Holzer, der Pächter der Stiftsmühle, drückte im Maschinenraum auf den roten Notschalter. Draußen öffnete sich in der Zuleitung zum Wasserrad ein Falltor und entzog dem rasant kreisenden Holzrad die Energie. Das Wasser brauste jetzt unter dem Mühlrad durch. Eine halbe Minute später kam die Mühle zum Stehen.

Der Pensionist, der die tote Fracht entdeckt hatte, starrte noch immer auf die Holzscheibe, als sei er in einem bösen Traum hängengeblieben. Holzer, ein weißhaariger Mittsechziger, klopfte dem Rentner beruhigend auf die Schulter.

Mit dem Kopf nach unten lag die Frau wie ein verunglückter Engel auf dem Zenit des Rades.

Oberhollenzer, Pelegrini und Moll trafen fast zur gleichen Zeit im Hof der Stiftsmühle ein. Mittlerweile hatte sich ein gutes Dutzend Leute im Geviert versammelt, der Großteil davon Schaulustige.

»Ich weiß, das will keiner hören, aber ich glaube, ich bin im falschen Stück wach geworden«, schnaubte Oberhollenzer, als er das Todespanorama unter der Festung vor sich liegen sah.

»Lass sofort die Durchgänge zum Petersfriedhof und zum Kapitelplatz sperren, Martina. Raus mit den Leuten. Ich will da keine Totenshow haben«, sagte Moll wegen der Menge der Zuschauer etwas enerviert. »Danach kümmerst du dich bitte um den Rentner, der die Tote gefunden hat.«

»Ja, *Chef*«, knurrte die junge Polizistin, die den Befehlston ihres Kollegen nicht gewohnt war. Offenbar machte er sich Hoffnungen auf Gokls Nachfolge, der, wie man hörte, zu Höherem berufen war. Kopfschüttelnd ging sie weg.

Moll sah Pelegrini mit zusammengekniffenen Augen nach und spürte die Feuchtigkeit an seinen Füßen. Die nassen Turnschuhe trugen durchaus zu seiner reduzierten Laune bei. In der Nacht hatte sich die Hitze mit einem heftigen Gewitter und kurzzeitigen Sturzbächen entladen. Wegen der ungastlichen Morgenzeit war es Moll nicht immer gelungen, den für ihn überraschend auftauchenden Pfützen auszuweichen.

Die perfide Inszenierung vor seinen Augen entlockte ihm nur ein Kopfschütteln. Er konnte sich nicht erinnern, je so etwas gesehen zu haben, weder auf Fotos in der Ausbildung noch in seinem Berufsleben. Die tote Frau auf dem Rad hatte etwas Atemberaubendes. Was war in dem Menschen vorgegangen, der sich entschlossen hatte, eine Leiche so zu präsentieren?

Vier Uniformierte drängten die Gaffer zurück und sperrten die Zugänge mit rot-weißen Plastikbändern ab. Umrahmt vom Steinbogen, durch den man vom Kapitelplatz westlich des Domes her den Vorplatz der Stiftsmühle betrat, sah der junge Chefinspektor einen silbernen Rundfunkübertragungswagen stehen. Die aufgerichtete Satellitenschüssel wirkte angesichts ihrer beachtlichen Dimension mehr als bedrohlich.

»Und im Fernsehen will ich das auch nicht haben«, fauchte Moll weiter. »Stellt Paravents auf oder sonst was.«

»Der Rundfunkwagen gehört zu den Festspielen. Bei der Kulturschickeria ist jetzt um sieben noch nichts los, Franco«, warf Oberhollenzer beruhigend ein. »Du bist hier der Chef. Entspann dich. Die Leute vom Rundfunk erholen sich noch vom Proseccorausch am Vorabend.«

»Wer weiß? Bald steht einer oben auf dem Dach und richtet eine Kamera auf uns.«

Oberhollenzer bedeutete einem Kollegen, den Platz abzuriegeln.

Moll sah sich noch immer um wie ein nervöser Raubvogel. »Wir sind hier vorläufig sowieso fehl am Platz. Da muss sich die Gerichtsmedizin drum kümmern. Und zwar sofort. Ich ruf die Szifkovits an. Auch wenn sie mir den Kopf abbeißt …« Der Chefinspektor ging zur Seite und drückte das Handy an sein Ohr.

Wider Erwarten meldete sich die Gerichtsmedizinerin freundlich und entspannt. Sie versprach sogar, sich zu beeilen.

Zwei Mann aus der Tatortgruppe von Hans Schmid dokumentierten bereits den Fundort der Leiche.

»Die war mal verdammt hübsch«, sagte Spurensicherer Schmid mit starrem Blick auf die Tote, während er Moll gedankenverloren die Hand schüttelte. »Und sieht der Schauspielerin ziemlich ähnlich, die seit ein paar Tagen als vermisst gilt.«

»Das wäre Pech«, überlegte Moll laut. »Nicht nur für sie, sondern auch für uns. Eine tote Schauspielerin zur Festspielzeit … Ich brauche dir nicht sagen, dass wir unseren gemächlichen Sommer dann vergessen können.«

Schmid nickte. Er hatte in seinem langen Berufsleben schon so viel gesehen, dass ihn nichts mehr überraschen konnte, und wirkte auch in solchen Situationen immer gelassen. Der einzige Schock, der ihm bevorstand, war die Pensionierung in ein, zwei Jahren.

»Wir nehmen sie erst runter, wenn die Szifkovits da ist. Zeit spielt jetzt sowieso keine Rolle mehr. Und dass Erste Hilfe nicht mehr notwendig ist, sieht man der Leiche auch deutlich an …«

Moll blickte fragend drein.

»Wenn mich nicht alles täuscht, habe ich Totenflecke gesehen. Dazu muss sie schon ein paar Stunden gelegen sein. Aber die Szifkovits wird dir schnell mehr sagen können. So wie ich sie kenne, macht sie die erste Untersuchung gleich hier. Sie kann zwar eine bissige Löwin sein, aber wenn sie sich in etwas verbeißt, erledigt sie ihre Sache mehr als gründlich.«

Moll nickte. Er schätzte die resolute Mittfünfzigerin trotz ihrer Launen sehr. Ebenso groß war der Respekt vor dem lauten Energiebündel, das weder Tod noch Teufel fürchtete und bald hier auftauchen würde.

Aber statt der Gerichtsmedizinerin erschien eine schmale, ältere Frau im Hof der Mühle unter dem Festungsberg.

»Was tun Sie hier?«, fuhr Moll sie an. Hinter ihr hetzte ein Uniformierter nach.

»Echauffieren Sie sich nicht, junger Mann«, sagte die zarte Dame ruhig. »Ich hole wie jeden Tag das Brot von gestern für den Sozialmarkt und die Salzburger Tafel. Davon kann mich auch keine Tote abhalten. Höchstens der Tod, wenn's mein eigener ist … Herr Holzer ist so freundlich und überlässt uns jeden Tag die übrig gebliebenen zehn oder zwanzig Brotlaibe für unsere Projekte. So ist das.«

Damit nickte sie Moll freundlich zu und ging agil die paar Steinstufen zur Backstube hinunter, der Mühlenpächter mit verständnisvollem Nicken hinter ihr her.

Moll nahm zur Kenntnis, dass sich die Morgenmüdigkeit in einen nervösen Alarmzustand verwandelt hatte und er sich langsam wieder einkriegen musste.

Fünf Minuten später stand Sandra Szifkovits mit einem Mitarbeiter im Hof der Petersmühle. Die beiden Beamten hatten sie schon lange gehört, bevor sie die Gerichtsmedizinerin zu Gesicht bekamen. Resolut hatte sie sich bei einem jungen Uniformierten Zugang verschafft. Der Mann hatte sie noch nicht gekannt, würde sie von nun an aber niemals mehr vergessen.

Szifkovits' junger Kollege lief ergeben mit einem großen Alukoffer hinter ihr her.

»Originelle Art der Aufbahrung«, begrüßte sie Moll und Oberhollenzer mit gewohnt lauter Stimme, während sie die Tote am Wasserrad fixierte. »Wenn ihr mit der Dokumentation fertig seid«, wandte sie sich an Schmid, »könnt ihr sie runternehmen. Aber passt mir auf ihre Hände auf. Damit wir nicht wie letztes Mal Spurenvernichtung statt Spurensicherung spielen.«

Szifkovits zwinkerte Schmid mit einem schiefen Grinsen zu. Der Chef der Tatortgruppe 1 nahm mit einem Seufzer zur Kenntnis, dass die Medizinerin eine glücklicherweise folgenlose Panne vor drei Monaten nicht vergessen hatte.

Mit einem Wink des Kopfes bedeutete Szifkovits dem jungen Mann an ihrer Seite, den Koffer zu öffnen und ein grünes Tuch auf einem trockenen Stück Boden auszubreiten. Wie immer trug sie ein perfekt sitzendes Kostüm und blickte gleich einer Königsstatue auf ihren Kollegen hinunter. Szifkovits hatte in den letzten Jahren nur wenig an Gewicht zugelegt, und das ohne Ernährungstricks und Diäten. Sie wirkte, als fühle sie sich wohl in ihrem Körper.

Wortlos reichte ihr der kniende Mitarbeiter zwei transparente Wegwerfhandschuhe und nahm diktierbereit ein Klemmbrett mit Block zur Hand.

Der Pächter der Stiftsmühle hatte den Kriminalpolizisten in den weißen Wegwerfanzügen mittlerweile eine große Stehleiter gebracht, mit deren Hilfe sie die Tote vom Wasserrad und dann noch über die Brüstung hoben.

Szifkovits beugte sich über die Frau und zog Plastiksäcke über deren Hände. »Die Finger schau ich mir in der Gerichtsmedizin genauer an. Vielleicht haben wir noch Hautfetzen von einem Kampf unter ihren Nägeln.«

Oberhollenzer und Moll standen respektvoll in der zweiten Reihe. Erst aus kurzer Distanz zeigte sich, wie stark der Körper der Ermordeten bereits in Mitleidenschaft gezogen worden war.

Szifkovits drückte mit spitzem Finger in einen Totenfleck. Danach bewegte sie mühelos Arm- und Kniegelenk der Leiche.

»Zwei bis vier Tage ist sie sicher schon tot, falls ihr das wissen wollt. Die Totenstarre hat sich schon wieder gelöst, die Totenflecke kann man nicht mehr wegdrücken. Wie lang sie im Wasser gelegen hat, kann ich euch nicht sagen. Eher kurz würde ich schätzen. Sie hat noch nicht mal eine Waschhaut an Händen und Füßen ausgebildet.«

Ohne ihren Mitarbeiter anzusehen, streckte sie die Hand in seine Richtung. »Das Thermometer, Bereuther. Wir messen jetzt gleich mal die tiefe Rektaltemperatur. Vielleicht können wir dann die Liegezeit im Wasser ausrechnen.« Einen Moment später wandte sie sich an die Kripobeamten. »Ich zieh die Leiche jetzt aus. Und ich will nicht, dass daraus ein schmuddeliges barockes Welttheater wird. Davon haben wir in Salzburg schon genug, vor allem im Sommer. Also, ich brauche zwei Mann und eine Decke als Sichtschutz. Ihr könnt dabeibleiben, aber sonst will ich keinen Menschen sehen. Ein bisschen Pietät schadet auch der Polizei nicht, wenn ihr wisst, was ich meine.«

Als würde in ihrem Kopf eine Stoppuhr ticken, sah sich die Gerichtsmedizinerin auffordernd im Hof um. Bereuther drückte den Beamten wortlos ein großes Tuch aus seinem Koffer in die Hand. Oberhollenzer und Moll verdeckten damit die Sicht auf die Tote. Der Assistent drehte die Tote ein wenig zur Seite, um der Gerichtsmedizinerin die Messung zu erleichtern.

»Und Sie, Bereuther, checken jetzt gleich auch die Temperatur des Almwassers.«

Ergeben trottete der Mitarbeiter zur Wasserrinne.

»Der braucht keine Domina mehr«, flüsterte Oberhollenzer seinem Kollegen ins Ohr.

»Im Gegenteil, seine Frau muss ihn täglich eine Stunde streicheln, damit er ohne Drogen schlafen kann«, gab Moll leise zurück.

»Wenn ihr respektlos seid, seid ihr die Nächsten, deren Basaltemperatur ich messe, werte Kollegen«, schimpfte Szifkovits dröhnend, aber erkennbar schmunzelnd in Richtung der beiden Kriminalbeamten, die zu laut geredet hatten.

Zum Grinsen war den beiden trotzdem nicht zumute, während die Medizinerin die Leiche teilweise entkleidete.

An den Schultern zeigte sich ein intensiv violett-bläulich schimmerndes Aderngeflecht unter der Haut der Toten. Es schien, als wollten die Blutgefäße aus dem Körper bersten.

»Durchschlagende Adern, meine Herren Kieberer. Die ist auf jeden Fall schon drei Tage tot.«

Die Gerichtsmedizinerin tastete sich vom Kopf weg über die zerschundene Leiche abwärts.

»Das da«, Szifkovits zeigte auf einige gelbliche Stellen am Kopf und an den Armen, »sind vertrocknete Abschürfungen. Ich kann aber nicht sagen, ob die Abschürfungen bereits vor ihrem Tod entstanden sind oder erst danach. Wenn sie vom Wasser durch den Almkanal und den Festungsberg getrieben worden ist, dann sind da noch einige Verletzungen dazugekommen. Darum sieht sie wahrscheinlich so schlimm aus.«

Als sie den Bauch der Leiche erreichte, schüttelte sie plötzlich überrascht den Kopf.

»Schaut euch das an. Jemand hat der Frau eine ganze Gerätschaft umgeschnallt.« Szifkovits deutete auf zwei Ledergürtel, unter die eine Styroporplatte geschoben worden war.

»Damit geht sie nicht unter und dreht sich immer wieder auf den Rücken«, mimte Oberhollenzer den Musterschüler.

»Ja genau, und jetzt weiß ich auch, warum sich die Leiche so malerisch am Rad gehalten hat, ohne hinunterzufallen. Hinten hat der Verrückte – oder die Verrückte – zwei Haken angebracht. Damit hat sich der Körper in den Schaufeln des Mühlenrades verkrallt.« Die Gerichtsmedizinerin atmete für ihre Verhältnisse überraschend lange durch. »Bin ich froh, dass nicht ich herausfinden muss, welches kranke Gehirn sich das ausgedacht hat. Aber ich liefere euch alles, was ich kann, damit ihr das Biest findet.«

Als müsste sie sich erst über ihren Schwur klarwerden, blieb sie einen Augenblick bewegungslos vor der Leiche knien, um Moll und Oberhollenzer plötzlich ernst anzusehen.

»Ich habe im Übrigen derzeit keine Idee, woran die Frau gestorben ist.«

9

Es war fast Mittag, als die Beamten ins Büro kamen. An Essen war vorerst nicht zu denken. Dafür musste die Espressomaschine einen Belastungstest absolvieren.

Oberhollenzer zog den vollen Sammelbehälter mit Kaffeeresten aus dem Apparat. »Heute wünsche ich mir zum ersten Mal, ich könnte im Kaffeesatz lesen.« Er schüttelte hilflos den Kopf. Es passte so überhaupt nicht zu seiner sonstigen Vitalität.

Moll stand am Fenster und sah mit einer Tasse Kaffee in der Hand auf den Untersberg im Südwesten der Stadt.

»Wir ziehen vorerst die Standardversion durch. Bewegungsprofil aus den Handydaten. Zumindest mal die letzten sieben Tage. Außerdem haben wir die Dame ja noch nicht mal offiziell identifiziert.«

»Ist alles im Laufen«, sagte Pelegrini, die der neue Mordfall etwas von ihrem Liebesunglück ablenkte. »Krainers Geheimnummer habe ich von der Pressestelle der Festspiele bekommen und die Telefondatenanfrage an den Provider organisiert. Mira Krainer hat bei einer Freundin gewohnt. Wie jedes Jahr, wenn sie in Salzburg war. Die Freundin ist jetzt auf dem Weg in die Gerichtsmedizin. Gehen wir also mal davon aus, dass es die vermisste Schauspielerin ist.«

Moll nickte. »Wenn das stimmt, dann wird jetzt bald unser Telefon läuten. Und dann wird uns nicht nur Brigadier Gokl im Nacken sitzen, sondern auch die Presse tagtäglich auf die Finger schauen. Das heißt, wir müssen Gas geben. Der Sommer ist zu Ende. Oder er wird für uns noch besonders heiß.«

Oberhollenzer zeigte sich von Molls Prophezeiungen unbeeindruckt. Er ließ die Hand gleichgültig fallen. »Das stehen wir durch. Womit fangen wir an?«

»Als Erstes würde ich mir gern mal das Wassersystem ansehen, durch das die Tote gespült wurde. Irgendwo muss sie ja in den Almkanal hineingekommen sein. Es sei denn, unser oberster Spurensicherer Schmid findet Hinweise, dass der Mörder sie erst im Hof der Mühle ins Wasser geworfen hat. Dagegen spricht aber ihre Schwimmvorrichtung.«

Oberhollenzer drückte den Sammelbehälter mit hörbarer Gewalt in die Espressomaschine zurück. »Für den Almkanal ist ein eigener Almmeister zuständig. Er wohnt im Brunnhaus im Nonntal, in deiner Nähe, Franco. Hinter dem Festungsberg. Der soll uns mal erklären, wie dieses Gerinne funktioniert. Ich such uns seine Nummer raus und warne ihn vor.«

Der Chefinspektor war noch nicht fertig. Der Gedanke, jetzt selbst medial gejagt zu werden, hatte einiges an Unbehagen erzeugt. »Wir brauchen schnell Grundinfos über Mira Krainers Beziehungsnetz. Eine dermaßen perfide geplante Leichenentsorgung macht keiner, wenn er nicht ein besonderes Verhältnis zu seinem Objekt hat.«

Pelegrini zuckte zusammen. »Objekt … Klingt grässlich. Aber vielleicht trifft es deine Beschreibung ja. Ich kümmere mich mal um die Freundin, die sich vor der Prosektur wahrscheinlich gerade übergibt. Wenn das für euch beide okay ist. Ihr steht ja sicherlich nicht auf weinende Damen, bei denen ihr einen auf Emo-Kieberer, will heißen auf verständnisvoll, machen müsst.«

Pelegrini grinste frech, weil sie wusste, dass Oberhollenzer und Moll keinen Wert darauf legten, Jobs wie diesen zu erledigen.

»Danke für dein Verständnis, Martina«, bemühte sich Moll um einen ernsten Ton, »ich schätze deine Kenntnis der männlichen Psyche. Möge sie dich auch in privaten Dingen nicht verlassen.«

Pelegrini knurrte kurz und blickte unwillkürlich auf ihr Handy. Keine SMS.

»Wir«, damit deutete Moll auf Oberhollenzer, »sollten uns außerdem bei den Festspielen erkundigen, was die Krainer dort so getrieben hat. Oder weiß jemand der hier Anwesenden aus der Zeitung über sie Bescheid?«

»Skandalinszenierung und Freundin irgendeines Rockstars. Mehr fällt mir dazu nicht ein«, brummte Pelegrini, die nach einem weiteren Blick auf ihr Handy gerade wieder aggressiv zu werden drohte.

Oberhollenzer ging, ohne eine Antwort zu geben, zu seiner Rehbocktrophäe. Sie hing seit fast einem Jahr an der sonst kahlen Wand des Büros, so deplaziert wie ein Eisbär in der Antarktis. Er hatte den Kadaver damals in einer Art Trotzreaktion an der Mauer befestigt, um Molls Stänkern über seine Jagdleidenschaft ein für alle Mal abzustellen. Durchaus mit Erfolg. Trotzdem seufzte Oberhollenzer. Wann immer Moll Beziehungsprobleme hatte, war er unrund. Also immer. Gedankenverloren klopfte sich der wuchtige Kriminalpolizist auf seinen mächtigen Bauch. Insgeheim hätte er sich auch gewünscht, Frauenprobleme zu haben. Aber dazu hätte er erst mal eine Frau gebraucht. Er starrte den Tierkadaver in einer Art Meditationskoma an.

»Oberhollenzer, sollen wir dich wiederbeleben?«, fragte Moll, nachdem sich sein voluminöser Kollege geraume Zeit nicht mehr bewegt hatte.

Oberhollenzer schüttelte den Kopf. »Ich hab mir nur gerade gedacht, wie schön es in der freien Natur wäre. In zwei Wochen geht die Hirschjagd los.«

»Wir jagen jetzt mal ein perverses Biest, okay? Und wenn wir das zur Strecke gebracht haben, darfst du im Pinzgau auf alles schießen, was dir gefällt.«

»Bist du wahnsinnig?«, rief Pelegrini und fuhr sich durchs Haar. »Das wäre der Persilschein für ein Massaker.«

»Danke, Martina, was täte ich ohne dich. Nein, Oberhollenzer, du darfst dich im Erfolgsfall nach den Regeln des Landesjagdverbandes weidmännisch betätigen, okay?«

Alle nickten. Es war der erste Konsens im Trio an diesem Tag.

»Wir stehen unter Druck, das ist Ihnen hoffentlich klar, meine Herren.« Brigadier Gokl blickte ernst drein. Er wischte nervös über die hölzerne Schreibtischplatte. »Und natürlich auch Ihnen, Kollegin Pelegrini. Ich sag das jetzt nicht nur, damit Sie mich nicht vor die Genderbeauftragte zerren, sondern weil wir alle im selben Boot sitzen. Wir brauchen Futter für die Presse. Und zwar schnell. Immer wieder ein bisschen was. Dosiert. Damit die nicht den Eindruck bekommen, wir würden im Dunkeln tappen.«

Moll nickte nur und wischte sich den Schweiß von der Stirn. »Krainers Freundin hat die Tote mittlerweile eindeutig identifiziert. Wir haben sie leider nicht frisch gefunden. Das heißt, vorläufig kennen wir nicht einmal den Tatort. Wir gehen jetzt mal den Weg zurück von der Petersmühle.«

Gokl hatte seinem Chefinspektor nur mit einem Ohr zugehört. Er sprach wie immer etwas manieriert und ganz leicht näselnd.

»Ihr habt jede Unterstützung von mir. Vorläufig bekommt ihr Reisinger als Nummer vier. Wir sind momentan dermaßen dünn besetzt, dass wir personell nicht viel Spielraum haben.«

Oberhollenzer zuckte beim Namen Reisinger zusammen. »Was, den valiumgefüllten Öltiegel?«

Gokl trug ausnahmsweise Uniform und wirkte darin wie ein Politiker in Verkleidung. Erstaunt sah er den Pinzgauer Ermittler an. »Wie meinen, Kollege Oberhollenzer?«

»Für seine Geschwindigkeit ist Manfred Reisinger ja nicht bekannt.«

»Aber denken kann er. Und wenn ihr ihm klare Aufträge gebt, macht er seine Sache gut. Selbst wenn er etwas länger braucht. Wir sind eben nicht alle Rennmäuse.«

»Gut, dann gehen die Rennmäuse mal.« Moll deutete unwirsch zur Tür. »Und wenn es energetisch denkbar ist, freuen wir uns, wenn Reisinger den Weg in unser Büro bis morgen früh schafft. Andernfalls können wir ihn auch von einer Truppe Möbelpacker hertragen lassen.«

10

In einem gut klimatisierten Büro beugte sich von Mayerling über den Monitor eines Laptops. Er grinste, weil er wieder einmal bestätigt bekam, dass er sein Geld wert war. Gestern hatte er die anrüchigen Fotos als anonymer User und abgesichert über ein TOR-Netzwerk, das seine IP-Adresse unkenntlich machte, in einem Forum für Society-Skandale gepostet. Damit würde man ihn auch nicht als Informanten ausfindig machen können. Jetzt fanden sich die Schmuddelfotos schon auf den wichtigsten Webseiten. In Kürze würden sie auch ernstzunehmenden Nachrichtenportalen eine Meldung wert sein. Er würde als Erster davon erfahren, mit Sicherheit.

Wieder betrachtete er die Aufnahme, in der Mira Krainer schlafend und halb nackt neben Jim Loft lag. Ihr Kopf ruhte an seinem Hals, die feste Brust an seinem durchtrainierten Oberkörper. Es war deutlich zu sehen, dass der Star das Foto im Schlafzimmer selbst mit seinem Handy gemacht hatte. Sein Arm war unscharf links im Anschnitt abgebildet. Dazu noch das Foto, wie die beiden einander sichtlich innig im Bett küssten, und ein paar weitere Privataufnahmen. »Privat.« Er lachte, obwohl ihn niemand hören konnte. Was war heute noch privat? Eine ganze Industrie lebte davon, einer tumben Meute Inszenierungen unter dem Titel »privat« zu verkaufen.

Erst vor kurzem waren amerikanische Schauspieler und Sternchen Opfer gecrackter Mobiltelefone geworden. Die angeblich gestohlenen Fotos hatten sich wie ein Virus im Netz verbreitet und für Zugriffszahlen weit im siebenstelligen Bereich gesorgt. So würde das auch mit den Fotos aus Lofts Handy gehen, die er der Öffentlichkeit zur Verfügung stellte. Heutzutage war nichts mehr sicher. Von Mayerling grinste wieder in sich hinein. Alles »leakte«. Nachrichten aus dem Bordell ebenso wie diplomatische Geheimdokumente, peinliche Lobbyingversuche von EU-Parlamentariern gleichermaßen wie als geheim gedachte Verträge von Politikern mit Großunternehmen.

Das Handy läutete. Er sah auf die Nummer und wusste, dass alles wie am Schnürchen lief.

11

Moll hatte sich den Almmeister Kuno Schlögel völlig anders vorgestellt. Vor ihm stand nicht ein dickleibiger Waldschratt in der Lederhose, sondern ein schlanker und durchtrainierter Mann im Neoprenanzug. An ihm lehnte ein rot-gelbes Surfbrett. Der athletische Schlögel beobachtete eine junge Frau, die mit ihrem Board auf einer künstlichen Welle im Almkanal tänzelte, unweit der Obus-Kehre in Salzburg-Gneis. Das Gerinne war hier nur etwa vier Meter breit und lief zwischen Holzplanken und Mauerziegeln pfeilgerade auf die Stadt Salzburg zu.

Die junge Surferin streckte die Arme aus und balancierte zunehmend unsicher auf dem Wasserberg. Nach einer halben Minute nahm die schnelle Alm das Mädchen mit und spülte es von seinem Brett herunter. Damit schien sich auch die Unruhe im Inneren des Polizisten ein wenig zu legen.

Moll beklatschte zusammen mit einem halben Dutzend Riversurfern die gelungene Einlage der Sportlerin und stellte sich bei Schlögel vor. Dass der große Mann mit den halblangen blonden Haaren vor ihm der Almmeister war, daran zweifelte Moll keine Sekunde. Er war deutlich der Älteste in der Surfergruppe.

»Ich habe mir gedacht, wir sollten auch mal Mut zu etwas Modernem haben«, sagte Schlögel und drückte einem Anfänger auf der Welle ein Seil in die Hand.

Der Teenager umfasste es unsicher mit beiden Händen und stieß sich wackelnd vom Rand des Kanals ab. Sofort trieb er auf die Welle in der Mitte des schmalen Stroms.

»Wir haben die Alm hier künstlich beschleunigt und eine stehende Welle erzeugt. Mittlerweile ist sie eine Touristenattraktion.«

Der Almmeister streckte die Hand in Richtung der zahlreichen Radfahrer aus, die auf dem Radweg entlang des Flusses stehen geblieben waren, um den Surfern bei ihrem mehr oder minder verrückten Spaß zumindest ein paar Minuten zuzusehen. »Sogar aus München kommen Surfer zu uns, obwohl die dort auch schon so etwas gebaut haben.«

Schlögel drehte sich weg vom Wasser und packte sein Board. »Aber ich weiß schon, dass Sie mich nicht zum Spaß gesucht haben.«

Moll nickte und legte nachdenklich die Hände auf die graue Holzbrüstung, die ihn vom Wasser trennte. »Wir haben eine Leiche aus dem Almkanal gefischt. Bei der Petersmühle. Jetzt würde ich von einem Experten wie Ihnen gern wissen, wie sie da hineingekommen sein könnte. Ist es denkbar, dass sie den ganzen Almkanal hinuntergeschwommen ist und schließlich auf dem Mühlrad landete?«

Schlögel schüttelte sofort den Kopf. »Schauen Sie, der Almkanal zweigt in Hangendenstein von der Königsseeache ab. Dann rinnt die Alm zwölf Kilometer in einem künstlichen Bett bis zur Stadt. Dazwischen sind an die zwanzig Kleinkraftwerke, die das Wasser nutzen. Da wäre eine Wasserleiche längst irgendwo in einem der vielen Rechen hängengeblieben, mit denen die Betreiber ihre Turbinen vor Schäden durch Treibholz und Ähnliches schützen.«

Der Almmeister blickte nach Osten zur Festung, die kaum drei Kilometer Luftlinie entfernt lag. »Und selbst wenn jemand hier unter der Welle ins Wasser fällt oder absichtlich hineingestoßen wird, schafft es der Körper nicht bis zum Festungsberg. Dazwischen liegen noch die Praxmayermühle und als letzte Barriere die Pulvermühle. Das ist schon knapp vor der Stelle, wo der Almkanal im Festungsberg verschwindet.«

Schlögel hörte seinen Worten nach und schüttelte noch einmal den Kopf. »Im Grunde müsste die Leiche am letzten offenen Almkanalstück zwischen Pulvermühle und Festungsberg ins Wasser gekommen sein, wenn sie bei der Bäckerei wieder aufgetaucht ist. Ich fahre schnell ins Brunnhaus und ziehe mich um. Dann zeige ich Ihnen den Kanal dort.«

Zwanzig Minuten später kam Schlögel mit noch feuchten Haaren und in Jeans aus dem alten Gebäude an der Brunnhaus-Gasse im alten Nonntal, unweit von Molls Mietwohnung. Franco hatte vor dem mächtigen gelben Haus mit dem steinernen Torbogen gewartet und ein paar Minuten mit Bettina, der Biologin aus dem Lethe, telefoniert. Obwohl sie miteinander gescherzt hatten, trug das Gespräch nicht dazu bei, die Wellen im Inneren Molls ganz zu glätten. Im Gegenteil. Sie hatten sich vage für den späteren Abend verabredet. Knirschend nahm Moll zur Kenntnis, dass er angesichts des neuen Falles vielleicht auch erst um Mitternacht aus dem Büro kommen würde. Bettina schien das aber nichts auszumachen. Sie wirkte sehr unkompliziert am Telefon. Moll musste sich konzentrieren, um ihr Bild wieder in einen dunkleren Winkel seines Kopfes zu schieben und Platz für den Almmeister zu machen.

»Wir können zu Fuß zum Stolleneingang gehen. Vierhundert Meter, mehr sind's nicht. Oder Sie fahren schnell mit mir mit der Enduro.«

Moll blickte in den Himmel. Wieder schien die Sonne die Stadt auskochen zu wollen. »Dann lieber mit Ihrer Maschine. Spart vielleicht einen Liter Schweiß.«

»Eine Minute. Ich hole die Enduro aus dem Büro.«

Moll kannte die Gegend hinter dem Festungsberg von vielen Spaziergängen. Der Almkanal und die ihn begleitenden Bauwerke waren ihm so vertraut, dass er sie längst nicht mehr wahrnahm. Das wurde ihm erst bewusst, als der Almmeister vor einer kleinen

Schleuse links der Brunnhausgasse bremste und die Enduro abstellte. Seit Jahren ging Moll daran vorbei, ohne vom Kanal viel Notiz zu nehmen.

»Der Almkanal ist ein Uraltbauwerk und im Grunde ein bisschen was Größenwahnsinniges. Wie sonst kann man im zwölften Jahrhundert auf die Idee kommen, einen vierhundert Meter langen Wasserleitungsstollen durch den Berg zu schlagen. Er wurde zur Lebensader der Stadt. Wenn Sie sich heute eine Skizze des Almkanals anschauen, sieht das tatsächlich aus wie ein Geflecht von Blutgefäßen.« Der Almmeister deutete nach links zu einem imposanten alten Bauwerk in Gelb. »Das ist die Pulvermühle. Die gehört schon seit mehr als hundert Jahren der Stieglbrauerei. Natürlich ist sie keine Mühle mehr, sondern ein Kraftwerk. Bierbrauen ist energieintensiv. Aber so weit ist es noch nicht, dass man bei jedem Schluck ein schlechtes Öko-Gewissen haben müsste.« Schlögel drehte sich lachend zu Moll. »Übrigens nutzen auch die Augustiner den Almkanal zum Bierbrauen. Wenn Sie vor dem Bräustüberl mal genau schauen, sehen Sie den Schacht zur Turbine. Aber mit dem Almwasser wird nicht nur Bier gebraut. Die Festspiele und ein paar Museen nehmen es für ihre Klimaanlagen. Egal, ich verliere mich schon wieder im Historischen. Bei der Pulvermühle zweigt jedenfalls der Kanalarm in Richtung Mülln ab. Sie, Herr Moll, sind ja am Stiftsarm interessiert.«

Schlögel blickte in ein unscheinbares Gerinne, das unter der Brunnhausgasse durchfloss und vierzig Meter weiter in einem Stollen im Festungsberg verschwand. Moll hielt den Almmeister zurück, als er auf dem Weg neben dem Kanal zum Schacht gehen wollte. Er griff zum Handy und schilderte Hans Schmid den Platz.

»Die Wahrscheinlichkeit, dass wir hier etwas finden, ist gering. Aber man soll nichts unversucht lassen«, sagte Moll und deutete auf die linke Seite des Bächleins, die normalerweise nicht für Spaziergänger gedacht war.

Die beiden Männer gingen dort durch das Gras bis zum Stolleneingang. Der Boden war vom Regenguss der vorangegangenen Nacht matschig und tief. Am Ende warnte ein Schild »Stiftsarmgerinne. Lebensgefahr«.

»Hier zwischen Festungsberg und Mönchsberg ist der Felsen am dünnsten. Deshalb hat Erzbischof Konrad I. den Berg an dieser Stelle durchbrechen lassen. Obwohl es von hier aus Luftlinie nur zweihundert Meter bis in die Stadt sind, ist der Stollen mehr als vierhundert Meter lang geworden. Die Bergleute haben sich im Zickzack durchgegraben, um dem harten Dolomit auszuweichen, und ihren Schacht in den Gosauer Sandstein gehauen.«

Moll starrte in die dunkle Öffnung, die den Fluss unter wild wucherndem Efeu und Gestrüpp verschluckte.

»Das sieht ziemlich bedrohlich aus. Sollten Sie den Eingang zum Stollen nicht sichern?«

Schlögel nickte. »Der ist normalerweise mit einem großen Eisenrost verschlossen. Aber jemand hat das Gitter vor ein paar Tagen beschädigt. Keine Ahnung, wie und warum. Ich hab es vor zwei Tagen vom Schlosser abholen lassen. Morgen oder übermorgen sollte es wieder montiert sein.«

»Wenn jemand die Leiche hier ins Wasser geworfen hat: Ist der Stollen groß genug, dass sie es bis zur Petersmühle schafft?«

»Ja, klar. Sie können sich in ein paar Wochen selbst davon überzeugen. Während der Almabkehr im September. Da liegt der Kanal drei Wochen lang trocken, damit wir ihn reinigen und sanieren können. Das ist nach der Festspielzeit und bevor die Blockheizkraftwerke im Oktober das kalte Wasser brauchen. Gehen Sie doch mal mit mir durch den Stollen in die Altstadt, vorausgesetzt Sie haben keine Platzangst – und keine Angst vor meinem Redeschwall. Phasenweise werden Sie sich stark bücken müssen, da Sie ja nicht die Statur eines kleinwüchsigen Bergmannes haben.« Aus Schlögels Augen blitzte der Schalk.

Moll blickte sich am Boden neben dem Stolleneingang um. »Gestern Nacht hat es stark geregnet. Da noch Spuren zu finden ist eher unwahrscheinlich. Gibt es zwischen hier und der Petersmühle noch einen anderen Zugang zum Almkanal?«

Schlögel schüttelte den Kopf und blickte auf seine Sportuhr. »Theoretisch ja. Praktisch nein. Der Stiftsarmstollen kommt unter der Festungsbahn wieder aus dem Berg. Dort teilt sich das Gerinne noch einmal Richtung Kapitelplatz und Richtung Petersmühle. Aber dieser Teil ist abgesperrt und für die Öffentlichkeit nicht so einfach zugänglich.«

Moll dachte wieder an die Leiche, die wie ein toter Vogel mit hängenden Schwingen auf dem Mühlenrad gekreist war. »Welche Garantie konnte der Mörder gehabt haben, dass die Leiche die Abzweigung zum Wasserrad nehmen würde? Das wollte er nämlich.«

»Der Großteil des Wassers unter der Festungsbahn geht zur Petersmühle. Das heißt, mit größter Wahrscheinlichkeit musste sie den Weg zur Mühle einschlagen. Wir haben ja alles auf unserer Webseite dokumentiert, das lässt sich einfach nachlesen. Aber Sie können sich gern selbst vor Ort überzeugen. Ich kann Ihnen den Kanal dort heute Abend oder morgen zeigen.« Der Almmeister blickte wieder auf seine Uhr.

»Wenn meine Kollegen hier nichts finden, nehmen wir uns natürlich auch die zweite Zugangsmöglichkeit vor. Sonst können wir uns diese Fleißaufgabe sparen«, sagte Moll. »Und über die Schleuse kommt eine Wasserleiche einfach hinweg?«

Der Almmeister sah sich um und deutete auf den sumpfigen Boden. »Gestern Nacht hat es sehr stark geregnet. Fallweise steigt der Wasserspiegel derart rasch, dass wir den Pegel nicht so konstant halten können, wie wir wollen. Der Schleusenwärter in

St. Leonhard reagiert immer sehr schnell. Aber bei einem Starkregen kann es sein, dass eine Viertelstunde lang deutlich mehr Wasser als die üblichen fünftausendfünfhundert Liter pro Sekunde durch den Almkanal fließen. Da könnte Ihre Wasserleiche durchaus drübergeschwemmt worden sein. Ja, doch.« Schlögel nickte seinen Worten noch ein paarmal hinterher und tippte auf seine Uhr.

12

Die Fotos auf Molls Monitor waren nicht dazu angetan, ihn wieder ins Gleichgewicht zu bringen. Seitdem er die junge Frau auf dem Wasserrad gesehen hatte, glaubte er seelischen Schluckauf zu haben. Oder war es Bettina gewesen, gestern Abend, im Lethe? Er blickte auf die rote Telefonnummer am Unterarm. Wenn er sie ansah, begann der tiefe Eindruck des Kugelschreibers wieder zu schmerzen.

Mit einem Seufzer klickte Moll auf die Pfeiltaste am unteren Rand des Monitors. Eine Großaufnahme des Gestells, das der Mörder Mira Krainer um ihren zarten Körper geschnallt hatte, ein Drahtkorsett und daran zwei stumpfe Haken, die sich in das Wasserrad gekrallt hatten. An der Seite und am Bauch war das Korsett mit Styropor ausgestopft, eine seltene Art Schwimmgürtel, der die Tote immer wieder auf den Rücken drehen sollte, wenn die Strömung im Almkanal sie herumgeworfen hatte. *Die Physik dieses Gestells brauche ich Ihnen nicht mehr zu erklären*, las er in der E-Mail mit den Fotos. Am Stil war unschwer zu erkennen, dass es von Sandra Szifkovits stammte. Trotzdem gab sie sich ungewohnt zahm. *Machen jetzt die Leichenöffnung, heute Abend oder morgen früh mehr. Alles Offensichtliche erfahren Sie via Telefon. Und fassen Sie mir dieses Tier schnell. Wenn ich so was sehe, bin ich mehr beunruhigt, als man mir ansieht.*

Szifkovits war eine Traditionalistin. Sie verweigerte auch in E-Mails die Kleinschreibung und legte Wert auf klassische Orthografie.

Pelegrini, die gerade noch schweigsam an ihrem Computer getippt hatte, blickte Moll über die Schulter. »Sieht alles nach unglaublich viel Berechnung aus. Dieser Schwimmgurt, dazu das

Gestell unterhalb der Schulterblätter ... Eine Spielerei? Oder wollte uns der Täter etwas mitteilen?«

Moll zuckte mit den Schultern. »Ich glaube zwar, dass viele Verrückte herumlaufen. Manche werden sogar Kriminalbeamte. Aber die wenigsten von ihnen begehen Morde. Warten wir auf Oberhollenzer, dann denken wir zu dritt nach. Es ist halb fünf. Eigentlich sollte er langsam zurück sein. Schmid muss sich um das Gestell kümmern. Vielleicht weiß er, wo die Einzelteile herkommen.«

Mit einem lauten Gong machte sich die elektronische Post auf die Reise zum Chef der Tatortgruppe 1, der von der Untersuchung des Eingangs zum Almkanalstollen hätte längst zurück sein sollen.

Drei Minuten später stand der kleine, bullige Schmid im Raum. »Ich dachte, ich spar mir das mühsame Tippen und sag's dir selbst.« Wie immer sprach er in breitestem Dialekt, als wollte er sich bewusst gegen die gehobene Umgangssprache von Moll und Pelegrini absetzen. »Ich glaube, wir haben was gefunden beim Stollen. Ein paar Fasern. Schaut aus, als würden sie zu Krainers Kleid passen. Und dazu ein paar Schuhabdrücke knapp vor dem Eingang zum Berg. Eventuell vom Täter, als er die Tote hinuntergetragen hat zum Wasser, abseits vom Weg, der zum Stolleneingang führt. Die Abdrücke sind nicht besonders gut, aber wir haben auf jeden Fall ein paar Abgüsse gemacht. Auswertung folgt wie immer prompt, doch nicht vor morgen. Auch bei mir sind Leute im Urlaub.«

»Ihr seid super, Hans. Ich weiß das. Wir brauchen bei diesem Fall möglicherweise jeden Krümel, den wir kriegen können.«

Schmid hatte sich nach einer Bypass-Operation angewöhnt, sich nicht mehr hetzen zu lassen und alles in Ruhe anzugehen. Er hob grüßend die Hand und verschwand wieder.

Molls Finger trippelten über den Tisch, als würden sie immer wieder dieselben drei Töne auf dem Klavier spielen, in einer endlosen Kreisbewegung.

»Da«, sagte Pelegrini und legte einen Miniaturkreisel vor ihm auf den Tisch. »Versuch's mal damit. Du brauchst ihn noch dringender als ich.« Mit einem Schnipsen von Daumen und Zeigefinger setzte sie den Holzkreisel in Bewegung. Moll sah ihm lange zu. Manchmal hatte er tatsächlich das Gefühl, auf einer Kreisbahn gefangen zu sein. Im immer gleichen Ring aus Vatersein und Beruf, sporadischen Abenden mit Freunden, dem zweiwöchentlichen Anruf bei den Eltern, dem wöchentlichen Besuch bei Großvater Viktor und ... ja was »und«? Den gut gehüteten Sehnsüchten nach einem anderen Leben, mit mehr Leidenschaft? Blödsinn, das stand nicht auf seiner Agenda.

Pelegrinis Handy schnatterte. Sie las die SMS, und ohne es zu merken, schürzte sie die Lippen, als müsse sie über Kimme und Korn zielen. Mit zwei Schritten war sie bei Moll und schnappte sich den Kreisel. »Ich brauch ihn jetzt doch kurz auch noch mal.«

Sie setzte ihn so wild in Bewegung, dass er vom Tisch hüpfte und auf dem Boden weiterrotierte. Währenddessen strich sie wie eine angeschossene Löwin durch das Büro und stellte schließlich geistesabwesend eine Tasse unter den Auslauf der Espressomaschine.

Der eintretende Oberhollenzer unterbrach die gedrückte Stimmung. Er grüßte nicht, ließ sich auf seinen Stuhl fallen und atmete hörbar lang aus. »Wenn mich noch einmal jemand zu Künstlern schickt, richte ich ein Massaker an. Dass das klar ist, ja?« Mit wildem Blick suchte er in Molls und Pelegrinis Augen Zustimmung. »Blödes, eingebildetes Pack. Lieber regle ich den Verkehr auf der Staatsbrücke.« Damit schien der erste Dampf abgelassen. Oberhollenzers kurzer Ausbruch hatte auch seine zwei Kollegen etwas entspannt.

»Also, was habt ihr?«, fragte Moll, nachdem er kurz von seinem Treffen mit dem Almmeister berichtet hatte.

Pelegrini nutzte die Chance, sich von ihrem Handy abzulenken. »Viel habe ich nicht aus Krainers Freundin herausbekommen. Sie stand noch zu sehr unter Schock. Die beiden kennen sich seit der Schulzeit. Monika Weber ist Technikerin. Ich hab vergessen, was genau sie macht. Wenn Krainer in Salzburg ist, wohnt sie bei ihr. Weber hat ein Haus in der Anton-Bruckner-Straße im Thumegger Bezirk. Zum letzten Mal hat sie die Krainer am Sonntagabend gesehen. Da flog sie sozusagen aus, ohne Weber zu sagen, wohin. Weber hat Mira Krainer als eine sehr umgängliche Person geschildert, die sich selbst treu geblieben ist. Sie war ursprünglich Volksschullehrerin und wagte dann den Sprung auf eine deutsche Schauspielschule.«

»Schlecht hat sie ja nicht ausgesehen«, warf Oberhollenzer ein. »Also, bevor sie auf dem Mühlrad landete.«

»Sie hat beim Film begonnen, Typus süßes Mädel zum Vernaschen, klein und schnuckelig und weiblich gebaut dazu, und ist erst später zum Theater gekommen, als sie schon Mitte dreißig war. Theater leistete sie sich, sagt Weber, das Geld hat sie mit dem Film gemacht. Außer einer großzügigen Wohnung dürfte ihr Luxus eher egal gewesen sein. Sie hatte eine andere Leidenschaft. Sie war viel in Afrika unterwegs, mit einer Hilfsorganisation, bei der sie als ›Botschafterin der Menschlichkeit‹ tätig war.«

»PR in eigener Sache? Schauspieler sind fürs Fernsehen ja gern mal stundenweise Gutmenschen …«, fragte Moll dazwischen.

Pelegrini schüttelte den Kopf und brachte ihr Smartphone mit einem leichten Stoß dazu, um die eigene Achse zu kreisen. »Nein, offenbar nicht, das war keine Marketingmasche, sondern Überzeugung. Sagt Weber. Mira Krainer dürfte mal mit dem Leiter der African Relief Foundation liiert gewesen sein. Der Mann ist ihr zwar nicht geblieben, aber die Leidenschaft für den Schwarzen Kontinent. Sie versuchte, mit ihren Auftritten Stimmung für Afrika zu machen. Sagt zumindest Weber.«

»Das ist nicht die Art Schauspieler, die ich heute kennengelernt habe«, maulte Oberhollenzer. »Das klingt ja, als wäre Krainer eine Frau mit Charakter gewesen, eine richtige Samariterin. Warum liegt sie dann plötzlich tot im Wasser?«

Pelegrini setzte sich auf die Schreibtischkante. »Wenn wir das wüssten, wären wir schon ein ganzes Stück weiter. Weber meinte auch, dass Mira Krainer ungewöhnlich einfühlsam und sozial gewesen sei.«

Moll strich sich durch sein dichtes Haar. »Männergeschichten?«

Pelegrini wiegte den Kopf unsicher hin und her. »Darüber wollte sich Monika Weber nicht im Detail auslassen. Aber sie hat einen Namen fallen gelassen, der mir heute Morgen nicht eingefallen ist: Jim Loft, der Musiker. Mit dem habe ich sie ab und zu in Gazetten abgelichtet gesehen.«

Oberhollenzer grinste. »Jetzt musst du sagen: ›Die lese ich nur beim Friseur‹. Sonst könnten wir ja glauben, dass du *Gala* oder das *Seitenblicke*-Magazin abonniert hast.«

»Stimmt ja auch. Das ist die typische Friseurlektüre. Und natürlich stehe ich sonst nicht auf den Regenbogenschrott. Die meisten Stargeschichten sind ja sowieso erfunden und erlogen.«

»Natürlich.« Oberhollenzer bemühte sich, ernst dreinzublicken. »Ohne medienkritische Annäherung geht's selbstverständlich nicht.«

»Kollegen kann man sich nicht aussuchen«, seufzte Pelegrini, deren Spaßkapazitäten momentan erschöpft waren. »Jim Loft wohnt übrigens in Salzburg, das heißt in Großgmain. Er heißt im wirklichen Leben Reinhard Loipersberger. Das weiß ich von der Weber.«

»Mit diesem Namen hätte er tatsächlich nie berühmt werden können«, sinnierte Moll vor sich hin. »Und was gibt's bei dir, Oberhollenzer?«

»Ich war zuerst in der Pressestelle der Festspiele. Mira Krainer hätte in einer szenischen Inszenierung von Haydns Oratorium *Die sieben letzten Worte des Erlösers am Kreuz* in der Felsenreitschule eine wichtige Rolle spielen sollen.«

»Hat Krainer auch gesungen?«, fragte Moll überrascht.

Oberhollenzer zuckte mit den Schultern. »Tut mir leid. Aber mit künstlerischen Fragen habe ich mich nicht beschäftigt. Ich bin dann auch noch zur Probe gegangen. Die Premiere soll am 15. August sein. Auf der Bühne herrscht helle Aufregung, weil der Regisseur durch Krainers Tod sein ganzes Konzept über den Haufen wirft. Da hat jeder nur in Halbsätzen mit mir geredet. Krainer dürfte aber beliebt gewesen sein. Zumindest bei denen, die nicht in Konkurrenz zu ihr standen, vom Regieassistenten bis zu den Musikern.«

»Wer profitiert auf der Bühne von ihrem Tod?«, hakte Moll nach.

»Das dürfte noch nicht ganz klar sein. Der Regisseur, so ein verwachsener Gnom, ist gerade dabei, sich was Neues einfallen zu lassen. Ich verstehe nichts vom Schauspiel. Aber er hat offenbar die ganze Inszenierung auf Krainer ausgerichtet.«

Pelegrini sah aus dem Fenster Richtung Untersberg. »Ein Oratorium als Schauspiel? Seltsam. Und Haydn in Salzburg? That sucks. Der gehört doch nach Eisenstadt oder London, oder?« Sie sah Moll fragend an.

»Die verbliebenen kümmerlichen Reste meiner schulmusikalischen Bildung sagen mir das auch«, pflichtete ihr der Polizist bei. »Aber wetten würde ich nicht.«

Oberhollenzer hob die Hand wie ein Schuljunge. »Bitte schön, darauf habe ich eine Antwort: Das Ganze dürfte ein Geschenk der Festspiele für den Regisseur sein. Kajetan del Gardo heißt der kleine Mann. Er hat hier immer wieder inszeniert. Und jetzt, zu seinem fünfundsechzigsten Geburtstag, durfte er sich offenbar einen Herzenswunsch erfüllen. *Die sieben letzten Worte unseres Erlösers* in Salzburg zu inszenieren.«

»Sonst irgendwelche Liebesgeschichten und Leidenschaftssachen aus dem Theater, in die Krainer verwickelt war?«

Oberhollenzer schüttelte den Kopf. »Nichts, das ich wüsste. Es war allerdings auch keine Zeit, sich intensiv mit der Meute dort zu unterhalten. Einige schienen von Krainers Tod aber schon sehr betroffen zu sein.«

»Gut.« Moll sprang auf. »Dann nichts wie auf zu Jim Loft, falls er gerade in Salzburg ist. Den Anstandsbesuch bei Krainers Eltern übernehmen niederösterreichische Kollegen. Die leben in Weitra. Ich lasse mal Loipersbergers Koordinaten raussuchen. Martina, kümmere du dich währenddessen darum, dass wir schnell Krainers Handydaten bekommen.«

13

Das zentrale Melderegister spuckte die Adresse von Jim Loft alias Reinhard Loipersberger umgehend aus. Nur das Navi wusste damit nichts anzufangen, wie Moll recht schnell feststellen musste. Während Oberhollenzer von der Bundespolizeidirektion Richtung Autobahnauffahrt Salzburg-Süd in die Alpenstraße einbog, tippte sein Beifahrer die Zieldaten in das Gerät. Eine freundliche weibliche Stimme mit deutschem Akzent gab ihm zurück, die Adresse sei unbekannt.

Fünfzehn Minuten später bogen sie bei Salzburg West auf die Straße nach Großgmain ab. Salzburg verwandelte sich hier am nördlichen Ausläufer des Untersbergs in eine leicht hügelige, waldige Idylle. Das war wohl auch einer der Gründe, warum sich immer wieder Schauspieler und Sänger in die kleine Gemeinde Großgmain unmittelbar an der Grenze zu Bayern zurückzogen.

Die erste Passantin, die Moll am Ortseingang ansprach, wusste weder mit dem Namen Jim Loft noch mit seinem Alias etwas anzufangen. Der zweite Mann dagegen reagierte auf den Zusatz »Popstar«.

»Ah, der Sänger«, nickte der ältere Radfahrer, der einen Kübel mit Essensresten mühsam auf der Lenkstange transportierte. Er schickte die Kriminalpolizisten wieder ein paar hundert Meter zurück und dann in ein Waldstück, das rechts von der Straße abbog. An seinem Ende stand ein Bau, den Pelegrini despektierlich und treffend als »Zuckerlschloss« beschrieb, ein filigranes Riesenhaus in Rosa mit Türmchen und Erkern, umgeben von einem zweieinhalb Meter hohen Eisenzaun, der dem Anwesen einen zusätzlichen Nimbus der Exklusivität geben wollte. Auf dem Zaun zeigte ein Schild, dass Eingang und Grundstück videoüberwacht wurden.

»Unsere Kollegin ist schon ganz aufgeregt«, feixte Oberhollenzer, als sie vor der Torsprechanlage auf eine Antwort warteten. »Du hast bestimmt eine CD zum Signieren mit, Fräulein Pelegrini, stimmt's?«

Die Polizistin ging nicht auf die Fräulein-Provokation ein, mit der sie ihre Kollegen von ihrem ersten Tag im Kommissariat an aus der Reserve zu locken versucht hatten. »Ehrlich gesagt, Oberhollenzer, gefällt mir Lofts Musik. Sie ist kraftvoll und positiv. Auf Emo-Schrott steh ich überhaupt nicht. Den hab ich sowieso im Job. Ich nehme an, du stehst mehr auf Independent aus Österreich, gell? Auf diskursiven Rock, bei dem sie dir philosophische Traktate vorsingen. Das ist ja gerade in. Und es würde so gut zu dir passen.«

Sie zwinkerte Oberhollenzer zu, der von ihrem kurzen Redeschwall etwas überrascht worden war. Er kam nicht mehr dazu, Pelegrini zu antworten, weil sich eine Frau mit deutlichem Akzent über die Sprechanlage meldete.

Auf dem Kiesplatz vor dem Zuckerbäckerhaus standen ein Aston Martin und ein Fiat 500 einträchtig Seite an Seite. Als Paar wirkten die Automobile wie Stan Laurel und Oliver Hardy.

Oberhollenzer verdrehte sichtbar die Augen über den Fuhrpark. Moll musste trotz seiner Anspannung über die kindischen Aversionen seines Kollegen schmunzeln.

Der Mann, der ihnen die Tür öffnete, kam Moll zwar bekannt vor, aber der Kriminalpolizist brauchte dennoch ein paar Sekunden, um zu begreifen, dass tatsächlich Jim Loft vor ihnen stand. Er hatte überhaupt keine Ähnlichkeit mit dem Popstar, den er erst gestern und trotzdem scheinbar vor einer Ewigkeit im Lethe auf dem Bildschirm gesehen hatte, und vor allem keine Ähnlichkeit mit der explosiven Energie jenes Mannes, der Mädchen reihenweise dazu brachte, sich während eines Konzerts unter den Augen von zigtausend Leuten vor ihm auszuziehen. Vor ihnen stand ein kleiner, schmaler Mann in grünen Filzschlüpfern. Er trug in der Kühle seines klimatisierten Hauses eine leichte braune Weste, die selbst gestrickt wirkte und ihm einen Anflug von Verwahrlosung gab, obwohl er frisch rasiert schien. Der Mann wirkte zusammengesunken, fast ein wenig krank. Loft war hier Loipersberger, zweifellos. Pelegrini sah in ihrer Überraschung über das halb desolate Popidol kurz hilfesuchend zu Moll. Der Chefinspektor stellte seine Gruppe vor.

Loft nickte und führte das Trio in einen mindestens hundert Quadratmeter großen Salon, wo er sich in ein überdimensionales Ledersofa fallen ließ. Oberhollenzer setzte sich, während Pelegrini und Moll stehen blieben.

»Ich habe es schon gehört«, sagte Loft, bevor die Polizisten dazu kamen, das Gespräch zu eröffnen. »Wer macht denn so eine erbärmliche Scheiße? Eine Frau, die niemandem etwas getan hat, sondern im Gegenteil hilfsbereit war bis zur Blödheit, wer bringt die um? Und warum?« Er schüttelte den Kopf und schnippte mit den Fingern, als würde er sich eine Zigarette anzünden.

»Verzeihen Sie, in so einer Situation hätte ich mir früher sofort eine angezündet, aber das darf ich nicht mehr. Gesundheitlich bin ich nicht so ganz auf der Höhe.«

Moll hatte die erbarmungswürdige Poplegende vor sich lange angestarrt. »Es tut uns leid, dass Mira Krainer nicht mehr am Leben ist, Herr Loipersberger. Aber ›hilfsbereit bis zur Blödheit‹ heißt was?«

»Dass Mira im Herzen viel mehr Mutter Teresa als Vamp war. Für ihre Projekte tat sie fast alles.«

»Das klingt irgendwie bedauernd«, warf Pelegrini ein.

Loft schien völlig zu überhören, dass sich eine andere, eine weibliche Stimme an ihn gewandt hatte.

»Nein, ich finde das im Gegenteil bewundernswert, wenn man sich selbst so treu bleiben kann. Das ist in einem Business, in dem man ständig in der Öffentlichkeit steht, eher die Ausnahme.«

Loft stand auf und ging kurz ziellos im Raum herum. Schließlich stoppte er vor einem Trolley mit einer Reihe harter Getränke in dickwandigen Karaffen. Er griff zu einer Flasche mit klarem Inhalt und goss sie in ein Wodkaglas.

»Mögen Sie auch?«, fragte er in die Runde.

»Wir hätten lieber etwas Nichtalkoholisches«, sagte Moll und blickte Pelegrini dabei vielsagend an.

Jim Loft schüttelte den Kopf. »Das ist Wasser, auch wenn es nicht so aussieht. Glauben Sie, ich kann jeden zweiten Abend auf die Bühne und mich zwischendurch bis oben volllaufen lassen? So was lernt man vielleicht im Anfängerkurs für Rockstars, aber die Wirklichkeit sieht anders aus. Und wenn man eine Gitarre oder ein Hotelzimmer zertrümmern möchte, macht man das zuvor mit seinem Manager oder mit den PR-Leuten der Plattenfirma aus. Für mich ist dieser Zug schon abgefahren. Das passt nicht mehr zu meinem Image. Welche Vorstellung haben Sie denn von meiner Arbeit? Was glauben Sie, welche Verträge heutzutage abgeschlossen werden? Da steht sogar drin, wie viel Sport ich am Tag betreiben und wie ich mich ernähren muss. Sonst macht keiner mehr eine Tournee mit Ihnen.« Loft war unverkennbar genervt.

Franco Moll ignorierte den kurzen Ausbruch des Sängers. »Sie waren doch Mira Krainers Partner?«

Jim Loft zögerte kurz, dann nickte er.

»Ist so eine Beziehung zwischen zwei …« Moll zögerte kurz, dann entschloss er sich, das altmodische Wort doch zu gebrauchen, »… zwischen zwei Künstlern, die dauernd unterwegs sind, nicht etwas schwierig?«

Loft stieß ein verächtliches Lachen aus. »Was in meinem Leben ist nicht schwierig, glauben Sie? Ich bin mit Verlaub sauerfolgreich und der Kontostand passt. Aber sonst? Alles nur harte Arbeit, Kontrolle der medialen Erscheinung, Selbstbeherrschung bis zur Selbstaufgabe und wieder Disziplin. That's it, verstehen Sie mich?«

Moll tat, als hätte er Lofts Beichte nicht gehört. »Hatte Mira Feinde?«

»Keine, die mir geläufig gewesen wären. Sie hatte etwas ganz und gar Unbösartiges an sich. Allein das ist schon erstaunlich, wenn Sie mich fragen.«

Oberhollenzer hatte bis jetzt ruhig in der Ledercouch gesessen. Nun klatschte er sich auf die Schenkel und stand auf. »Gut, Herr Loipersberger, Sie haben uns jetzt einiges über Ihre Arbeit und Ihre Befindlichkeit erzählt, wenig über Frau Krainer. Jetzt erzähle ich Ihnen mal etwas über unsere. Wir müssen in diesem sauheißen Sommer, um in Ihrer Diktion zu bleiben, einen saublöden Mord aufklären, in dem Ihre Freundin dummerweise das Opfer ist. Wenn Sie sich weiterhin in Ihr Schneckenhaus zurückziehen, kann es sein, dass zumindest einer von uns dreien mit der Brechstange kommt, um dieses Schneckenhaus aufzuknacken, verstehen Sie mich? Ich muss im Gegensatz zu Ihnen keinerlei Rücksicht nehmen auf Ihre mediale Erscheinung, ist Ihnen das klar? Da wir Sie offenbar ohnehin nicht in großer Trauer erwischen, ist es nur legitim, mal nachzufragen, wie Sie und Mira Krainer wirklich zueinander standen?«

Oberhollenzer hatte Loft mit seiner direkten Art und seiner furchterregenden Energie überrumpelt. Der Star war an Unterwürfigkeit gewöhnt, nicht an Aufsässigkeit. Er atmete lange ein, ohne den beängstigend großen Mann aus den Augen zu lassen. »Wir hatten eine gute Partnerschaft.«

»Gemeinsame Freunde? Namen, bitte.« Oberhollenzer schnippte mit den Fingern.

»Mein Manager, Hubertus von Mayerling, zum Beispiel.«

Der korpulente Polizist ließ Loft kaum Zeit, auszureden. »Ist das alles? Sie haben *einen* gemeinsamen Freund?«

»Wir waren öfter gemeinsam bei den typischen Society-Events, wo man sich sehen lassen muss. Aber das sind natürlich keine Freunde. Man hat Tausende Bekannte in unserem Job, aber wenige enge Freunde. Außerdem habe ich es in Österreich nicht mehr nötig, Gesichtsbäder zu nehmen.«

»Dazu gratuliere ich.«

Oberhollenzer machte ein paar Schritte wie ein Bär, der sich nicht entscheiden kann, ob er sich nur aufrichtet oder in den Angriffsmodus schalten soll. »Hat Frau Krainer irgendwelche Sachen hiergelassen? Hatte sie ein eigenes Zimmer? Platz hätten Sie ja.«

Loft-Loipersberger schüttelte den Kopf.

»Nichts? Ganz verstehe ich Ihre Beziehung zu Frau Krainer nicht. Würden Sie mich freundlicherweise darüber aufklären?«

Loipersberger sah den Polizisten, der mittlerweile Schweißflecken an einigen Stellen seines weißen Hemdes zeigte, feindselig an. »Dazu gibt's nichts zu sagen. Sie können sich hier gerne umsehen. Mira war eine sehr unabhängige Person. Sehr liebenswert. Aber auch sehr tough, wenn es um für sie wichtige Dinge ging.«

»Ein nettes Pupperl an Ihrer Seite? Soll ich das so verstehen?«

»Ich brauche keinen Aufputz, Herr …« Loipersberger schien in seinem Gedächtnis nach Oberhollenzers Namen zu suchen.

Der Polizist sah am Blick des desolaten Sängers, dass das nur eine Finte war und der kleine Mann sehr genau wusste, mit wem er redete.

Ein dumpfes Poltern vom Eingang her lenkte die Gruppe ab. Eine junge Asiatin reversierte einen Rollstuhl, mit dem sie eben den Türrahmen gerammt hatte. Im Rollstuhl saß wachsfigurengleich ein Mann um die siebzig. Er trug eine dunkle Brille und starrte geradeaus, ohne ein Wort zu sagen. Die Hände ruhten auf seinen fest zusammengepressten Oberschenkeln. An der rechten

Stirnseite des Mannes zeigte sich ein kleines keilförmiges Feuermal, das Haar darüber wirkte künstlich.

»Mein Vater«, sagte Jim Loft abwesend. »Er lebt seit seinem Schlaganfall zeitweise bei mir. Er sieht kaum mehr und kann auch kaum mehr reden.«

Lofts Vater starrte noch ein paar Sekunden regungslos auf die Vierergruppe im Raum, dann hob er zwei Finger seiner rechten Hand. Die asiatische Betreuerin schob ihn daraufhin wieder aus dem Raum.

Dafür erschien ein attraktiver, grauhaariger Mann Mitte, Ende vierzig in der Tür. In seinem leichten Sommeranzug mit Turnschuhen wirkte er frisch und dynamisch.

»Stör ich, Reinhard?«, fragte er freundlich und sichtlich guter Stimmung.

Loipersberger schüttelte den Kopf. »Komm rein, Hubert, ich erzähle dir, was mit Mira passiert ist.« Er wandte sich müde an die Polizistengruppe. »Mein Manager, Hubertus von Mayerling.«

»Glücklich sieht anders aus«, bemerkte Moll, als sie zehn Minuten später wieder in ihr Auto stiegen. »Der Manager war sichtlich sehr bestürzt, als er von Krainers Tod gehört hat. Mehr als Loft.«

Oberhollenzer drehte die Klimaanlage auf Maximum und schürzte die Lippen. »Keine Ahnung, ob es dem Mann gerade schlechtgeht, oder ob er wirklich so getrieben ist. Aber irgendetwas stimmt fundamental nicht mit Loft vulgo Loipersberger.«

14

Es war schon fast halb neun, als das Trio in die Polizeidirektion in der Alpenstraße zurückkehrte. Brigadier Gokl wartete im Sitzungszimmer auf sie. Er war nicht allein. Sandra Szifkovits unterhielt sich, entgegen ihrer sonst eher lauten Art, in gedämpfter Lautstärke mit ihm. Ihre Anwesenheit bedeutete »Alarmstufe Rot« für diesen Fall.

Gokl übersprang jegliche förmliche Begrüßung und bat die Beamten, an den grauen Tischen Platz zu nehmen. Moll fasste den Informationsstand kurz zusammen.

Gokl nickte nur beiläufig. Er hatte nicht erwartet, innerhalb von zwölf Stunden einen Täter präsentiert zu bekommen.

»Frau Doktor Szifkovits hat dankenswerterweise im Eiltempo durchgearbeitet. Sie wollte Ihnen persönlich erzählen, was sie bei der Obduktion noch so alles entdeckt hat.«

Die Gerichtsmedizinerin stützte sich resolut auf den Tisch und ließ ihre Hände auf einen Notizblock fallen. »Danke, Herr Brigadier. So einen Fall bekommt man auch nicht jeden Tag auf den Tisch. Also zuerst einmal zur Todesursache: Das war ohne Zweifel ein subdurales Hämatom, also eine Hirnverletzung. Entstanden ist sie durch einen heftigen Schlag mit einem stumpfen Gegenstand, der zu einem Aneurysma im Kopf führte. Die erweiterte Arterie ist in unmittelbarer Folge aufgeplatzt. Mit anderen Worten: Der Schädel war voller Blut. Details erspare ich Ihnen. Der Angriffspunkt befindet sich auf der linken Schädelseite. Wie es aussieht, gibt es keinerlei unmittelbare Spuren der Waffe am Schädel. Also weder Fasern eines Holzstücks oder einer Eisenstange oder etwas Ähnliches.«

Sie pausierte kurz und sondierte in Molls und Oberhollenzers

Augen, ob die beiden ihr folgen konnten. Pelegrinis Anwesenheit hatte sie bislang noch nicht zur Kenntnis gekommen.

»Die Leiche hat äußerlich im Übrigen nicht ganz so schlimm ausgesehen, wie wir dachten. Wir müssten mit einer Simulation herausfinden, wie weit sie im Kanal geschwommen ist. Wenn ich Sie mittags am Telefon recht verstanden habe, könnte der Körper auch erst unter der Festungsbahn in die Alm gekommen sein. Dann hätte sie im Stollen kaum fünfundzwanzig Meter bis zur Petersmühle zurückgelegt. Da hatte sie nicht viel Zeit, sich postmortale Abschürfungen zu holen. Wenn sie allerdings vierhundert Meter durch den Festungsberg getrieben ist, dann dürfte sie doch ziemlich oft irgendwo dagegengestoßen sein, nehme ich an. Wie gesagt, das sollten wir ausprobieren. Idealerweise mit einer Leiche.«

Jetzt nahm Szifkovits Pelegrini in ihren Fokus, die dem Blick der Medizinerin standhielt.

»Warum schauen Sie mich so an? Mir geht's noch recht gut, Frau Doktor. Aber die Idee mit der Leiche ist nur begrenzt genial. Vor allem, weil wir mit diesem Experiment tagelang in den Medien sind und eine Ethikdebatte auslösen werden …«

Szifkovits grinste Moll und Oberhollenzer an, die beide die Arme vor ihrer Brust verschränkt hatten.

»Ganz clever, eure Kleine. Also, um alle Missverständnisse auszuräumen: So wie die Autotester, die sich Leichen in ihre Karren setzen, um Verletzungsmuster bei Crashtests studieren zu können, so machen wir das natürlich nicht. Wir müssten einen Dummy in Größe und Gewicht von Mira Krainer basteln. Dazu müsste auch die Gewichtsverteilung im Kunstkörper passen. Dann schicken wir die Kunstleiche zuerst durch die kurze Strecke, und danach lassen wir sie beim Eingang zum Stiftsarmgerinne zu Wasser. Das wird allerdings dauern, bis wir so was gebaut haben. Und ich weiß nicht, ob sich der Aufwand lohnt. Eine Option ist es allemal.«

Moll atmete lange aus und lehnte sich vor. »Ich denke, das können wir uns sparen. Wir haben möglicherweise Fasern von Krainers Kleid beim Eingang zum Stiftsarmstollen gefunden. Damit wissen wir auch, wo sie im Wasser deponiert worden ist. Ich habe Schmid routinemäßig aber auch zum zweiten möglichen Einstiegspunkt in den Almkanal, zur Schleuse unter der Festungsbahn, geschickt. Wie erwartet hat er dort nichts gefunden.«

»Gut so«, pflichtete ihm Szifkovits bei und hakte ein aufwendiges Projekt in ihrem Gedächtnis als hinfällig ab. Sie sah Moll gerne an, auch wenn sie auf jüngere Männer nicht mehr stand. Ein solides Alter hatte viele Vorteile, vom entspannten Sex bis hin zur Leichtigkeit, mit der es sich im Gegensatz zu jungen Jahren lebte. Nur Trottel machten sich diese Lebensqualität durch eine Liebschaft mit deutlich jüngeren Partnern zunichte. All der Stress wegen des Altersunterschieds. Bloß nicht. Schnell schob sie diese Gedanken wieder beiseite.

»DNA-Spuren haben wir auch. Vaginal und außen am Bauch an der Kleidung. Allerdings in minimalen Mengen. Unterm UV-Licht hat es kaum geblitzt. Also nicht so, wie wir das sonst bei frischen Delikten gewohnt sind. Schließlich ist die Leiche ja auch buchstäblich gewaschen worden. Wahrscheinlich sind es eingetrocknete Reste, die sich im kalten Wasser nicht gelöst haben. Die DNA müssen wir aber erst analysieren. Ich habe das Kieslinger überlassen.«

Bei dem Wort »DNA« hatte das Kripo-Trio aufgehorcht. Auch wenn die drei wussten, dass Erbgutspuren ohne fundierte Ermittlung oftmals ein Schuss in den Ofen waren, konnten sie sich der Attraktivität der biologischen Spuren nicht entziehen. Szifkovits grinste innerlich, als sie merkte, wie sich die Köpfe der Kriminalpolizisten beim Wort »DNA« kurz ein paar Zentimeter gehoben hatten.

»Unter den Fingernägeln von Krainer haben wir nichts gefunden. Keine Hautreste als Spuren eines Kampfes. Absolut nichts.«

Sie atmete tief durch. »Außerdem hat der Täter offenbar etwas vergessen. Eine Art Putztuch, also ein alter Fetzen, der im Slip steckte. Damit hat er Blut aufgewischt, wie es scheint. Aber wir sind erst beim Analysieren. Ein bisschen was vom Untergrund dürfte auch mitgegangen sein. Ergebnisse gibt's frühestens morgen. Wir versuchen, das Teil mal als Buch zu sehen, das wir erst dechiffrieren müssen.«

»Das hat ihr der Täter wohl nicht absichtlich mitgegeben.«

Szifkovits schüttelte den Kopf. »Schwer vorstellbar.« Sie blickte wieder in die Runde, ob sie noch die volle Aufmerksamkeit der Beamten hatte. Alles andere hätte sie zu dieser fortgeschrittenen Stunde als Respektlosigkeit empfunden. »Interessant sind übrigens die Totenflecke. Die erzählen eine ganz eigene Geschichte. Krainer ist sechs bis zwölf Stunden nach ihrem Tod umgelagert worden. Das Blut sammelte sich an der Unterseite des Körpers. Bei der Toten fanden wir die Livores sowohl vorne als auch am Rücken. Der Täter hat sie vermutlich umgedreht. Auf einer Gesichtshälfte hat sich das Muster des Untergrundes in einem Totenfleck abgebildet. Krainer muss mit der Wange auf einem Fußabstreifer oder etwas Ähnlichem gelegen sein. Die Fotos gibt's morgen. Schmids Truppe oder die Kriminaltechnik in Wien wird schon herausfinden, was es gewesen sein könnte.«

Oberhollenzer nutzte Szifkovits' kurze Pause, um selbst zu Wort zu kommen. »Wie lange ist sie schon tot?«

»Drei bis fünf Tage. Ich weiß nicht, wie kühl sie gelagert wurde. Die Fäulnisbildung im Körper, sprich zum Beispiel das durchschlagende Adernetz, und ein bisschen Grünfäule am Bauch sowie die vertrockneten Schleimhäute deuten darauf hin, dass sie vor vier Tagen umgebracht wurde, aber legen Sie mich nicht darauf fest. Es ist sehr heiß momentan, da kann die Verwesung auch schneller gehen. Und wenn der Täter sie an einem kühlen Platz gelagert hatte, dann laufen diese Degenerationsprozesse langsamer ab.«

»Montagvormittag war Krainer definitiv noch am Leben, wie wir wissen«, dachte Pelegrini laut. »Sie kann frühestens Montagnachmittag gestorben sein. Das wäre dann circa vier Tage her.«

Szifkovits fuhr fort, als hätte sie Pelegrinis Zwischenbemerkungen nicht gehört. »Totenstarre war auch keine mehr nachweisbar. Die löst sich nach etwa drei Tagen wieder. Im Wasser war sie übrigens nicht länger als zwei Stunden, würde ich meinen, eher kürzer.«

Moll riss sich einen Zettel von einer Präsentationsunterlage, die jemand im Sitzungszimmer liegen gelassen hatte. Eilig schrieb er ein paar Stichworte darauf und überlegte währenddessen laut: »Das heißt, der Täter hat die Krainer circa um fünf Uhr früh in die Alm geworfen. Dass sie vier Tage im Wasser gelegen ist, ist undenkbar für Sie?«

Szifkovits nickte und blätterte in ihren Unterlagen, ohne einen Blick daraufzuwerfen. »Dann hätte die Tote längst die Temperatur der Alm angenommen. Sie war aber viel wärmer. Und Schwimmhäute hätte sie auch ausgebildet.«

»Damit können wir wenigstens eingrenzen, in welcher Zeit unser Mann oder unsere Frau Krainer zur Alm geschleppt hat«, sagte Moll und neigte sich zu Oberhollenzer und Pelegrini.

Die Gerichtsmedizinerin ließ ihn jedoch nicht weiterreden. »Noch etwas Seltsames ist mir aufgefallen. An Händen und Füßen haben wir Hämatome gefunden, offenbar Spuren einer Fesselung mit einem dicken Strick oder breiten Band. Die Beine waren ganz seltsam verschnürt. Sie werden es ja morgen sehen, wenn Sie die Fotos bekommen.«

15

Entweder der Gitarrist war so zugedröhnt, oder er hatte Schweinsohren. Auf jeden Fall hatte er sich nicht darum gekümmert, sein Instrument zu stimmen. Er lag immer leicht daneben, während der Sänger gewohnt souverän das Publikum bei Laune hielt. Keiner hätte diesem schlanken Mann mit dem schütteren Bart und den mächtigen Koteletten so wohlklingend tiefe Töne zugetraut. Er sang live ebenso passioniert wie in den Aufnahmen, die Franco Moll aus dem Radio kannte. Das Konzert der Editors im Republic war ausverkauft. Ohne seinen Dienstausweis und den Vorwand, jemanden suchen zu müssen, wäre Moll nicht mehr in den Saal gekommen.

Bettina hatte ihn mit einer SMS in das ehemalige Stadtkino gelockt, das vor mehr als zwanzig Jahren zu einem Veranstaltungsort der braven Alternativszene geworden war. Obwohl Moll erst um halb elf die Polizeidirektion verlassen hatte, wollte er sich die Chance, die junge Frau noch zu sehen, nicht entgehen lassen. Auch wenn dieser Freitag vom frühen Morgen an ausgefüllt war, blieb am Ende ein Ungenügen zurück, ein Hunger im Stil von: »Das kann es noch nicht gewesen sein.«

Er hatte sich kaum an das Halbdunkel im Saal und an die Lautstärke gewöhnt, da schnappte ihn schon jemand bei der Hand und brachte ihn fast aus dem Gleichgewicht. Bettina lachte, als Franco im ersten Augenblick halb blind vorwärtsstolperte. Ohne seine Hand loszulassen, zog sie ihn bis knapp vor die Bühne an den rechten Rand der Menge. »Ich fürchte mich in Menschenmassen. Ich muss immer am Rand stehen«, schrie sie ihm zu und küsste ihn zur Begrüßung so auf die Wange, dass sie auch seinen Mundwinkel berührte.

»I keep up with the racing rats and do my best to win«, sang der schlanke Mann auf der Bühne kraftvoll, um einem Gitarrenriff Platz zu machen und für ein paar Sekunden aus dem Scheinwerferlicht zu treten. Bettina drückte Moll ihr fast volles Bier in die Hand. Der Polizist nahm einen mehr als kräftigen Schluck. Er hatte den ganzen Tag weder gegessen noch etwas getrunken, außer Kaffee. Eine Minute später hatte auch ihn die Musik völlig absorbiert. Er stieß gegen Bettinas Hüfte und spürte ihre Rundungen. Lachend nahm sie ihm den Bierbecher aus der Hand. Sie trank lange und wippte zur Musik, ohne Franco aus den Augen zu lassen. Mittlerweile störte auch die unglückliche Gitarre nicht mehr. Das Licht auf der Bühne schien fahler zu werden. Auf einer Leinwand im Hintergrund zeichnete ein kleines Mädchen einen großen Kreidekreis. Bettina holte Nachschub. Sie drückte Franco den vollen Becher in die Hand und berührte ihn dabei an Schulter und Nacken. Die Schwere des Tages floss in großen, gierigen Schlucken hinunter. Beschwingt gab Franco Bettina den Plastikbecher zurück. Sie wippte so entspannt, dass sie ihm immer wieder sehr nahe kam und ihn ab und zu streifte. Mit jedem Takt wurden die Berührungen fester. Franco fühlte sich mittlerweile, als hätte er sich die vergangenen vierzehn Stunden nur eingebildet. Er spürte keinen Druck mehr, keine Angst, dass die zweite Sommerhälfte in einem Berg Arbeit untergehen würde.

Ein paar Kollisionen später drückte Bettinas Gesäß gegen seinen rechten Oberschenkel und löste sich nicht mehr, sondern ging im Takt mit.

»The world turns too fast, feel love before it's gone.« Die Texte waren beim genauen Hinhören etwas wirr, aber ein paar Sätze ließen sich wie zufällige Mitbringsel von einer Reise aufschnappen. Sie passten gut in diesen Nebel, in dem er sich mittlerweile eingebettet wähnte. Franco war sich nicht sicher, ob das von der enormen Lautstärke kam oder von den ambitionierten Schlucken

Bier, die er auf nüchternen Magen genommen hatte. Bettinas Rücken lag jetzt an seiner Brust. Er konnte die Mischung aus Rauch und einem gleichermaßen sommerlichen wie süßlichen Duft in ihrem vollen Haar riechen. Während rote Lichtblitze auf der Bühne den Musikern eigenartig marionettenhafte Bewegungen gaben, lehnte sich Bettina zur Gänze an Moll, auch ihre Beine hielten keinen Abstand mehr. Jetzt bloß kein langsamer Titel, sonst sind wir verloren, dachte Franco. Als hätten die Musiker seine Angst gespürt, tauchte eine vertikale Batterie von Scheinwerfern an beiden Seiten der Bühne die Band in grüne und blaue Lichtstreifen. Der Sänger begann solo am Klavier *No Sound But the Wind* zu intonieren, eine Schnulze, der man sich schwer entziehen konnte. Francos Hand legte sich auf Bettinas Bauch, als hätte sie sich selbständig gemacht. Die Finger ignorierten jegliche Warnrufe von ihm. Die Wölbung war nicht mehr die eines Mädchens, sondern jene einer Frau. Seine Hände mochten diese Rundung. Sie würden sich den Schwung merken. Möglicherweise so sehr, dass sie ihn wieder und wieder besuchen wollten. Bettinas Kopf kippte in die Beuge zwischen Kopf und Schulter, ihre Arme glitten nach hinten. Die Unterarme drückten an Francos Hüften, während seine Hand unter die Bluse, auf die heiße Hautinsel um ihren Nabel glitt. Fest griffen Bettinas Hände in die Vorderseite seiner Oberschenkel. Ihr Bauch war gleichermaßen fest wie weich. Seine Hand musste dort bleiben, in diesem Brandherd. Bettinas Haut verschlang seine Finger buchstäblich, während sich ihr Körper jetzt durchstreckte und ihr Mund seinem ganz nahe kam. Sie drehte sich leicht, ohne ihren Rücken ganz von seinem Vorderkörper zu lösen. Ihre Brust strich über seinen Oberarm.

Mit einem verärgerten Ruck löste sich Bettina im selben Augenblick von Franco. Sie bemühte sich, etwas aus der engen Tasche ihrer schwarzen Jeans zu ziehen. Nach drei erfolglosen Versuchen fingerte sie ihr Handy zutage. Es blinkte unnatürlich hell. Erschrocken sah sie auf das Display.

»Entschuldige. Ich habe was vergessen. Ich muss gehen.«

Gehetzt umarmte Bettina ihn mit einer Hand, während sie das Mobiltelefon mit der anderen weit von sich hielt. Ihre Haare fielen kurz in seine Stirn. Bettinas eiliger Kuss war wie der Flügelschlag eines kleinen Vogels, der eben mal lachend den schnellen Vorbeiflug übte.

16

Pelegrini trat wütend gegen die unterste Schreibtischschublade. Das Ding klemmte, fast routinemäßig, und hatte es auch an diesem vermaledeiten Morgen auf die Polizistin abgesehen. Zumindest nahm die junge Kriminalbeamtin die Blockadepolitik der Schublade persönlich.

»Hat jemand einen Kreisel für unsere junge Kollegin?«, fragte Moll beiläufig, während er durch seine letzten Notizen blätterte. Er fühlte sich verkatert, obwohl er am gestrigen Abend nach Bettinas überstürztem Abgang nichts mehr getrunken hatte. Es war erst halb acht. Pelegrini und Moll setzte der frühe Dienstbeginn etwas zu.

Ohne zu klopfen, trat ein hochgewachsener, furchterregend dünner Mann ein. Er hatte ein Notebook unter den Arm geklemmt. Die mittellangen Haare des stark untergewichtigen Vierzigjährigen waren schon schütter. Er hatte sie mit viel Gel streng zurückgekämmt und wirkte wie ein Wiener Strizzi auf dem Opernball. Gelangweilt sah er in die Runde. »Servus. Wo sitze ich?«

»Als Nächstes in einem Benimmkurs«, sagte Oberhollenzer. »Damit du das Anklopfen lernst.«

»Zwecklos«, antwortete Manfred Reisinger. Er blickte sich kurz um und ging auf einen Tisch in der halben Größe eines normalen Schreibtisches zu, der direkt unter dem Geweih des Rehbocks stand.

»Volltreffer. Erstaunlich gut kombiniert für deine Verhältnisse«, gab Oberhollenzer mit beißendem Spott zurück. Allein die Statur des fast eins neunzig großen Mannes, der es vielleicht auf sechzig Kilo Lebendgewicht brachte, provozierte den korpulenten Kriminalpolizisten zutiefst.

»Willkommen bei uns!« Pelegrini versuchte, die nicht von Freundlichkeit dominierte Empfangsszene noch zu retten, und stellte vor den Neuankömmling eine Tasse Kaffee hin, die sie sich eben selbst nehmen wollte.

Reisinger starrte auf den schwarzen Kaffee. »Bitte mit zwei Stück Zucker und drei Teelöffeln Milch.«

Pelegrini wandte ihm kopfschüttelnd den Rücken zu.

»Alles da, Manfred.« Moll deutete in Richtung des Kaffeetisches. »Wir haben hier Selbstbedienung.«

»Was? Kein Bimbo, der die Hacken für euch macht?« Reisinger sah herablassend in die Runde.

»Bei uns gibt's nur ein Arschkeks. Und das auch erst neuerdings«, murmelte Pelegrini.

Reisinger lachte und klappte sein Notebook auf. Auf dem Bildschirm erschien eine Partie Solitär.

Moll setzte sich auf den Rand von Reisingers Schreibtisch und klappte wie nebenbei den Monitor zu. Er brachte den schmierigen Kollegen in aller Kürze auf den letzten Stand.

Reisinger nickte zu allem. Mit seinem Auftritt hatte er dem eingeschweißten Trio vermittelt, dass er nicht um ihre Sympathien buhlen würde. Wenn er wollte, konnte er zumindest mal einen Vormittag lang auf kollaborativ machen. Falls sie seinen Bauch ein bisschen pinselten, vielleicht sogar länger. Reisinger strich sich über die Haare, als wollte er sie bändigen. Dabei hatte die in Gel eingebettete schüttere Masse ohnehin keinerlei Chance, sich von der Kopfhaut zu erheben. Selbstgefällig lehnte er sich zurück. »Ich war mal mit einer Schauspielerin zusammen. Die hat mich eine Zeitlang in die Szene mitgenommen. Das Problem mit den Mimen ist, sie spielen immer. Es ist schwierig, zu unterscheiden, wann sie auch meinen, was sie sagen. Beziehungsweise wissen sie das selber oft nicht. Das macht das Ermitteln in diesen Kreisen nicht gerade einfach.«

»Du und eine Schauspielerin?«, fragte Pelegrini erstaunt und erkundigte sich, ohne eine Antwort abzuwarten: »Und warum hat sie dich verlassen?«

»Ich habe sie verlassen. Sie hat's auf Dauer einfach nicht gebracht.« Er grinste und fügte hinzu: »Wenn du weißt, was ich meine.«

»Unglaublich interessant.« Am liebsten hätte Pelegrini jetzt gefragt, was eine Schauspielerin, der die Welt offen stand, mit einem Kotzbrocken wie Reisinger wollte. Aber sie biss sich auf die Zunge. Vielleicht verstand sie die Wege der Leidenschaft einfach nicht. Ärgerlich sah sie auf das Display ihres Handys. Keine SMS.

Moll hatte Reisinger interessiert zugehört. Vielleicht sollte man ihn nicht unterschätzen. Außerdem wollte er Pelegrini und Oberhollenzer diesen Kerl vom Leib halten.

»Du kommst mit mir, Manfred. Wir teilen uns auf. Oberhollenzer und Pelegrini gehen noch mal zur Freundin von Krainer. Da du ohnehin eine Nähe zum Schauspiel hast, gehst du mit mir zu den Proben der *Letzten sieben Worte*. Da hören wir uns mal um, was Krainer so vor ihrem Tod getrieben hat.«

»Ich kenne dort einen Bühnenarbeiter. Dominik Steiner. Den nehmen wir auch gleich mit. Vielleicht kann er uns weiterhelfen.« Reisinger erhob sich überraschend schnell hinter seinem Schreibtisch.

17

Mit breiten Mündern und hohlen Augen grinsten die griechischen Dramenmasken auf Reisinger und Moll herunter. Die beiden Polizisten standen im Toscaninihof hinter dem Haus für Mozart und starrten auf die sechs Steinköpfe zu beiden Seiten eines riesigen Tores. Es stand offen und zeigte den Passanten eine Reihe von Requisiten aus Sperrholz. Dahinter öffnete sich der Raum zu einer großen Bühne, auf der Arbeiter eben einen Baum rangierten.

Dominik Steiner drückte sich zwischen zwei hölzernen Häuserfassaden ins Freie und begrüßte beide Männer mit Handschlag. »Wir bauen gerade für *Cosi fan tutte* auf.« Er deutete über seine Schulter zurück auf die Bühne.

Der Toscaninihof lag jetzt am Vormittag zum Großteil im Schatten. Nur auf der Fläche über dem Tor zur Bühne zeigte sich die Sonne bereits. Als hätten sie eine geheime Vereinbarung getroffen, schlenderten die drei Männer ins Resch und Lieblich neben dem Eingang zur Mönchsberggarage. Steiner wirkte etwas linkisch. Sein linkes Auge war kleiner als das rechte, und er hatte trotz seiner athletischen Gestalt einen seltsamen Gang. Moll sah ihn in einem unbeobachteten Augenblick genauer an. Vielleicht kam sein Eindruck auch nur daher, weil Steiner die Schultern wie unter Daueranspannung ständig hochgezogen hatte.

»Mira Krainer«, sagte Steiner, nachdem er einen weißen Spritzer bestellt hatte. »Ein feuchter Traum, wenn ihr mich fragt.« Er nickte ehrfürchtig. »Angeblich hatte sie was mit irgendwem aus dem Stück. Ich weiß aber nicht mit wem. Und ich kann euch nicht mal sagen, wo ich das aufgeschnappt habe. War wohl eher ein Gespräch beim Kaffeeautomaten. Da redet man halt über so Dinge.

Über die Weibsbilder und so. Ihr wisst schon.« Der braungebrannte Bühnenarbeiter lächelte halbseitig. Kein Mann, mit dem Moll hätte warm werden können.

»Kannst du dich umhören, Dominik? Vielleicht erfährst du was über sie. Dann ruf mich bitte an, ja?« Reisinger sah den Mann durchdringend an. »Aus alter Bikerfreundschaft.«

»Mach ich«, antwortete Steiner und grinste wieder schief.

»Woher hast du denn deine Bombenfarbe?«, bewunderte der hagere Polizist Steiners Sonnenbräune.

»Das war ein ziemlich ausgedehnter Urlaub im Mai. Mit dem Motorrad durch den Sudan. Wahnsinn, sage ich nur, wenn es das Sitzfleisch aushält.« Er lächelte und wischte dann kurz verlegen über den Tisch.

»Und daheim? Ich hab dich lange nicht mehr gesehen, Dominik. Alles in Ordnung mit Lis?«

Steiners Lächeln verschwand augenblicklich. »Ach weißt du. Ich bin jetzt seit fast zwanzig Jahren verheiratet. Wir leben ganz ordentlich miteinander.« Der Bühnenarbeiter nahm einen kurzen Schluck aus seinem Gespritzten. »Das ist übrigens eine ziemlich komische Truppe da drüben in der Felsenreitschule.« Er deutete auf einen Eingang unter der Clemens-Holzmeister-Stiege. »Die Hälfte betet den Regisseur an, die andere Hälfte verachtet ihn. Aber alle scharwenzeln um Kajetan del Gardo herum, als wär er ein Heiliger. Am besten ihr schaut euch selbst mal um. Ich lass euch dann beim seitlichen Eingang rein. Da könnt ihr euch ein paar Minuten ein Bild machen, ohne dass ihr euch offiziell zu erkennen geben müsst.«

Zwanzig Minuten später, in denen Moll seine ablehnende Haltung gegenüber dem Bühnenarbeiter etwas revidiert hatte, sperrte Steiner eine kleine Tür rechts vom Zugang zur Garage im Felsen auf.

Der kurze Gang zum Zuschauerraum wirkte unbeleuchtet, weil sich die Augen der beiden Polizisten nicht so schnell an die Dunkelheit gewöhnten. Steiner klopfte Reisinger kurz freundschaftlich auf die Schulter und verschloss die Tür wieder leise.

»Warum geht Steiner so seltsam?«, wollte Moll wissen, als der Bühnenarbeiter weg war.

»Blöde Geschichte«, flüsterte Reisinger. »Sein Vater hat ihn als Teenager im Rausch mit einem Traktor angefahren. Der Fuß ist nie mehr ganz geheilt. Damals war er ein ziemlich guter Fußballer mit Aussicht auf eine Profikarriere.«

Moll schüttelte bedauernd den Kopf. Im Grunde waren es immer himmelschreiende Zufälle oder Ungerechtigkeiten, die einem Leben eine neue Richtung gaben. Wie viel war am Ende wirklich gewollt? Oder ging es nur darum, mit den Aufgaben fertig zu werden, die sich ungefragt stellten? Ohne es zu merken, hatte er das Ende des Ganges erreicht. Er blieb stehen, bevor ihn das Licht erfassen konnte und jemand ihn bemerkte.

Auf der Bühne der Felsenreitschule ragte ein überdimensionales Kreuz auf. Daneben bemühte sich ein halbes Dutzend Bühnenarbeiter, mit Seilen ein zweites, kleineres Kreuz aufzurichten, ein weiteres Kreuz ruhte auf vier Rollwagen im Hintergrund. In drei übereinanderliegenden Reihen umfassten an die hundert Arkaden die Bühne. Aus ihnen fiel ein seltsam kaltes Licht auf die Menschen darunter, nur ein paar wenige der steinernen Bögen stachen durch eine rötlich heimelige Beleuchtung hervor.

Ein junger Mann mit dunklen Haaren überwachte den Aufbau des Kreuzes. Er hätte durchaus Molls kleiner Bruder sein können und dirigierte die Arbeiter noch etwas mehr in die Tiefe der Bühne, auf der jeder einzelne Mensch angesichts ihrer monumentalen Größe verloren wirkte.

»Der Mensch ist allein, versteht ihr?«, schrie jemand mit knarrender Stimme aus dem Dämmerlicht des Zuschauerraums. »Noch weiter zurück mit dem Kreuz. Die Gehenkten dürfen keinerlei Kontakt zueinander haben. Sie dürfen keine Nähe empfinden. Sie sind einsam und ganz allein mit ihrem Sterben. Ist das so schwer zu verstehen?«

Murrend ließen die Arbeiter das Kreuz ein weiteres Mal sinken und schleppten es noch weiter weg vom ersten.

Erst jetzt hatten sich Molls Augen so weit an die Dunkelheit gewöhnt, dass er das Männchen in der fünften Reihe erkennen konnte. Es saß hinter einem dürftig beleuchteten Holzpult, daneben eine Frau mittleren Alters, die in einem Manuskript blätterte. Kaum hatte der Mann den Kopf mit den schütteren grauen Strähnen verzweifelt zwischen seine Hände genommen, sprang er auch schon wieder auf.

»Leon, ich dachte, du hättest meine Intentionen verstanden. Schlimm genug, dass Mira von uns gegangen ist. Jetzt ziehst auch du noch deinen Geist ab. So wird das nie was werden. Warum habt ihr mich alle verlassen?«

Resigniert ließ sich die kleine Gestalt mit der unangenehmen Stimme in den hölzernen Sitz fallen.

Der junge Mann auf der Bühne drehte sich erstaunlich ruhig um und deutete beschwichtigend mit den Händen zu Boden. »Kajetan … gib uns Zeit. Nur ein paar Minuten. Es wird schon. Die Leute haben auf Hochtouren gearbeitet, damit sie die zwei neuen Kreuze und die Verankerungen fertig bekommen. Außerdem müssen sie auch die Mechanik unter der Bühne umbauen. Du willst ja, dass die Kreuze am Schluss nach vorne kippen und im Boden verschwinden.«

Der Kopf von Kajetan del Gardo ruhte mittlerweile auf seinen Armen am Regiepult. Er schien erschöpft zu schlafen.

»Und was jetzt?«, flüsterte Moll seinem Kollegen Reisinger zu. »Wenn wir jetzt mit ihm reden wollen, lässt er uns kreuzigen, zur Not auch auf dem liegenden Kreuz.«

Reisinger grinste. Zumindest hier hatte er Moll etwas voraus. »Keine Angst. Du bist ja keine Memme. Wir spielen das über den

Regieassistenten.« Damit deutete er auf den jungen Mann, der eben die Position für das dritte Kreuz festlegte. Nachdem jener mit einem Klebeband die gewünschte Stelle am Boden markiert hatte, nickte er den Arbeitern freundlich zu und stieg auf der Seite der Polizisten von der Bühne herunter.

Moll stellte sich dem Regieassistenten mit ausgestrecktem Arm in den Weg und hielt mit der anderen seinen Ausweis hoch.

»Mira, oder?«, fragte der Dunkelhaarige.

Moll nickte und zog den Mann noch ein Stück in den dunklen Gang hinein, in dem Reisinger wartete. Er entschuldigte sich kurz wegen der unorthodoxen Kontaktaufnahme. Seinem Gegenüber schien die Störung dagegen ganz angenehm zu sein.

»Ich brauche jetzt sowieso eine Pause. Als Regieassistent ist man der reinste Sklave.«

»Sie sind wer?« Reisinger sah den schlanken Mann, der noch mehr von einem Jüngling als von einem Erwachsenen hatte, fragend und ein wenig von oben herab an, was ihm aufgrund seiner Größe nicht schwerfiel.

»Leonhard Sommersguter alias Leon Sommers, Mädchen für alles, genau genommen. Bloß das Kaffeeholen erledigen andere.«

»Was machen Sie jetzt ohne Mira Krainer?«, versuchte Moll zum jungen Mann über dessen Arbeit Vertrauen aufzubauen.

»Improvisieren, würde ich sagen.« Leon Sommers lächelte. »Wir teilen ihre Rolle auf drei Frauen auf. Aber das Regiekonzept soll ihnen Kajetan del Gardo selbst erklären. Er ist mit dem Kreuzigungsthema alt geworden. Mira hätte in ihrer ganzen Weiblichkeit und Präsenz die szenischen Teile tragen sollen.«

Moll fiel auf, dass Sommers den Vornamen der Toten verwendet hatte.

»Waren Sie sehr vertraut mit Mira Krainer?«

Sommers blickte den Chefinspektor überrascht an und begann, mit der rechten Hand an seinem Ehering zu drehen.

»Mira war mit allen vertraut. Eine Schauspielerin ohne Allüren, gleichzeitig sehr klar in dem, was sie tat. Und sehr neugierig. Deshalb ließ sie sich von Regisseuren wohl auch gern führen. Als eine Art Entdeckungsreise ins eigene Ich.«

Moll fuhr sich mit Daumen und Zeigefinger kurz an die Lippen. »Klingt, als hätten alle diese Frau geliebt.«

Wieder hob Leon Sommers ruckartig seinen Kopf, ohne verlegen zu wirken. »Zumindest viele. Manche verabscheuten ihre natürliche Art aber auch. Authentizität ist in diesem Business nicht üblich. Wobei … bei den wirklichen Stars findet man doch einige, ich nenne sie jetzt mal ›Normale‹, in der Liga darunter und bei den Jungschauspielern dominieren die blanke Arroganz, gepaart mit Dummheit und lächerlichen Allüren.«

Erst jetzt hörte Moll, dass sich bei Sommers ein leichter bayerischer Akzent eingeschlichen hatte. »Wo sind Sie denn daheim?«

»In München.« Schlagartig hatte der Regieassistent zur feinen Standardsprache zurückgefunden.

»Wissen Sie etwas von Feinden, die Mira Krainer gehabt haben könnte? Oder fallen Ihnen Gründe ein, warum sie sterben musste?«

Sommers sah Moll starr in die Augen und zögerte. »Nein, das ist mir ein Rätsel. Ich dachte, sie hätte keine Feinde. Aber offenbar habe ich mich geirrt.«

»Wissen Sie vielleicht, mit wem im Ensemble sie ein Verhältnis hatte?«

Sommers blickte erstaunt auf. »Mira und ein Verhältnis hier? Nicht dass ich wüsste. Das müsste sie so gut gemacht haben, dass nicht einmal ich das mitbekomme. Und ich sehe von allen wohl am meisten, weil ich zur selben Zeit an allen Orten sein soll.«

Moll bemerkte die eckig gestikulierenden Hände des Regieassistenten. Der Junge war nach ein paar Wochen Salzburger Festspielbetrieb wohl schon abgehetzter, als er sich selbst eingestehen wollte. »Und wer profitiert im Stück von Krainers Tod?«

»Da kann ich Ihnen nicht weiterhelfen. Das steht noch nicht fest. Und wenn es feststeht, dann weiß das maximal Kajetan selbst. Aber glauben Sie wirklich, dass man deshalb einen Menschen umbringt? Um eine Rolle zu bekommen?«

Der gutaussehende Regieassistent hatte kaum ausgesprochen, als del Gardo mit Knatterstimme seinen Vornamen rief.

»Ich muss jetzt wieder …«, sagte Sommers mit einer resignativen Handbewegung, bei der er gleichzeitig lächelte. »Was tut man nicht alles für seine Karriere und gute Referenzen.«

»Bitte kündigen Sie uns bei Ihrem Regisseur an. Wir brauchen ihn kurz … wirklich nur ganz kurz«, rief Moll dem Mann nach.

»Fürchte dich doch nicht so vor den Mimen und den ganzen Lakaien da. Je mehr du sie von oben herab behandelst, umso mehr schätzen sie dich«, raunte ihm Reisinger zu.

Die Augen der beiden Polizisten folgten Sommers, während er durch die Holzbänke zum Regiepult ging und sich zum zwergenhaften del Gardo hinunterbeugte. Der hörte ihm kurz geduldig zu, dann fuhr seine Hand fahrig in die Luft. »Sollen sich einen Termin geben lassen«, schrie der Regisseur und sah zu Moll und Reisinger.

Falsche Reaktion, entschied der angespannte Moll, völlig falsche Reaktion. Er ging ohne Umschweife auf Kajetan del Gardo zu und stellte sich mit dem Dienstausweis vor.

»Sie stören hier die Probe«, keifte del Gardo in einer unangenehm hohen Tonlage. »Lassen Sie sich einen Termin geben, dann reden wir.«

»Irrtum«, sagte Moll mit fester Stimme. Der Gnom vor seinen Augen hatte eine gewisse Angriffslust in ihm aktiviert. »Mira Krainer ist mittlerweile die Hauptperson in *meinem* Stück. Und da bin ich der Regisseur. Sie glauben gar nicht, was ich aus Menschen herausholen kann. Ich kann Sie im Übrigen auch vorführen lassen, wenn Sie glauben, Sie müssten im Zuschauerraum ein großes Widerstandsdrama inszenieren. Und noch eines: Angst ist nicht meine Stärke, egal, wen Sie jetzt anrufen lassen.«

Kajetan del Gardo kniff die Augen zusammen und entschied in Sekundenbruchteilen, dass das Problem mit den Polizisten nur noch größer werden konnte, wenn er jetzt weiter auf Konfrontation setzte.

»Stellt die vermaledeiten Kreuze auf. Dann machen wir weiter«, rief er Richtung Bühne und ließ sich zurück in seinen Sessel fallen. »Wer hilft mir in dieser dunklen Stunde?«, murmelte er und schüttelte langsam seinen Kopf. Er starrte kurz auf einen Ring mit einem überdimensionalen Kristall an seiner linken Hand und küsste den Edelstein dann innig.

Reisinger lehnte wie unbeteiligt in der nächsten Reihe und sah den verwachsenen Regisseur amüsiert an, ohne ein Wort zu sagen. Diesen Schiefer sollte sich Moll einziehen.

»Sparen wir uns alle Höflichkeiten, Herr del Gardo. Wer bekommt Krainers Rolle?«, fragte Moll kalt.

Der kleine Mann mit dem scharfen Vogelgesicht schüttelte den Kopf. »Ich weiß es nicht. Noch nicht. Ich probiere gerade ein paar Anwärterinnen aus.«

»Was heißt ›ausprobieren‹ in diesem Fall?«

»Dass sie die körperliche und psychische Belastung am Kreuz aushalten müssen. Das ist gar nicht so einfach, wie Sie denken. Die Uridee war, einen weiblichen Jesus zu präsentieren. Als Gegengewicht zum überwiegend männlichen Orchester. Es ist die Weiblichkeit, die hier gekreuzigt wird. Nicht wie sonst üblich ein mythologisch überhöhter männlicher Körper. Am Schluss nimmt der Bass die am Kreuz Gestorbene in die Arme, eine umgekehrte Pieta, die Perversion von Maria mit dem toten Jesus. Ich weiß nicht, ob Sie das verstehen. Es gibt noch so viel zu erzählen über diese letzten Stunden, Hoffnung und Hoffnungslosigkeit, die Einsamkeit und das Ganz-bei-sich-Sein in der Stunde des Todes.«

Reisinger nickte kurz, als ihn del Gardo anblickte. Moll versuchte, das Kunstgewäsch an sich vorbeiziehen zu lassen.

»Programmierter Skandal, oder?«

»Ach was.« Kajetan del Gardo, der mit seiner schwarzen Hose und dem schwarzen Rollkragenpullover wie ein Zwerg der dunkelsten Stunde in seinem Sessel saß, wurde wieder unwirsch. »Ich bin so alt, dass mich ein Skandal genauso viel interessiert wie der sprichwörtliche Sack Reis, der in China umfällt ... Hier geht's um eine Geschichte, die erzählt werden muss. Es geht um die Geschichte. Es geht um die letzten Sekunden, auf die wir alle unweigerlich zulaufen. Auf den Augenblick der Rechnungslegung, jenen Moment, in dem wir Versäumtes erkennen und nichts wiedergutmachen können.«

»Tempus fugit«, unterbrach Moll del Gardo. »Unsere Zeit flieht auch. Haben Sie eine Idee, warum Mira Krainer sterben musste?«

Der kleine Regisseur schüttelte den Kopf. »Sie war der Inbegriff eines Menschen, bei dem man sich wohl fühlt. Vielleicht deshalb ... Das war auch der Grund, warum ich diese Rolle – das ist keine große Sprechrolle, sondern ein emotional geladener Platz, den mein weiblicher Christus einnimmt ... Miras Menschlichkeit war der Grund, warum ich sie in dieser Rolle haben wollte. Mit ihrem Afrika-Engagement ist sie eine Ikone des Mitgefühls. Wie prädestiniert für diese Figur.«

»Wann haben Sie sie eigentlich das letzte Mal gesehen?«

»Am Montagvormittag. Nach der Probe. Danach tauchte sie nicht mehr auf.«

»Ist der kleine Regisseur verrückt? Oder sehe nur ich das so?« Moll beschattete seine Augen mit der Hand und blickte Reisinger fragend an, als sie die Felsenreitschule verließen. Das Licht stach in den Augen.

Reisinger hatte das ganze Gespräch eher mit Humor genommen und den angespannten Moll fast lieber beobachtet als den Zwerg. »Der lebt halt in seiner eigenen Welt. Keine Ahnung, was von dem zu erwarten ist. Viel werden wir von ihm sowieso nicht mehr sehen. Vergiss ihn einfach, wenn er deine Seelenruhe stört.«

Moll blickte auf sein Handy. Szifkovits hatte versucht, ihn zu erreichen, und ihm eine SMS geschickt. *Spermaspuren Bauch und Vagina von zwei verschiedenen Männern*, lautete ihre Botschaft. Wortlos drückte er sein Handy mit der Nachricht Reisinger in die Hand.

»Wird immer spannender. Wir suchen also jetzt mal ihre Sexualpartner. Sie scheint ja mit ihrer Liebe nicht gegeizt zu haben, die erstaunliche Frau Krainer.«

Moll nickte und leitete die SMS an Pelegrini und Oberhollenzer weiter. »Hoffen wir, dass unser zweites Duo mehr herausfindet. Und dass uns die Handydaten von Mira Krainer etwas sagen. Damit wir wenigstens wissen, wo sich Krainer mit wem nach der Probe am Montagvormittag getroffen hat. Sie muss ja Montag oder Dienstag gestorben sein.«

18

Einige Masken hatten etwas Bedrückendes. Pelegrini strich über eine afrikanische Holzskulptur und starrte dann in eine grässliche Fratze. Das grob geschnitzte Gesicht blickte mit furchterregend hohlen Augen und schiefem Mund auf die Beamten. Selbst wenn man nicht zum Aberglauben neigte, schienen die archaischen Schnitzereien eine gewisse Macht über die Betrachter zu haben. Nein, so etwas hätte sich Pelegrini niemals in ihr Schlafzimmer gehängt, wie wertvoll auch immer diese Dinger waren.

Monika Weber, ein kleine, schlanke und ein wenig ausgetrocknet wirkende Frau, stand im Türrahmen und sah den beiden Polizisten zu, während sie Krainers Zimmer durchsuchten. Sie hatte eine sehr dünne Stimme. »Mira war ein Afrika-Freak. Das hatte schon pathologische Züge, wenn Sie mich fragen. Sie war ja mal mit dem Leiter der African Relief Foundation zusammen. Aber ich glaube, das habe ich Ihnen schon erzählt.«

Frau Weber fuhr sich wieder an die Nase. Ein Tick der hageren Frau, wenn Pelegrini richtig beobachtet hatte. »Auch nach der Trennung hat sie als eine Art Botschafterin der Menschlichkeit für die Organisation weitergearbeitet und für Projekte in Ostafrika immer wieder ziemlich viel Geld zusammengetragen. Egal, ob es um die Erforschung von Fadenwürmern ging oder um neue Konzepte der Aids-Behandlung. Manchmal dachte ich, dass sie die Schauspielerei sowieso nur als Vehikel für ihre Afrika-Projekte benutzt.«

Pelegrini nahm einen Ordner in die Hand, dessen Rückseite mit einem Schattenriss des Schwarzen Kontinents markiert war. »Wer erbt denn Krainers Vermögen?«

Monika Weber hob kurz die Schultern und ließ sie wieder fallen. »Ich vermute, die African Relief Foundation. Aber ich weiß es nicht. Ich weiß nicht einmal, ob sie so viel besessen hat. Ich glaube, sie hat das meiste nach Afrika überwiesen.« Oberhollenzer öffnete die Schubladen des Schreibtisches. »Hat Frau Krainer ein Tagebuch geführt?«

»Ja, so was sollte es geben. Es hat einen blauen Einband und das Format eines kleinen Schulheftes.«

»Das Zimmer sieht aus, als hätte Krainer ständig bei Ihnen gewohnt ...«

»De facto hatte sie es das ganze Jahr über gemietet. Sie hatte oft in Salzburg zu tun. Wir sind seit unserer Schulzeit Freundinnen. Und in Hotels wollte sie nicht mehr ohne Notwendigkeit absteigen.«

Pelegrinis und Oberhollenzers Handy gaben gleichzeitig Laute von sich. Die junge Polizistin zog ihr Telefon mit unglaublicher Schnelligkeit aus ihrer Jeanstasche. Ebenso rasch ließ sie es ein wenig enttäuscht sinken. »Wie sieht's mit Männerfreundschaften aus bei Krainer? Abgesehen von Jim Loft? Warum wohnten die beiden eigentlich nicht zusammen?«

Weber lächelte zum ersten Mal. »Ich weiß nicht, ob das ein Hauptthema war für Mira. Ich glaube, sie hat über die meisten Männer gelacht. Ich kann Ihnen keine Namen nennen. Und das mit Jim Loft ... Nun ja, das ist eine spezielle Beziehung.«

»Heißt was?«, fragte Oberhollenzer beiläufig nach, während er in einem Bücherregal einen Band nach dem anderen nach links kippte.

»Einfach ... etwas Besonderes.«

Für Pelegrini war Oberhollenzer zu schnell über das schmale Bücherregal hinweggegangen. Sie zog alle Bücher zumindest kurz heraus. Die meisten davon waren Afrika gewidmet, daneben entdeckte sie ein Buch über die Geheimnisse des Wassers und über

Kreuzigungsforschung sowie eine neue Interpretation der Leidensgeschichte Jesu. Gerade hatte sie das letzte Buch an seinen Platz zurückgestellt, da hörte sie einen Freudenschrei ihres Kollegen.

Oberhollenzer hielt triumphierend ein blaues Buch hoch. »Endlich wieder mal Lesestoff, der mich interessiert. Krainers Tagebuch. Und den Laptop vom Schreibtisch nehmen wir auch samt Netzgerät mit.«

19

Mir ist etwas eingefallen«, meinte Reisinger, als sie zu viert im Büro um den einzigen runden Besprechungstisch saßen. Er biss in einen dreistöckigen Burger.

Moll wunderte sich kurz, dass der hagere Kollege keine Kiefersperre bekam. Vielleicht konnte Reisinger, der sowieso an schlechten Sympathiewerten litt, seinen Kiefer aushängen wie gefräßige Pythons, wenn sie ein Ferkel verschlangen.

»Auch wenn es euch auf die Nerven geht«, sagte Reisinger, »aber ich brauche jetzt was, sonst falle ich vom Stuhl. Unterzucker und so. Typische Eigenschaft besonders leistungsfähiger Menschen.« Reisinger lachte, obwohl er bereits den nächsten Bissen im Mund hatte.

Oberhollenzer sah mit hohlen Augen auf den Superburger. Er versuchte mal wieder, weniger zu essen, um seine hundertzwanzig Kilogramm stabil zu halten. Und das bisschen, das er zum Essen brauchte, konnte er ja auch trinken. Später.

»Erinnert ihr euch an die Male an den Händen und Füßen von Mira Krainer? Die könnten von der Kreuzigungsszene kommen. Ich sag's nur mal so, damit ich auch zu was gut bin.« Reisinger versenkte sein Gesicht wieder im Fast Food.

»Das musst du auf jeden Fall überprüfen, Manfred. Frag bei Sommers nach.« Moll fuhr sich durch das Haar. »Irgendwie wirkt in diesem Fall alles wie eine Inszenierung. Die Tote auf dem Mühlenrad, befestigt mit einer seltsamen Apparatur. Die Teile kommen aus dem Baumarkt und werden dort zu Tausenden zum Aufhängen von Fahrrädern verkauft. Das Gerüst um Krainers Körper war aus dickem Basteldraht, sagt Schmid. Ebenfalls zu Tausenden im Baumarkt erhältlich. Derjenige, der der Toten das Metallkorsett verpasst hat, muss ein guter Handwerker sein, meinte Hans. Das Ganze war sehr professionell vernietet.«

»Wenn die Heimwerker jetzt auch noch unter die Mörder gehen, dann schaut's in Salzburg bald schlimm aus«, feixte Oberhollenzer und starrte nach wie vor auf den schrumpfenden Burger. Er fühlte sich wie eine Katze bei Tisch, die auf ein kleines Stück wartet.

Moll sah in die ratlosen Gesichter seiner Kollegen. »Wir wissen noch überhaupt nichts über Krainers Beziehungen. Außer dass sie mit zwei Männern zeitnah Sex hatte. Ob das freiwillig war, wissen wir auch nicht. Laut Szifkovits gab's keine Spuren eines Kampfes. Wir sollten Jim Loft auf jeden Fall mal mit diesem Thema konfrontieren. Und ihn um ein bisschen Speichel bitten, damit wir Krainers Beziehungen auseinanderhalten können.«

Oberhollenzer nickte Moll zu. Der Burger seines Kollegen war in das Verdauungsnirwana eingegangen. Jetzt konnte er sich wieder konzentrieren.

»Wie sieht es mit den Handydaten aus?« Moll sah Pelegrini an.

»Negativ. Oder schlecht. Krainer hat ihr Handy vor etwa zwei Wochen verloren. Alles, was ich bis dahin an Anrufen zurückverfolgen konnte, gibt nicht viel her. Da sind Anrufe von den Festspielen drauf, Leon Sommers und Kajetan del Gardo haben öfter mit ihr telefoniert. Ansonsten nichts Auffälliges.«

»Zwei Wochen ohne Handy … Wie kann man so leben?«, fragte Reisinger und klopfte sich auf seinen nicht vorhandenen Wanst, um eine Sekunde später seinen Laptop aufzuklappen und sich durch verschiedene Seiten zu klicken, ohne noch viel von seinen Kollegen Notiz zu nehmen.

Moll brauchte über die Frage nicht lange nachzudenken. »Wenn man es sich leisten kann, geht das schon ohne Handy. Aber nicht für Lohnsklaven wie uns. So langsam ärgere ich mich, dass ich Mira Krainer nie kennengelernt habe. Egal, welchen Schaden sie hatte, eine interessante Frau war sie allemal.«

»Beziehungsmord? Rachemord? Eifersuchtsmord? Worauf einigen wir uns?«, fragte Pelegrini und sah auf ihr Handy. Wieder keine SMS aus Wien. Vielleicht würde sie diesen Kerl auch umbringen und mit einem Handy aus dem Jahr 1995 erschlagen. Damals wogen die Dinger ja noch ein halbes Kilo und waren so groß wie eine Käsekrainer.

Alle in der Runde nickten. Keiner gab eine Antwort auf die Frage.

»Interessante Geschichte«, murmelte Reisinger plötzlich und deutete mit einem Finger auf den Schirm. »Ich hab gerade die Zeitungsseiten durchgeklickt. Da gibt es nicht nur Berichte über Krainers Tod, sondern auch Fotos, die sie mit Jim Loft im Bett zeigen. ›Handyleak-Skandal‹ haben die *Salzburger Nachrichten* getitelt. Das trifft es wohl am besten.« Reisinger spielte plötzlich wieder den engagierten Bullen und rollte mit seinem Stuhl auf die Seite, damit seine Kollegen den Bildschirminhalt lesen konnten.

Jemand hatte Lofts Handy gehackt und die Fotos im Netz verteilt. Mit Zeitverzögerung waren auch die Zeitungen auf die Geschichte aufgesprungen. Unter anderen Umständen hätten sie wohl »Lofts Liebschaft« getitelt und mit erhobenem Zeigefinger wegen des Fotoklaus gleichzeitig die voyeuristischen Gelüste der Leser bedient. Jetzt zwang sie Krainers Tod zu drastischeren Titeln wie »Geschmacklosigkeit ohnegleichen: Tote Opfer von Datenklau« und Ähnliches, wie sich die Beamten beim Klicken durch die Seiten überzeugen konnten.

»Man muss eben aufpassen, was man als Prominenter so auf seinem Handy hat«, wandte Pelegrini ein. »Wirklich schockierend sind die Fotos nicht. Sie zeigen Loft ja nicht mal beim Sex. Dass sein Management rotiert, ist aber klar.« Sie deutete auf ein Zitat, wonach Hubertus von Mayerling den Fotodieb als »Cyberpaparazzo der übelsten Sorte« beschimpfte und auch für Prominente ein Recht auf Privatsphäre einforderte. »Loft muss ja für all seine weiblichen Fans verfügbar bleiben. Eine Frau, mit der er eine körperliche Beziehung hat, stört dieses Konzept.« Pelegrini zeigte auf das Bild, das die schlafende, halb nackte Krainer an Lofts Seite zeigte. »Aber auf Fotos und im TV sieht der Kerl schon verdammt gut aus. Ganz anders als in Wirklichkeit.«

Moll klatschte in die Hände und richtete sich auf. »Dann beenden wir mal die Presseschau und machen weiter. Manfred, du übernimmst die Festspielfront, ja? Und ruf Sommers wegen der Kreuzigung und den Spuren an Krainers Handgelenken an. Dann kannst du Oberhollenzer beim Aufarbeiten von Tagebuch und Laptop helfen. Ich und Martina laden uns noch einmal bei Jim Loft alias Reinhard Loipersberger ein.«

»Ganz geheuer ist mir der Kerl nicht«, fügte Pelegrini hinzu und erhob sich.

Franco nutzte die Fahrt nach Großgmain, um seinen Großvater Viktor anzurufen. Der alte Mann war sichtlich in Redelaune. »Weißt du, was ich heute früh gemacht habe?«

Franco verneinte kurz und gespannt.

»Ins Bad gepinkelt!«

Überrascht wiederholte Franco den Satz. Pelegrini blickte ihren telefonierenden Beifahrer amüsiert an.

»Und?«, fragte er nach. »Wie war's?«

»Super«, sagte Viktor. »Warm und angenehm.« Er lachte lange. »Kommst du mit Florian wieder mal zum Frühstück?«, erkundigte er sich dann.

»Dein Urenkel heißt Felix, Viktor. Er ist gerade in Italien. Aber danach kommen wir gerne wieder vorbei. Ich bin nur beruflich sehr eingespannt. Schaust du nicht fern?«

»Doch«, erwiderte Viktor und schwieg dann.

Franco wusste, dass die lokale Fernsehsendung einer der wenigen Fixpunkte im Tagesablauf seines Großvaters war. »Der Mord an der Schauspielerin. Erinnerst du dich?«

»Dunkel«, antwortete Viktor nach einer längeren Pause. Irgendwie würde Franco sich daran gewöhnen müssen, dass seinem Großvater die Gegenwart abhandenkam. Und er würde ihn bald wieder in seiner Wohnung im Stadtteil Lehen besuchen müssen. Das Leben war endlich. Nicht nur, wenn man ein paarmal im Jahr Tote auf dem Schreibtisch hatte. Auch privat trug das Leben eine Reihe von Ablaufdaten.

»Reden wir ein andermal weiter«, sagte Viktor müde. »Ich muss mich hinlegen.« Offenbar merkte er selbst, dass ihn sein Gedächtnis zunehmend verließ. »Viele Küsse.« Mit dieser Verabschiedung, die er früher seiner Frau vorbehalten hatte, legte der alte Mann auf. Franco spürte eine steinerne Faust im Magen.

20

Wie eine mutierte Sphinx bewachte der Mann in seinem Rollstuhl die Eingangstür zu Lofts Villa. Er ließ das Polizisten-Duo bis auf drei Meter an sich herankommen und machte keine Anstalten, die Blockade der Tür aufzugeben, sondern schien hinter seiner schwarzen Brille durch die Beamten hindurchzustarren. Moll konnte nicht sagen, ob er nicht ein spöttisches Grinsen um die Mundwinkel bemerkt hatte. Schließlich musste Lofts Vater die beiden Polizisten gehört haben, während sie näher kamen. Sie hatten sich in normaler Lautstärke unterhalten.

Bevor er den Mann mit den steinernen Zügen bitten konnte, den Weg freizugeben, hob dieser zwei Finger seiner rechten Hand. Ein paar Sekunden später zerrte ihn eine unsichtbare Kraft ins Hausinnere. Moll konnte gerade noch die Umrisse der asiatischen Betreuerin erkennen, während sie mit ihrem Pflegefall in einem matt ausgeleuchteten Gang verschwand.

Die beiden Ermittler trafen Loft diesmal in einem Raum, in dem sich nur ein großer Flügel befand, daneben ein E-Piano samt einem Notebook.

Loft saß am elektronischen Klavier und spielte immer wieder dieselben acht Takte. »Ein Königreich für einen Refrain«, sagte er, ohne sich zu den Polizisten umzudrehen. »Was fällt Ihnen denn zum Thema Obsession ein?« Er drehte sich um und sah den Chefinspektor an, ohne Pelegrinis Anwesenheit zur Kenntnis zu nehmen. »Für Sie schreibe ich die Nummer sogar in Moll.« Er lächelte, als würde ihm die vorgeschobene Heiterkeit Mühe machen.

Moll war Wortspiele mit seinem Namen gewöhnt und ignorierte sie routiniert. »Obsession … Doppelleben, sonst steht man sie nicht durch, oder?«

»Darüber denke ich mal nach«, antwortete Loft und erhob sich vom Klavierhocker. Jeder Anflug von Lächeln hatte sein Gesicht wieder verlassen.

Moll nutzte die Zäsur zu einer Themenänderung. Er sprach den Popstar bewusst mit seinem ursprünglichen Nachnamen an. »Herr Loipersberger, wir sind da auf ein paar aufklärungsbedürftige Dinge gestoßen. Wie viel Wert legen Sie denn auf Treue in der Beziehung?«

Lofts Miene zeigte keinerlei Regung. »Viel, so wie jeder.«

»Kann man die als Popstar leben?«, hakte der Polizist nach.

»Warum nicht?« Loipersberger sah ihn gleichermaßen interessiert wie erstaunt an. »Ich kann nicht mit jeder Frau ins Bett gehen, die ihr T-Shirt für mich hebt.«

»Wie erklären Sie sich dann, dass wir an Mira Krainer Sperma von zwei verschiedenen Männern gefunden haben?« Pelegrini hatte ihre Frage aus dem Hinterhalt abgeschossen. Loipersberger sah sie kalt an und hob gleichgültig die Schultern. Mit Erstaunen bemerkte Moll, dass es seine Kollegin in kürzester Zeit geschafft hatte, ihr Dekolleté zu verändern und ihre Brust mehr als ansatzweise oberhalb ihrer Bluse zu zeigen. Allerdings ohne Erfolg bei Loft, den die zwei weichen Schwünge und das kleine Tal dazwischen überhaupt nicht zu interessieren schienen. Dieser Mann konnte sich von der Bühne aus jeden Busen aussuchen, den er begehrte.

»Sie haben doch sicher eine Erklärung dafür«, setzte Pelegrini nach. Sie schien zu Molls Überraschung nicht enttäuscht zu sein, dass sie auf Loft so gut wie keine Wirkung hatte.

»Wir haben eine offene Beziehung geführt. Mehr will ich dazu nicht sagen, weil es von meiner Seite mit Miras Tod nichts zu tun hat. Die Fotos, die jetzt im Internet aufgetaucht sind, sind geschmacklos genug.«

»Das verstehen wir. Aber die Bewertung, wann etwas mit Miras Tod zu tun hat, sollten Sie uns überlassen«, bemerkte Pelegrini mit einem entwaffnenden Lächeln. Sie schlug wie geistesabwesend einen a-Moll-Dreiklang am Klavier an. »Damit wir die Spuren zuordnen können, brauchen wir von Ihnen eine Speichelprobe. Allerdings nur, wenn Sie zustimmen. Stimmen Sie nicht zu, ziehen wir natürlich auch unsere Schlüsse daraus. Und ich sage Ihnen ganz ehrlich, es ist nicht Aufgabe der Kriminalpolizei, sich um Ihr mediales Erscheinungsbild zu kümmern.«

»Soll ich jetzt in einen Kaffeebecher onanieren? Oder was erwarten Sie von mir?« Loft platzte der Kragen. Er blieb knapp unter Schreilautstärke.

»Das kann Ihnen keiner verbieten«, antwortete Pelegrini ruhig. »Sie sind ein freier Bürger. Für uns reicht es, wenn wir einen Mundabstrich mitnehmen können.« Sie zog ein Plastikröhrchen mit Wattestäbchen aus ihrer Tasche.

»Einfach Mund auf, und dann ist das Ganze in zwanzig Sekunden erledigt.«

Loft trat nahe an sie heran. »Wie ärgerlich, dass ich keinen Räßkäse vertrage, sonst könnte ich Sie wenigstens mit meinem Atem umhauen.« Er öffnete seinen Mund und sah Pelegrini böse an.

Die junge Polizistin wischte mit dem überlangen Wattestäbchen geduldig über die Mundhöhle des Starmusikers und verschloss die Speichelprobe mit einem freundlichen Nicken.

21

Heute. Mehr enthielt die SMS von Bettina nicht. Die Dämmerung neigte sich ihrem Ende zu. Es war halb neun und noch immer sehr heiß. Franco saß seit ein paar Stunden im Büro und versuchte, die bekannten Fakten des Falles zu ordnen. So wie er gähnten auch seine Kollegen abwechselnd. Er blickte noch kurz auf die SMS, dann tippte er trotz seiner Abgespanntheit zwei Buchstaben ein. *Ja.* Allein beim Gedanken an Bettina reagierte sein Körper mit fühlbarem Verlangen. Obwohl er sich auf den Fall konzentrieren sollte, ließ er sein Handy mit dem Display nach oben vor sich auf dem Schreibtisch liegen.

Das Notebook hatte kaum etwas Neues gebracht. Mira Krainer hatte ihre Daten nicht sonderlich geschützt, sondern machte es den Beamten leicht, Einblick in ihre zwei Konten zu nehmen. Auch der kleine Computer zeigte nur, wie sehr sie mit dem Schwarzen Kontinent verbunden war – von den Summen, die sie fast monatlich für Projekte in Kenia oder Tansania überwies, bis hin zu den Seiten, die sie in den letzten vier Wochen besucht hatte. Reisinger, ein Computerfreak, hatte sich ausführlich mit Krainers Notebook beschäftigt und sowohl die Cookies ausgewertet, die Internetseiten meist ohne Wissen ihrer Benutzer auf dem Computer hinterließen, als auch die Chronik der besuchten Seiten genau dokumentiert. Moll war beruhigt. Offenbar konnte der als megafaul und unberechenbar verschriene Reisinger doch etwas zu ihren Ermittlungen beitragen.

Das Tagebuch war spannender als Krainers Computer. Oberhollenzer hatte immer wieder Stellen daraus vorgelesen. Namen fand man darin allerdings so gut wie keine, vor allem nicht von ihren Liebhabern. Mira Krainer notierte ihre Tagesabläufe stichwortartig. »Er ist überraschend lieb«, hieß es da zum Beispiel Anfang Juli. »Ausflug mit ihm nach Zell am Moos. Toll der Fahrtwind«, war am 10. Juli zu lesen. »Beim Sex so unsicher wie ein kleiner Bub.«

Oberhollenzer lachte, als er den letzten Satz vorlas. »Wir haben es also offenbar mit einem Cabrio-Fahrer zu tun, dessen Männlichkeit nicht auf der Höhe der Zeit ist. Reicht das als Ermittlungsansatz?«

»Dann müssen wir gleich mal jeden zweiten Mann festnehmen und nur noch die Cabrio-Fetischisten rausfiltern«, spottete Pelegrini. »Rasterfahndung auf andere Art.«

Die drei Männer im Büro sahen sich vielsagend an.

»Was glotzt ihr so blöd?«, erwiderte Pelegrini. »Ist ja wahr ...«

Oberhollenzer drehte sich zu der Kollegin um und versuchte es auf die väterliche Tour. »Schau, Martina. Dein Wiener Kieberer hat Familie. Soll er die wegen seiner einmaligen Nebenbeschäftigung mit dir verlassen?«

Pelegrini funkelte ihn böse an und schüttelte dann kaum merklich den Kopf.

Oberhollenzer machte noch einmal auf Wolf, der eine Lastwagenladung Kreide verschlungen hat. »Ich weiß, es ist wegen der Kränkung, aber manchmal gehen Liebschaften auch schief.«

Moll glaubte, sich verhört zu haben. Das waren Töne von dem Bären Oberhollenzer, die er nie und nimmer erwartet hätte. Auch Pelegrini schnappte nach Luft. Der Pinzgauer Riese nickte ihr aufmunternd zu und drehte sich wieder zum Schreibtisch, um weiter Krainers Tagebuch zu exzerpieren.

Nach kurzem Blättern im blauen Band redete er weiter. »Mitte Juli scheint das Techtelmechtel zu kippen. ›In Liebesdingen ein Sozialfall. Keine Lust mehr, eine Mutter Teresa fürs Bett zu sein.‹ Kann man es deutlicher ausdrücken, dass einen ein Mann nicht mehr interessiert?«

»Weißt du eigentlich, wann die Geschichte mit dem anonymen Lover Nummer eins begonnen hat?« Moll sah wieder auf sein Handy, das keine neue Nachricht von Bettina zeigte.

»Ich glaube, Mitte oder Ende Juni, wenn ich das recht verstehe. Ich tippe auf diesen Eintrag vom 23. Juni. ›Interessanten Mann beim Spaziergang kennengelernt. Hat mich nicht sofort angebaggert wie die meisten.‹ Schau, die Dame steht auf Schüchterne. Zwei Tage später begegnet sie ihm wieder. ›Fastzusammenstoß mit meinem Abenteurer auf der Nonnbergstiege. Kaffee.‹ Und weitere zwei Tage später besucht sie ihn in seiner Werkstatt. ›Sehr männlich dieses Innenleben mit all den Geräten, ganz anders als der erste Eindruck.‹«

Reisinger sah Oberhollenzer gelangweilt an. »Heißt das, dass unser Mann ein Handwerker ist?«

»Berührungsängste hatte die Krainer ja offenbar keine, um ein Flittchen freundlich zu umschreiben. So ein stichwortartiges Tagebuch lässt ziemlich viel Interpretation zu. Handwerker oder Heimwerker mit Cabrio, hm … Ich weiß nicht.«

»Warum Flittchen?« Pelegrini klang zornig. Sie hatte keine Lust, ihre Antipathie für Reisinger weiter zu verbergen. »Wenn eine Frau so blöd ist, sich von dir abschleppen zu lassen, ist sie ja auch kein Flittchen, oder? Maximal dumm … Vielleicht war Krainer einfach eine vitale Frau, die sehr gut wusste, was sie wollte, und halt mal danebengriff. Soll ja vorkommen.«

Reisinger lachte so respektlos, als hätte ihm eine Zehnjährige gerade die Welt zu erklären versucht.

Oberhollenzer quittierte Pelegrinis Ausbruch mit einem anerkennenden Zwinkern. Oberlehrerhaft hob er den Zeigefinger, um die Aufmerksamkeit wieder auf sich zu ziehen. »Auf jeden Fall taucht am 10. Juli ein neuer Mann auf. ›Jung, brillant, nicht so karrieregeil wie die anderen in seiner Liga. Er gefällt mir, verdammt noch mal. Er sieht mich auf Augenhöhe an, nicht wie ein williges Werkzeug‹«, zitierte er. »Irgendwie hatte die Krainer einen, äh, sehr offenen Zugang zu Menschen.«

»Interessante Frau«, murmelte Moll und dachte an Bettina.

»Sie scheint bei Männern sehr flexibel gewesen zu sein«, seufzte Pelegrini. »Nur ich Trottel verbeiß mich immer in einen Typen. Und immer in den falschen.« Sie stützte den Kopf in ihre Hände. Ein flüchtiges Lächeln huschte über ihr Gesicht, als müsste sie sich über ihre amouröse Tolpatschigkeit selbst amüsieren.

»Zu jedem Topf …«

»Nein! Sag's nicht, Oberhollenzer«, unterbrach Pelegrini ihren Kollegen. »Sonst bist du der erste Mann, den ich außer Dienst schlage.« Sie blickte ihn so scharf an, dass Oberhollenzer den Satz nicht vollendete.

»Wie geht es denn weiter mit der neuen Affäre von Krainer? Und wie mit der alten?«, versuchte Moll, dessen hitzige Gedanken ebenfalls immer wieder abdrifteten, sein Team noch einmal auf den Fall zu fokussieren.

»Es scheint rasant zu gehen, bergauf mit dem einen, bergab mit dem anderen. ›In den könnte ich mich verlieben‹, schreibt sie schon am 12. Juli. Und am 17. heißt es: ›Absolut in der Welle mit ihm. Ich vibriere. Von oben bis unten.‹ Dann noch ein paar enthusiastische Geständnisse, die ich euch erspare. Will ja keinen Neid schüren.«

»Wann gibt's den letzten Eintrag?«, wollte Moll wissen und lehnte sich interessiert über den Tisch.

»Am 24. Juli. ›Mitleid ist keine dauerhafte Liebesbasis.‹«

»Klar, am Sonntag war sie noch am Leben«, schaltete sich Reisinger wieder ein. »Wie regelmäßig hat sie eigentlich das Tagebuch geschrieben?«

»Mit wenigen Ausnahmen findet man fast jeden Tag irgendeinen Satz. Manchmal ist es nur ein Sinnspruch oder so was Ähnliches. Interessanterweise nennt sie berufliche Kontakte beim Namen.

Private bleiben anonym oder sind mit einem einzigen Buchstaben abgekürzt«, sagte Oberhollenzer und überflog rasch einige Seiten. »›Kajetan ist ein religiös verhuschter Maniker, aber in seinem Wahn faszinierend‹, schreibt sie zum Beispiel.«

»Vielleicht dachte sie schon an die Zeit nach ihrem Tod.« Moll stand auf. »Sie wollte Privates privat lassen, während sie keine Hemmungen hatte, ihr Berufsleben zu dokumentieren. Zumindest könnte man das so sehen.«

Er blickte auf sein Handydisplay. Nichts. Es war knapp nach zweiundzwanzig Uhr. Offenbar hatte Bettina es sich anders überlegt. Schade. Sehr schade.

»Was schreibt Krainer eigentlich über ihren Langzeitfreund Jim Loft?«

Oberhollenzer atmete lange aus. »Wenig.« Langsam blätterte er in den Aufzeichnungen der toten Schauspielerin zurück. »Hier, am 15. Mai. ›Abendtermin mit Reinhard. Leicht deprimiert. Und deprimierend. So an sich vorbei zu leben.‹«

»Klingt jetzt nicht wirklich nach einer intensiven Beziehung«, bemerkte Pelegrini. »Die Handyfotos erzählen mehr von den beiden.«

Oberhollenzer hob die Hand, um sie zu unterbrechen. »Am 23. Juli schreibt sie ›Hab Reini heute Vollgas gegeben, damit er extra was für Kibera springen lässt. Weigert sich, dieser gierige Hundesohn. Typisch Bauernbub, der nicht merkt, wie reich er geworden ist.‹«

»Aha, das heißt, zuletzt gab's Unfrieden zwischen den beiden.« Moll steckte sein Handy in die Tasche. »Wir sollten mal checken, was der Grund für Vollgas war. Was ist übrigens Kibera?«

»Das sind die Slums von Nairobi«, erklärte Reisinger, ohne aufzusehen. »Ich spende auch einmal im Jahr für die African Relief Foundation. Damit's den Äquatorialkärntnern da unten mal bessergeht.« Er grinste.

Pelegrini wusste nicht, ob sie ihn ohrfeigen sollte oder ob Reisinger hinter seiner schmierigen Fassade vielleicht sogar eine Art von Herz hatte. Unausstehlich war er auf jeden Fall.

»Wir lassen es für heute«, sagte Moll müde und stand auf. »Das Wort ›Äquatorialkärntner‹ sollten wir in der nächsten Ausgabe der *Kriminalpolizei* vorstellen samt einem Porträt von Reisinger. Dann muss der Innenminister zurücktreten. Was gar nicht so schade wäre.« Rasch verschloss Moll seine Glock in einem Metallschrank. »Im Übrigen, euer Sonntag fällt morgen natürlich aus. Das tut mir leid für deinen Mittersiller Wirt, Oberhollenzer, aber durch dieses Tief muss er durch.«

»Ich weine innerlich«, grinste Oberhollenzer und sprang von seinem Schreibtisch auf. »Nach einem kurzen Zwischenspiel wieder aller Liebesdinge entbunden, geht es mir ja im Gegensatz zu euch zweien«, er deutete auf Pelegrini und Moll, »sehr gut. Ich muss nicht meine halbe Lebenszeit damit verbringen, auf ein Handydisplay von der Größe einer Briefmarke zu starren. Danke, Schicksal.« Er hob die gefalteten Hände zum Himmel.

Moll sah ihn erstaunt an. Oberhollenzer verdrehte nur die Augen.

22

Die Tür zum grauen Altbau abseits der alten Nonntaler Hauptstraße war noch nicht abgesperrt. Auf einen Samstagabend allein daheim hatte Moll eigentlich keine Lust, aber sein alter Freund Weinmeister war wieder mal unabkömmlich gewesen. Er musste sich um den Marder kümmern, der ihm zum wiederholten Male die Benzinleitung im Auto angeknabbert hatte.

»Weißt du übrigens, was am besten gegen Marder hilft?«, hatte er Moll vor ein paar Minuten am Telefon gefragt und gleich selbst die Antwort gegeben. »Löwenpisse. Haha. So was Blödes. Ich nehme jetzt mal Hundehaare, die ich unter die Motorhaube stopfe. Deren Geruch soll den Marder auch vertreiben.«

Also kein spätes Entspannungsbier im Lethe. Und Ulrichsberger konnte nicht kommen, weil seine fünf Mädchen samt Eltern gerade von Läusen befallen waren. Ein Mitbringsel aus dem Kindergarten. Ulrichsberger wollte verständlicherweise nicht mit einer Plastikhaube auf dem Kopf im Lethe erscheinen. Moll erinnerte sich an zwei, drei Sommer, in denen auch Felix mit Läusen das ganze Familienleben durcheinandergebracht hatte.

Es war schon halb elf. Im Treppenhaus brannte Licht. Von oben klapperten ihm Stöckelschuhe entgegen. Seine Nachbarin Melinda Glatt hüpfte erstaunlich schnell die Stufen herunter, nahm sich aber dann doch Zeit, stehen zu bleiben.

»Später Besuch?«, fragte sie distanziert und ohne zu grüßen.

»Ich wohne hier. Aber danke der superfreundlichen Nachfrage. Es würde auch schon reichen, dass mich ein nerviger Fall beschäftigt. Lahmt Ihr Pferd, oder was ist los?«, antwortete Moll; erstaunt über die ansonsten sehr nette Nachbarin.

Melinda Glatt strich sich über ihre roten Haare und hob arrogant den Kopf. »Ich meine nicht Ihre Arbeit, sondern das Groupie da oben, das schon seit einer Stunde auf Sie wartet.«

»Groupie? Wo wartet wer auf mich?« Er geriet wohl gerade in das Zentrum eines fundamentalen Missverständnisses.

»Na, die Venus da oben auf den Stufen vor Ihrer Wohnung.« Sie blies verächtlich Luft aus ihrer Nase. »Auf jeden Fall viiiiiel Vergnügen.« Damit reckte sie den Kopf kerzengerade in die Höhe und ließ nach ein paar lauten Schritten, mit denen sie ihre Wut auf was auch immer in den Boden stampfte, die schwere Holztür viel lauter als nötig ins Schloss knallen.

Offenbar tat Glatt der ständige Umgang mit Pferden, die im Zentrum ihres Lebens standen, nicht gut, schloss Franco. Die Leidenschaft für die Riesenviecher raubte ihr wahrscheinlich den Verstand für das Menschliche. Oder zumindest hatte er nur in raren Momenten gespürt, dass sich die adrette Nachbarin durchaus auch für Menschen erwärmen konnte. Also für Männer. Oder für ihn, genau genommen. In homöopathischen Dosen vielleicht. Alles Tierische war auf Tiere gerichtet ... Egal, er war nicht mehr ganz Herr seiner Sinne. Diese verdammte Hitze.

Langsam ging er mit seinen wirren Gedanken nach oben. Auf dem Treppenabsatz saß Bettina und strahlte ihn an. Neben ihr standen zwei Flaschen Weißwein und ein Aperol.

»Mit dir hätte ich jetzt nicht mehr gerechnet«, sagte Franco überrascht. »Woher weißt du, wo ich wohne? Ich hab ja ein Diensthandy und am privaten Telefon eine Geheimnummer.«

»Ach, weißt du, so etwas herauszufinden ist für eine Frau mit einem starken Ziel eine Kleinigkeit.« Belustigt hob sie mit ihren wie immer leicht bedeckten Armen die Mitbringsel hoch. »Der Akku meines Handys war plötzlich leer. Ich hab von einer der wenigen verbliebenen Telefonzellen aus deine Adresse recherchiert.« Sie stand auf und küsste ihn mit warmen Lippen auf den Mund, während er auf der letzten Stufe stand. »Eine angenehme

Größe hast du«, sagte sie gedämpft, als sie sich mit einem Lachen in den Augen von ihm löste.

Franco sperrte die Tür auf, legte seine linke Hand um ihre Taille und schob sie in den Flur.

»Hab ich jetzt die Beziehung zu deiner Nachbarin verdorben, Franco? Als sie an mir vorbeiging, war ich froh, dass das Haus aus Stein ist. Sie hat mich so angefunkelt, dass ein Holzhaus sofort in Flammen aufgegangen wäre.«

»Keine Angst. Da ich kein Pferd bin, falle ich sowieso nicht in ihr Beuteschema.« Er lachte, ohne Bettina mehr über das zeitintensive Hobby der Bankerin zu erklären.

»Da wäre ich mir jetzt gar nicht so sicher. Vielleicht wieherst du zur rechten Zeit«, antwortete Bettina und ließ keinen Zweifel daran, dass die Anzüglichkeit gewollt war.

»Nicht dass ich wüsste. Aber wir wissen ja alle zu wenig von uns selbst, nicht wahr?« Franco zwinkerte Bettina zu.

Statt einer Antwort stellte sie Aperol und Weißwein ab. Sie trat einen Schritt auf ihn zu und schien in eine andere Person zu schlüpfen. Mit einer völlig veränderten Stimme flüsterte sie: »Mach weiter, wo du gestern aufgehört hast.«

Er antwortete nicht und sah sie nur an. Langsam drehte sie sich um und lehnte sich an ihn. Durch den dünnen Stoff ihres roten Kleides glaubte Franco jede Rundung an ihr spüren zu können. Sie stand zuerst nur ganz still da und versuchte jeden Quadratzentimeter ihres Körpers gegen Franco zu drücken und nicht den winzigsten Spalt zwischen ihnen zu lassen. Seine Hände strichen langsam über ihre Seite hinunter und wanderten über die Rundungen der Hüfte. Während Bettinas Gesäß in langsamem Rhythmus ganz leicht gegen seinen Bauch zu wippen begann und schließlich kaum merklich kreiste, formten seine Hände ohne Hast ihre Taille nach, die Finger vergruben sich in den Hüftknochen. Sein Mund verschwand unter ihrem Haaransatz. Wieder roch die junge Frau betörend. Franco griff in ihr dunkles Haar und zog ihren Kopf zurück, um wieder ihren Mund zu spüren. Die zweite Hand blieb fest über ihrem weißen Hals liegen. Bettinas Zunge glitt langsam über die Innenseite seiner Lippen, als wollte sie sich mit ihrer neuen Heimat vertraut machen. Seine Hand strich weiter abwärts. Sie stoppte erst über Bettinas Brust, als ein fester Nippel gegen den kleinen Finger drückte und den Streifzug wie natürlich bremste. Die andere Hand nahm ihre Reise über der leichten Wölbung des Bauches wieder auf und wanderte langsam in ihren Schoß. Das Kleid klebte im Schritt. Bettina hatte ihre Hände nach hinten gestreckt und seine Pobacken umfasst. Fest presste sie Franco gegen ihr unruhig kreisendes Gesäß. Während sie nach seiner Gürtelschnalle suchte, schob er den Saum ihres Kleides bis zum Bauch hoch. Der kleine, leicht gekräuselte Fleck Haar über der Scham fühlte sich an wie in Schweiß gebadet und gleichzeitig frisch und kühl. »Ich habe meine Unterwäsche schon im Treppenhaus ausgezogen«, flüsterte Bettina und streckte sich kurz durch, als Francos Hand tiefer wanderte. Energisch drehte er Bettina zu sich, die Gürtel und Knöpfe seiner Jeans endlich gelöst hatte. Sie schob sein T-Shirt hoch, und einen Augenblick später hob sie den Saum ihrer roten Bluse über ihren Brustansatz, wo er in einem Wulst liegen blieb. Ihr üppiger Busen strich über seine Brust, fremd und vertraut zugleich.

Fast eine Stunde später erwachten sie auf der Couch aus einem kurzen Schlaf. Das große, verspielte Neonherz an der Wand tauchte den Raum in ein dunkelrotes Licht. Bettina legte sich auf Francos Rücken und döste wieder ein. »Du hast ja einen Flaum auf den Schultern«, sagte sie ein paar Minuten später und lachte leise und entspannt.

»Danke für den Expeditionsbericht«, murmelte Franco. »An dieser Stelle sehe ich mich nie. Ist wahrscheinlich eine Alterserscheinung.« Mit einem Ruck warf er Bettina ab und drehte sich um. Die dünne schwarze Viskose, die ihre kräftigen Arme bis unter die Schulter bedeckte, modellierte jeden ihrer Muskeln. Die dunklen Haare fielen jetzt unkontrolliert über Schulter und Brust. Sofort legte Bettina wieder ein Bein über seinen Oberschenkel und presste sich eng an seinen ganzen Körper. Franco blutete am Oberarm. Bettina wischte mit Spucke über die kleine Wunde.

23

Was für ein Glück, dass ich heute mit der Szifkovits in der Frühmesse war.« Oberhollenzer hämmerte seine mächtige Faust auf den Tisch und strahlte über das ganze Gesicht. Moll, Pelegrini und Sommers sahen ihn verständnislos an. »Kleines Scherzerl«, sagte Oberhollenzer. »Die Szifkovits hat boshafterweise um halb neun angerufen. Ich war heute der Erste im Büro und hatte die Ehre, mit ihr zu plaudern.«

»Und? Weiß sie mehr als wir?«, fragte Moll und gähnte zum wiederholten Male.

»Jawohl. Reinhard Loipersberger hat an Krainer keine Spermaspuren hinterlassen. Die stammen von zwei anderen Männern, die wir nicht kennen.«

»Gut. Dass Krainer flexibel war, wissen wir schon. Wäre schön, wenn wir auch wüssten, zu wem die Spuren gehören. Einer von ihren letzten Sexualpartnern wird sie wohl auf dem Gewissen haben«, bemerkte Moll und drückte zum dritten Mal an diesem Morgen auf den Espressoknopf der Kaffeemaschine. Laut ratternd mahlte sie eine Portion Bohnen.

»Was ich euch gestern übrigens zu erzählen vergessen habe. Mit den Kreuzigungsproben haben sie in der Felsenreitschule noch gar nicht begonnen. Die Spuren an ihren Händen stammen also nicht von der Bühne.«

»Ich kenne mich nicht mehr aus mit dieser Frau«, sagte Pelegrini und wackelte mit dem Kopf. »Sind das seltsame Fesselungstechniken? Oder woher kommen diese Spuren? Meist sind fremde Leben leichter zu verstehen als das eigene. Aber bei Krainer habe ich derzeit kein Gefühl dafür, wie sie getickt hat. Nymphoman war sie, glaube ich, auch nicht. Das soll's ja geben, dass man mal zwei Partner hat. Oder dass einem der Dauerpartner auf die Nerven geht. Was weiß ich, was in ihrer Szene üblich ist.«

»Interessant ist aber, dass sie ihre Liebschaften so geheim gehalten hat, dass auch ihre Umgebung nichts davon wusste«, wandte Oberhollenzer ein.

Reisinger zerknüllte eine Papiertüte und schluckte die letzten Reste eines Käsestangerls hinunter, um sich ein bisschen gelangweilt in das Gespräch einzuschalten. »Wahrscheinlich hatte ihr Lover was zu verlieren.«

»Wir denken zu viel nach«, meinte Moll. Kurz blitzten Bilder der letzten Nacht auf. Unbewusst griff er sich an den Oberarm mit der kleinen Liebeswunde. Besser nicht nachdenken, ob er sich mit Bettina nicht auf gefährliches Pflaster begab. Sie war eruptiv und energievoll. Das machte sie attraktiv. Ihre Unberechenbarkeit dagegen barg ein gewisses Gefahrenpotenzial.

»Redest du mit dir oder mit uns?«, riss Oberhollenzer seinen Kollegen aus den Gedanken.

»Auch mit euch«, grinste Moll. »Was ich damit meine: Raus mit uns. Wir müssen wissen, wo sie unterwegs war. Wir löchern noch mal ihre Salzburger Freundin. Wir reden auch mit den Statisten und so weiter. Irgendjemand weiß immer etwas. Wir müssen jetzt mal die Stunden nach der Montagvormittagsprobe hinkriegen, sonst bleiben wir stecken und vergeuden diesen Sonntag.«

24

Hallstatt im Juli

Liebste Leonore!

Ich habe es wieder getan. Du musst nicht eifersüchtig sein. Sie ist austauschbar. Ich nahm sie im Auto mit nach Hause. Sie wirkte neugierig und verspielt. Irgendwie vielversprechend. Ihre unglaubliche Jugend provozierte mich. Du kennst diese schlanken Körper, die von nichts wissen. Von keinem Schmerz, nicht von den dunklen Stunden. Alles ist Sonne für sie. Ich wollte sie die hellen Stunden schätzen lehren, indem ich ihr die Stille am Kreuz zeige, die Rückseite der Welt.

Glücklich die, die sich selbst nicht kennen, denn ihrer ist die Fröhlichkeit.

Ich vermisse Dich, Leonore. Bei Dir wusste ich mich in derselben Not. Und ich wusste, dass Du meinen Weg mit mir gehen würdest. Nun, in den Stunden meines Zerfalls hast Du mich allein gelassen, Du Untreue. Du hast dich davongeschlichen aus meiner Unterwelt.

Das Mädchen hieß Romana. Nein, sie war schon eine junge Frau. Aber nur äußerlich. Sie lachte, als ich sie auf das Kreuz hob. Sie lachte. Sie schien überhaupt nichts von der Einsamkeit zu verstehen. Das Kreuz ist des Spielens Ende. Hier ist alle Mimik überflüssig, hier muss das Gesicht seine Kontrolle verlieren.

Ich band sie fest. Irgendwie fühlte ich mich von ihrer Unbeschwertheit aufgestachelt. Es war wie ein Angriff gegen die Schwere meiner eigenen Existenz, ein Anflug von Leichtigkeit, der meine bleierne Lebensmüdigkeit kränkte. Wie kann das gehen, Leonore?

Dass ein zarter Hauch die schweren Steine eines Lebens zum Vibrieren bringt?

Ich zurrte die Gurte fester als sonst. Das Leder schnitt in ihre Unterarme. Ich setzte mich im Halbdunkel auf den Schemel und sah ihr zu. So klein sie war, da oben auf dem Kreuz, so wenig verloren wirkte sie in diesem Gewölbe. Warum blies sie ihre Existenz so auf, dass sie sogar die Einsamkeit des Kreuzes zunichtemachte?

Sie wollte mit mir reden. Ich antwortete nicht. Ich sah dem Sekundenzeiger der Uhr nach. Er würde ihrer Standhaftigkeit ein Maß verleihen und ihrer Ignoranz der Mächtigkeit des Finalen gegenüber. Nach zehn Minuten fing sie zu stöhnen an. Ich nahm die Lanze in die Hand und ging auf sie zu. Mit starrem Blick wechselte ich den Griff, als könnte ich im nächsten Moment in ihre Seite stoßen. Da schrie sie zum ersten Mal auf. Mit einem Ruck riss ich ihr das verspielte Blümchenkleid vom Körper. Sie verstummte. Ihre Lippen begannen unruhig zu zucken. Ich steckte die Waffe in den Lehmboden, so dass die kalte eiserne Spitze ihren Brustkorb berührte. Mein hübscher enthaarter Jesus. Gezeichnet bist du unter all den Gezeichneten von meiner Hand, die über deinem Bauch und deiner Angst im Schoß kreiste. Dein Atem wurde flacher. Dein eigenes Gewicht drückte auf dich. Zuerst das Schreien. Es wurde immer lauter und hysterischer. Dann erkanntest du in deiner dunklen Stunde, dass niemand dich in diesen Gemäuern hören würde. Schließlich gabst du allen Schrecklichkeiten meinen Namen und spucktest mich an. Meine Hand in deinem Schoß. Sie war müde, aber sie streifte herum auf deinem glatten Hügel und zerfurchte die Trockenheit der Angst. Danach das Betteln und Bitten, die Demut, die immer leiser wurde. Und doch hatten wir erst zwanzig Minuten hinter uns gebracht. Ein Wimmern wie aus einer anderen Welt, zu der ich dir die Tür geöffnet hatte.

Verzeih, Eleonore, ich habe mich vergessen und nur über Romana geschrieben.

Ich nahm sie vom Kreuz und bettete sie auf die Liege. In mir war wieder alles ruhig geworden und entspannt. Es ist dies die Vereinigung mit dem Leben, die ich in den raren Minuten äußerster Klarheit vollziehe.

Ich vermisse Dich unendlich,

Dein Kajetan

25

Sonntagnachmittag hatte sich endlich Felix aus Italien gemeldet. Franco hatte am Telefon sogar mit seiner Ex-Frau gesprochen, deren Fröhlichkeit zwar bemerkt, aber ihrer Stimmung überhaupt nichts abgewinnen können. So war das, wenn die Tür zu war, die Brücken abgebrochen, der gemeinsame Draht durchschnitten, egal, wie man das Ende von etwas benannte. Es war ihm fast unangenehm gewesen, sie wieder so vertraut sprechen zu hören. Einmal hatte sie eine Eisdiele erwähnt, die sie vor Ewigkeiten miteinander besucht hatten, jene mit dem Zwillingspaar, das sich einen Spaß daraus machte, die Eiskäufer zu verwirren, weil einer links aus dem Verkaufsraum ging, um eine spezielle Sorte Eis zu holen, und der andere im selben Moment von rechts mit dem Gewünschten auftauchte. Vielleicht kehrte Eva nach langer Zeit wieder aus Mantrazirkeln und Chakravisionen ins Leben zurück. Gut so. Als Franco die Stimme seiner Ex-Frau hörte, spürte er zwar einen Anflug von Erinnerung an eine gemeinsame Zeit, aber sie blieb so dunkel, dass sie ihn kaum berührte. Stattdessen dachte er an die Nacht zuvor. An Bettinas weichen Körper auf seinem, an ihr Haar, das ihn in der Nase kitzelte, während es über sein Gesicht streifte, an das beidseitige Begehren und die Unersättlichkeit zweier Hungriger. An der Hand, die das Telefon hielt, glaubte er noch den Geruch ihres Schoßes kleben zu haben, obwohl er längst geduscht und sich mehrmals die Hände mit Seife gewaschen hatte.

Franco verabschiedete sich mit einem beiläufigen »Ciao« von Eva, ohne ihr noch schöne Tage in »bella Italia« zu wünschen, nicht weil er böse auf sie gewesen wäre, sondern weil er es schlicht und einfach vergaß und dieser Wunsch zwischen Fremden nicht zwingend war.

Felix strahlte durchs Telefon. Er sagte, er habe am Strand eine Freundin aus Salzburg gefunden und sei »innamorato«. Franco musste lachen. Nun ging auch bei seinem Sohn die Mann-Frau-Kiste los und würde ihn nicht mehr verlassen, dieses Spiel aus Hoffnung und Enttäuschung. Jetzt war es wenigstens noch ein Spiel für den Jungen. Aber später verlor sich dieses Spielerische immer mehr. Und das war wohl das Problem, in Liebschaften immer wieder mal die Ewigkeit anzupeilen.

Felix war so gut gelaunt, dass er wie durch den Wind wirkte. Daheim, sagte er, würde er ihm seine Freundin schon vorstellen. Insgeheim rechnete Franco nicht damit, dass das Durchhaltevermögen seines Sohnes so lange reichen würde.

»Und was machst du so?«, fragte Felix abschließend. »Jagst du wieder einen Mörder?«

»Ja, so kann man das sagen.«

»Dann ist ja alles gut«, meinte Felix altklug. »Dann bist du beschäftigt.«

Er schickte ihm noch ein paar »baci« und schmatzte sie durch das Telefon, dann legte er auf.

Ansonsten blieb der Sonntag ruhig. Ein paarmal wechselte er mit Bettina SMS mit vorwiegend jugendgefährdendem Inhalt. Zu einem weiteren Treffen kam es an diesem Tag aber nicht. Franco arbeitete mit seiner Truppe letztendlich fast bis Mitternacht, um die letzten Stunden der Schauspielerin so genau wie möglich zu rekonstruieren.

Um halb elf Uhr nachts traf sich das Quartett noch einmal im Büro. Zuletzt war Mira Krainer nach der Vormittagsprobe am Montag um ein Uhr mit Kajetan del Gardo im Resch und Lieblich im Toscaninihof gesehen worden. Der Regisseur erinnerte sich, dass sie Pasta gegessen hatte und dass sie seinen Vorschlägen für die Inszenierung sehr willig begegnet war. »Bis Ende August bin ich dein Werkzeug«, hatte sie gemeint, so del Gardo. Gegen halb zwei habe er sich von ihr verabschiedet, sein Auto aus der Mönchsberggarage geholt und die Fahrt in sein Haus in Hallstatt angetreten. Die Stellproben am Nachmittag habe Leon Sommers übernommen. Mira sei dabei nicht notwendig gewesen und habe freigehabt.

Pelegrini hatte von Krainers Freundin, Monika Weber, erfahren, dass die Schauspielerin sehr oft zu Fuß vom Festspielhaus nach Hause gegangen war. Meist über die Toscaninistiege und den Mönchsberg, hinunter über die Brunnhausgasse und quer über den Krauthügel, dann den Donnerbergpark und die Beethovenstraße entlang bis in die Anton-Brückner-Straße.

»Dann werden wir morgen diese Strecke beackern«, sagte Moll und glaubte im selben Augenblick, Reisinger verhalten seufzen zu hören. »Geht das, Manfred?«

»Virtuell wär's mir lieber. Ich gehe solche Strecken lieber über Google Maps.« Reisinger grinste gequält. »Vielleicht kriege ich aber auch noch Migräne bis morgen.«

»Manchmal haben Krankheiten auch ihr Gutes.« Pelegrini fügte nicht hinzu, dass ihr eine Krankheit Reisingers wenig geschätzten Anblick erspart hätte, und hämmerte zornig in ihr Handy.

»Wie gut dass der Umgang mit Handys nicht unter die Menschenrechtskonvention fällt«, antwortete Reisinger, ohne von seinem geliebten Bildschirm aufzublicken. »Sonst wärst du längst in Den Haag auf der Anklagebank.«

Pelegrini quittierte seine Bemerkung, indem sie ihm den Rücken zukehrte.

26

Einen Eifersuchtsmord von Jim Loft können wir, glaube ich, ausschließen«, meinte die junge Polizistin neun Stunden später, am Montagmorgen. Sie wirkte nicht mehr so abgekämpft wie am Vorabend, hatte sich aber noch immer nicht ganz von ihrer verunglückten Liebschaft erholt. Gerade hatte sie noch in einer Tageszeitung geblättert, um die Berichterstattung über den Fall Krainer zu verfolgen. Jetzt hielt sie eine Seite der *Kronenzeitung* mit dem Foto des Popstars hoch. Es war offenbar von einem Paparazzo aufgenommen worden und zeigte Loipersberger Arm in Arm mit seinem Manager Hubertus von Mayerling. Der Ort der Aufnahme ließ sich nicht erkennen.

»Es gab immer wieder Gerüchte, Loft und sein Manager von Mayerling seien ein Paar. Ist dies der Beweis? Von Trauer über den Tod seiner Freundin Mira ist jedenfalls nichts zu merken«, zitierte Pelegrini die Bildunterschrift und gab das Blatt an Moll weiter. Die Redakteure hatten ihre Hypothese geschickt in eine Frage eingepackt und waren dafür wohl nicht klagbar. Loft würde über die Viertelseite in der *Krone* sicher nicht glücklich sein. Andererseits waren die Society-Redakteure des Kleinformats meist sehr gut informiert.

»Was machen wir daraus?«, fragte Franco, nachdem er Pelegrini die Zeitung zurückgegeben hatte.

Reisinger klickte sich schon eifrig durch Internetseiten, die Lofts mögliches Doppelleben diskutierten.

»Wir reden noch mal mit ihm über seine Beziehung zu Krainer. Seine sexuelle Orientierung geht uns ja grundsätzlich nichts an. Und dass jetzt Millionen von Mädchen weinen, weil ihr Idol schwul ist, kann uns auch egal sein. Manchmal braucht man eine Enttäuschung, um sich weiterzuentwickeln.«

»Wie wahr«, bemerkte Oberhollenzer nur.

Pelegrini verstand den Wink. »Mein Bedarf an Enttäuschungen ist schon gedeckt, Oberhollenzer. Demnach müsste ich superentwickelt sein.«

»Ich hab dir nur recht gegeben, sonst nichts«, beteuerte der seine Unschuld.

»Kannst du dich mal umdrehen?«

»Warum?«, fragte Oberhollenzer.

Pelegrini schürzte kurz die Lippen. »Ich würde gern mal sehen, ob dir schon Engelsflügerl wachsen, weil du seit einiger Zeit fast bestialisch lieb bist.« Sie schluckte und setzte gespielt schüchtern fort: »Das macht mir fast Angst.«

Oberhollenzer schlug sich auf die Schenkel und lachte. »Bestialisch lieb! Das merke ich mir. Das passt zu mir.«

Moll hatte dem Geplänkel nur mit einem Ohr zugehört. Wer war der Unbekannte, der Krainers Tod so inszeniert hatte? Kannten sie ihn schon? Er horchte in sich hinein, entdeckte jedoch keinen Hinweis. Oftmals wusste er Dinge, bevor er sie benennen konnte. Einfach indem er versuchte, die Gedanken gleiten zu lassen und nicht all zu schnell mit vorgeblich rationalen Argumenten in die Irre zu denken. Noch fehlten zu viele Details für dieses Intuitionsspiel. Und er war nicht ruhig genug, um Herr all seiner Sinne zu sein.

»Dass die Fasern vom Almstolleneingang zum Kleid von Krainer passen, habe ich euch schon erzählt«, sagte Moll, während er sich etwas schwerfällig erhob. »Was ich vergessen habe: Schmid hat mittlerweile auch die Schuhabdrücke ausgewertet. Rechnet man das Gewicht von Krainer ab, die der Mann zum Wasser getragen hat, hatte der Mörder maximal sechzig Kilo. Maximal. Bei Schuhgröße 42.«

»Reisinger, hast du Zweiundvierziger?«, rief Pelegrini dem Leichtgewicht quer durchs Zimmer zu.

27

Leon Sommers fühlte sich schlecht, um es gelinde auszudrücken. Aber selbst als Regieassistent war er Schauspieler genug, um dies zu verbergen. In der Szene der Strahlenden gab es keinen Platz für Durchhänger. So etwas musste man sich leisten können. Man musste zumindest national ein Star sein, um seine Allüren an diesem Ort ausleben zu können. Niemand konnte sehen, wie hohl sich sein Magen anfühlte. Er konnte seit Miras Tod kaum mehr essen.

Dieser Sommer hatte sich ganz anders entwickelt als gedacht. Er war ihm entglitten. *Sommers' Sommer*. Klang fast zu froh für einen Buchtitel. Nein, über das, was ihn bewegte, würde er nie schreiben können. Es hätte ihn ruiniert. Unruhig strich er über seinen Stoppelbart. Das wirre Haar störte ihn beim Nachdenken. Wenn er sagte, was er über Mira wusste, würde alles ans Licht kommen. Auch seine eigene Geschichte. Das konnte er sich nicht leisten. »Sitz es aus«, hatte sein Vater immer gesagt, wenn er etwas angestellt hatte und den Streich zu Hause beichtete. »Aussitzen« hieß entweder schweigen und hoffen, dass niemand ihn als Täter entdeckte, oder die volle Breitseite der Konsequenzen zu akzeptieren und bis zum bitteren Ende auszulöffeln. Noch hatte ihn niemand entdeckt. Er würde weiter der sympathische junge Kerl sein, der mit allen gut konnte und sogar ein Ekel wie Kajetan del Gardo in Zaum zu halten verstand. Allein das war schon ein Wunder, auf das er sich etwas einbilden konnte. Vielleicht würde es doch einmal *Sommers' Sommer* geben und er über all dies hier erzählen können und über die Arbeit unter einem, der sich für Gott hielt und keinen Zweifel mehr an seiner Allmächtigkeit hegte. Dass dies sein letzter Sommer sein würde, wusste Leon zu diesem Zeitpunkt noch nicht.

Drei Stunden Zeit. Alle anderen in der Wohngemeinschaft waren ausgeflogen. Letztendlich hatte ein kleines Detail den Ausschlag gegeben, warum er nach Salzburg gekommen war und sogar auf sich genommen hatte, mit dem bekanntermaßen verrückten del Gardo zu arbeiten. Als hätte ihm der Gedanke Kraft gegeben, sprang er auf und ging auf das an die Wand gelehnte, kaum mannshohe weiße Surfboard mit den zwei blauen Streifen zu.

28

You are my obsession
a deadly fatal passion
which I cling to
since I can't stand life without you.«

Loft schloss kurz die Augen und ließ einen Akkord lange ausklingen. Sein Spiel am Klavier ging nun in eine entspannende Bridge über, die zur nächsten Strophe leiten sollte, und brach dann unvermittelt ab.

»Was halten Sie von diesem Refrain, Chefinspektor Moll? Verstehen Sie so viel Englisch?«

Moll hatte keine Lust, einen Bildungstest bei einem Popstar zu absolvieren. Nächstens würden Legastheniker Rechtschreibtests abnehmen. »Ich war nach der Matura ein halbes Jahr in Australien. Davon ist mir nicht nur ein schauerlicher Akzent geblieben. Ansonsten, ist das Ihr nächster Hit?«

»Hoffentlich ...« Loft dachte kurz nach, ob die Polizisten die jüngst wieder aufflammenden Gerüchte über seine sexuellen Vorlieben gelesen hatten, und entschied dann, dass Kriminalbeamte Zeitungen nur zur Hand nahmen, um – so wie er selbst – zu kontrollieren, was die Medien über ihren eigenen Fall berichteten.

Pelegrini hatte Zeit, den auf Moll fixierten Loipersberger lange anzusehen. Vor ihm auf dem Klavier, dessen Deckel geschlossen war, lagen zwei Handys. Das Gerücht, er sei schwul, schien ihn nicht so stark wie erwartet getroffen zu haben. Er wirkte recht entspannt.

»Sie haben heute schon die *Kronenzeitung* gelesen?«

Loft nickte. »Klar. Die mediale Beobachtung gehört zum Alltagsgeschäft. Hubertus schickt mir die wichtigsten Ausschnitte bis mittags. Wir zahlen einem spezialisierten Ausschnittdienst monatlich eine ansehnliche Summe für seine Arbeit. Dort überwachen ein paar Leute die wichtigsten Medien des Landes und vor allem auch einflussreiche internationale Blätter sowie einschlägige Websites. Ich lebe ja ein doppeltes Leben. Eines auf Zeitungs- und Magazinseiten, auf der Bühne von Fernsehshows und in Radiointerviews, und eines hinter diesen Mauern.« Er deutete aus dem Fenster. Hinter einem sehr gepflegten Garten war andeutungsweise der hohe Eisenzaun zu sehen.

»Das heißt, wir können davon ausgehen, dass Ihr Verhältnis mit Mira Krainer kein wirkliches war, sondern eines für … ›das Leben draußen‹, wie Sie es nennen würden?«

»Denken Sie sich, was Sie wollen, Herr Moll. Ich habe keinerlei Lust, derart intime Details preiszugeben. Ich frage Sie ja auch nicht, mit wem Sie gerade vögeln.«

»Ich bin aber auch kein Verdächtiger in einem Mordfall. Und Sie sind nicht der leitende Ermittler.«

»Ich bin verdächtig? Wie das?« Loft wirkte jetzt wieder ernst, beinahe getroffen. Die verächtliche Arroganz von vorhin war so gut wie verschwunden.

Moll sagte nichts und sah ihn nur mit einem kaum merkbaren Lächeln an.

»Warum hatten Sie eigentlich am Samstagabend Streit mit Mira Krainer?« Pelegrini hielt die Zeit für reif, Lofts Aufmerksamkeit auf sich zu ziehen. Er konnte sie sichtlich nicht ausstehen.

»Wirklich? Hatte ich Streit mit ihr?«

»Einen ziemlich heftigen Streit sogar. Mira hat ihrer Freundin davon erzählt«, log Pelegrini, »und sogar ihrem Tagebuch anvertraut.«

»Dann wissen Sie ja ohnehin, warum. Sie brauchen ja nur Frau Weber zu fragen.«

Pelegrini akzeptierte in einem Sekundenbruchteil, dass diese Finte misslungen und der Punkt an Loft gegangen war. »Sie legen es wirklich darauf an, dass wir Sie auseinandernehmen wie einen Truthahn zu Weihnachten«, sagte sie. »Bisher haben wir Sie geschont, aber wir können unsere Strategien schneller ändern, als Sie den C-Dur-Dreiklang am Klavier anschlagen können, Herr Loipersberger.«

Eines der Mobiltelefone auf dem Klavier läutete. Loft wandte seinen verächtlichen Blick von Pelegrini ab und drückte auf die Rufannahme. »Grüß dich. Ja, ich hab's gelesen. Natürlich müssen wir reagieren. Wäre ja nicht die erste Intrige gegen mich.« Er lachte gekünstelt und ignorierte die Beamten eine ganze Weile.

Pelegrini nutzte die Gelegenheit, um aus dem Zimmer zu gehen und sich im weitläufigen Haus umzusehen. Wenn Loft sich aufregte, würde sie einfach einen Toilettenbesuch vortäuschen. Der breite Gang führte in einen offenen Raum, der wie eine Mischung aus Bibliothek und Galerie wirkte. Sie zog zwei Bücher aus einem Regal. Jean Genets *Das Wunder der Rose*, daneben eine Biografie von Freddy Mercury, dem legendären Frontman von Queen. So viele Zufälle gab es nicht. Loipersberger war definitiv nicht an Frauen interessiert, Loft hingegen schon. Sie mussten in ihren Ermittlungen umdenken. Und Loipersberger wahrscheinlich fallen lassen.

Pelegrini hörte ein Knarren hinter sich und drehte sich um. Hinter ihr stand die schlanke Asiatin und sah sie aus wachen Augen an, ohne etwas zu sagen. Pelegrini überlegte kurz, sich zu rechtfertigen. Dann tat sie, als sei es das Allernatürlichste von der Welt, sich im Hause eines Verdächtigen umzusehen, und nickte der Frau freundlich zu. »Haben Sie auch jemals frei? Sie scheinen immer da zu sein, wenn wir kommen«, fragte sie aus einer Eingebung heraus.

Die Frau verzog den Mund zu einem Lächeln. »Ich bin die Frau von Reinhards Vater, damit Sie nicht einen falschen Eindruck von mir bekommen. Und zwar schon seit fünfzehn Jahren. Wolf ist in die Stadt gefahren. Und weil Wolf jetzt schon so lange bei seinem Sohn wohnt, bin ich mitgezogen und mache in den wenigen Wochen, in denen Reinhard da ist, sein Hausmädchen.«

»Kann Ihr Mann selbst fahren?«

»Nein, ein Sozialdienst holt ihn ab.« Pelegrini hätte das Alter der Frau nicht ansatzweise bestimmen können. Es lag irgendwo zwischen dreißig und fünfundfünfzig. Wer konnte das bei Gesichtern aus nicht vertrauten Kulturen schon sagen. Pelegrini traute ihr, ohne sagen zu können, warum.

»Wissen Sie vielleicht, warum Mira und Reinhard am Samstag gestritten haben?«

»Ja und nein. Ich habe erst etwas von dem Streit mitbekommen, als es laut wurde. Da bin ich hinuntergegangen und habe kurz zugehört. Sie würden es wohl lauschen nennen.«

Die Frau dachte nach und zupfte dabei an ihrem engen Kleid herum. »Mira wollte Geld von ihm. Also mehr Geld. Nicht für sich. Sondern für eine kleine Sozialstation in Kenia. Irgendwas in den Slums, wo gerade die Cholera wieder ausgebrochen ist.«

Pelegrini stocherte nach, als die Frau zu lange pausierte. »Reinhard wollte nichts geben?«

Die Asiatin nickte. »›Die sollen selber schauen, wo sie bleiben‹, sagte er immer wieder. ›Ich habe mich auch selber hochgearbeitet und bin vom Schlosser zum Star geworden.‹ Reinhard fand Miras Hobby etwas überzogen. Er hielt ihre Afrika-Begeisterung zumindest für ein Hobby.« Sie sah an die Decke, als wären dort Spinnweben, die entfernt werden mussten. »Was weiß Reinhard schon davon, wie chancenlos man ohne Geld aufwächst …«

Pelegrini nickte. »Warum konnten die zwei dennoch miteinander?«

»Irgendwie hatten sie einen Draht wie zwei Geschwister, die sich halt immer wieder streiten. Da muss schon etwas Starkes da gewesen sein zwischen den beiden.«

»Und wie ging der Streit am Samstag aus?«

»Mira hat ihm schließlich gedroht. Sie wüsste genug, um ihm unendliche Schwierigkeiten zu machen.«

»Und?«

»Reinhard hat das nicht lustig gefunden.« Sie sah Pelegrini lange an. »Gar nicht lustig.«

»Und wie ging es weiter?«

»Ich weiß es nicht. Er zeigte ihr etwas auf dem Handy. Daraufhin hat sie versucht, ihm das Telefon wegzunehmen. Sie haben fast miteinander gekämpft. Aber Reinhard war viel stärker als sie. Darum ist sie schreiend aus dem Zimmer gelaufen. Da bin ich schnell wieder nach oben gegangen.« Sie zuckte entschuldigend mit den Schultern.

»Sie haben nicht gesehen, was Loft Mira auf dem Handy gezeigt hat.«

»Leider nein. Aber es hat sie sehr aufgebracht.«

Pelegrini bedankte sich bei der Frau. Sie stellte die zwei Bücher, die sie noch immer in der Hand hielt, in aller Ruhe wieder an ihren Platz und kehrte in Lofts Komponierstube zurück, wie sie den hellen, freundlichen Raum bei sich nannte.

Loipersberger hatte mittlerweile aufgelegt. Seine Arme ruhten auf seinen Beinen, wie bei einem Schüler, der unvorbereitet zu einer Wiederholung aufgerufen wird und es nicht mehr schafft, ein Pokerface aufzusetzen. Seine Haare wirkten deutlich meliert und nicht so leuchtend blond wie auf der Bühne. An seinen Oberarmen sprossen feine schwarze Härchen hervor. Nicht dass sie auf rasierte Männer stand. Aber offenbar vernachlässigte Loipersberger sich momentan etwas. Ein Schmusepopper konnte es sich nicht leisten, behaart wie ein Affe auf die Bühne zu treten. Sein

Körper war Teil seines Kapitals. Andererseits stand seine feste Stimme ganz im Widerspruch zu seiner Haltung.

Quasi im Vorbeigehen sprach Pelegrini den arroganten Musiker an. »Mit welchem Foto haben Sie Mira am Samstag eigentlich unter Druck gesetzt?«

Loft war hellwach und spannte seine Muskeln, als müsste er jeden Augenblick einer Gefahr aus dem Dunkel begegnen.

»Ich glaube, Sie haben da was missverstanden. Wenn Sie hinter meinem Rücken mit meiner Schwiegermutter geredet haben. Sie versteht nicht immer alles richtig.«

»Dürfte ich dann einen Blick auf Ihr Handy werfen?«

Loft schüttelte den Kopf. »Solange Sie keinen Richter finden, der das für interessant hält, behalte ich intime Details für mich. Sie können sich ja im Internet an gestohlenen Fotos von mir aufgeilen. Und wenn Sie sonst nichts mehr von mir wissen wollen, würde ich Sie bitten, zu gehen. Ich muss in drei Wochen eine neue CD aufnehmen. Und auch sonst noch vieles überlegen. Selbst wenn ich für Sie Freiwild bin. Ein bisschen erinnern Sie mich an meine Jugend in Maria Alm. Als meine Freunde merkten, dass ich mehr wollte als Balkongeländer schweißen, da reagierten sie mit Spott. Vorher hatten sie es genossen, wenn ich zur Gitarre griff und ein paar Schnulzen sang. Dann, als ich das erste Mal mit meiner ersten Band im Fernsehen auftrat, zählte zu Hause nur noch, wenn ich danebengriff oder einen Akkord vergessen hatte. Plötzlich standen die Fehler im Mittelpunkt. Weil alles, was anders ist, als Angriff auf das eigene Leben gedeutet wird.« Loipersberger streckte seinen Rücken durch und drehte sich wieder zum Klavier. In Sekundenbruchteilen verwandelte er sich vor den Augen der Polizisten in Jim Loft, trotz seiner eben noch sehr mitgenommen wirkenden Erscheinung, in einen Mann, dem man durchaus zutraute, andere für sich zu gewinnen. Mit einem kaum wahrnehmbaren Lächeln strich er über die Klaviertasten, ohne sie anzuschlagen.

»Und ich lasse mir mein Leben um nichts in der Welt kaputt machen. Von Ihnen nicht und von niemand anderem auch nicht.«

Zur Überraschung von Moll und Pelegrini begann der Mann vor ihnen, ein impressionistisches Klavierstück zu intonieren. »Viel Vergnügen mit Debussy«, sagte Pelegrini und zog Moll aus dem Raum. Aus den Augenwinkeln bemerkte sie, dass Loft seinen Kopf hob und ihr nachsah, als zollte er ihr zum ersten Mal ein bisschen Respekt. Eine Polizistin mit musikalischen Kenntnissen, das passte wohl nicht so ganz ins Klischee.

Langsam spielte Loipersberger das Stück fertig und sah nur kurz auf, als die Beamten durch den Vorgarten zum großen Eisentor gingen. Seine Hände blieben nach dem letzten Ton wie erschöpft auf der Klaviatur liegen. Unmerklich sank er in der folgenden Stille wieder in sich zusammen. Er würde abermals seinen Arzt in Anspruch nehmen müssen. Vielleicht sogar in die Klinik gehen. Ein, zwei, drei Wochen. Bis sie ihn wieder zusammengeklebt hatten. Oder fit gespritzt. Wie man es nahm. Gut, dass er nichts von dem Zeug dahatte, das ihm schon mal ziemliche Probleme bereitet hatte. Hubertus wachte mit Argusaugen darüber, dass er kein Koks mehr anrührte. Er hatte dem Mann viel zu verdanken. Die Tage und Wochen, als er fast jede Nacht durchgemacht hatte, regelmäßig zu spät zu den Konzerten kam, weil er sich vorher erst wieder mit Vitaminpräparaten und was auch immer bühnentauglich spritzen lassen musste. Interessante Cocktails, die wahrscheinlich genauso ein Wahnsinn waren wie das Zeug, das er die Nächte davor in sich hineinschüttete, damit die Spannung abfiel und er endlich einschlafen konnte, damit er irgendwann einmal die sich ewig drehende Schwungmasse in sich abschalten konnte, dieses Perpetuum mobile, ein furchtbares Räderwerk, das ihn zermalmte, ohne dass jemals ein sichtbares Körnchen durch die Luft flog. War es wieder so weit?

Erst ein in der Ferne bellender Hund holte ihn aus seiner Versunkenheit. Er stand schwerfällig auf und ging zum Fenster. Seine Beine schmerzten, wie nach einem langen Lauf. Er sah auf die Eisenstäbe seines Zaunes. Das Tor hatte er selbst in seiner Werkstatt geschweißt. Das war er sich schuldig gewesen. Er blickte auf die spitzen Zaunstäbe und fühlte, wie ihm eine Träne über die Wange rann. Als er das Salz in seinem Mundwinkel spürte, hielt er kurz den Atem an. Dann fing er hemmungslos zu weinen an.

»Was meinst du?«, fragte Moll, während er das Auto von Großgmain zurück nach Salzburg lenkte.

»Ehrlich gesagt, fehlt mir die Erfahrung. Ich hatte heute das erste Mal Mitleid mit Loipersberger. Ich könnte dir aber nicht mal genau sagen, warum. Vielleicht, weil er ein Zerrissener ist.«

»Nestroy«, schmunzelte Moll. »Vielleicht liegen wir mit dem Eifersuchtsmord ja ohnehin völlig falsch. Und wir wissen zu wenig über Krainer. Eigentlich erstaunlich, da sie eine öffentliche Person war.«

Pelegrini nickte und wischte sich den Schweiß aus dem Nacken. Die Klimaanlage des Autos packte die Hitze nicht mehr. »Ich habe mal überprüft, was sie so in den sozialen Netzwerken getrieben hat. Fehlanzeige. Dort hat sie nur Werbung für ihre Afrika-Aktivitäten gemacht und das Ganze mit ein bisschen Celebrity-Futter garniert. Damit sie die Leute bei der Stange hält. Oder um es anders auszudrücken, Sie hat ihr mediales Bild sehr gut kontrolliert und nichts Privates ausgelassen.«

29

Heute hatte er ihn wieder gesehen, den Nebenbuhler. Das genaue Gegenteil von ihm selbst. Ein Mann, der das Leben noch vor sich hatte, während er seines schon längst auf Schulden lebte.

Wütend schüttelte er den Kopf. Aus seinen Haaren flogen Wassertropfen davon. Im Zorn hatte er vergessen, sich abzutrocknen.

Noch immer lag der Strohhut auf dem Boden der Kaverne, mit der Delle, die Miras Kopf hinterlassen hatte. Wie lange war es her, dass sie hier Liebe gemacht hatten? Geschützt vor der Hitze, mit Blick auf das alte Nonntal, im Stehen, wie zwei Zwanzigjährige, die meinen, sie müssten nun alles über den Haufen werfen, weil ihre Körper so füreinander brennen. Er griff an die Brüstung der Felsluke, dort, wo Mira seiner Erinnerung nach die Hände aufgestützt hatte, während er in sie eindrang. Ihr herausgestreckter Po, seine Hände auf ihren Unterarmen, auf ihren Fingern, an ihren Hüften. Die Kratzer an ihren Schenkeln und das Haar, das rechts und links an ihrem Hals hinunterfiel, während er ihr den Mund zuhielt, als sie laut wurde. Es war zum Verrücktwerden. Diese Gedanken immer wieder. Diese Geilheit des Kopfes. Denn sonst rührte sich überhaupt nichts mehr bei ihm seit Miras Tod. Die Lust hatte sich ins Gehirn zurückgezogen und kam von dort überhaupt nicht mehr heraus. Lange dachte er nach und horchte in sich hinein, ob noch Ressourcen da waren für weitere Jahre. Er spürte nichts. Er wusste nichts. Vielleicht hätte er sich am Eisengitter der Tür erhängen sollen, mit der diese versteckte Kaverne, kaum sichtbar für Spaziergänger, von außen versperrt war. Oder das Stromkabel anzapfen, das am Boden durch die künstliche Höhle führte.

Er stolperte über die schweren Schlüssel, die er achtlos auf dem Steinboden abgelegt hatte. Schräg fiel ein Streifen Sonne durch die Felsöffnung in die braungraue Grotte aus dem 17. Jahrhundert.

Nein, seine Zeit war noch nicht um. Irgendwie würde der Zerstörer seines Glücks mit Mira büßen müssen. Schwer büßen. Es hieß, den Weg zu Ende gehen. Und alles ausradieren, was an die zerstörte Hoffnung erinnerte.

30

Oberhollenzers Stimmung war umgeschlagen. Er trommelte unruhig auf den Tisch. Reisinger hatte zwar gemault, dass seine Kollegen Powerpoint und Videoprojektoren verabscheuten, dann aber in erstaunlicher Geschwindigkeit ein großes Flipchart besorgt und in das Büro der Gruppe transportiert. Danach war er ohne Erklärung aus der Polizeidirektion spaziert, um Kraft für den Rest des Tages zu schöpfen, sprich, sich Essen zu besorgen. Oberhollenzer blickte auf die leere Seite des Flipcharts und zog verstohlen eine Packung Reiskeks aus einer Plastiktasche. Es war so eine Eingebung gewesen, den Hunger mal mit dieser luftgefüllten Getreidemetamorphose zu bezwingen.

Zuerst musste er sich mühen, die Plastikfolie zu entfernen. Am liebsten hätte er alle, die CDs oder Lebensmittel in Folien einschweißten, wegen Verhöhnung der Kunden einen Monat zu den Schwerverbrechern nach Stein geschickt. Missmutig biss er in den handtellergroßen Cracker. Wider Erwarten stieg dabei keine sichtbare Staubwolke auf, obwohl es ihn sofort in der Nase kitzelte. Dieses Ding da mussten Quantenphysiker erfunden haben. Es war nicht klar, ob es existierte oder nicht. Staunend sah Oberhollenzer auf das runde Nichts. War es nun ein Lebensmittel, oder schrammte es haarscharf an seiner Existenz vorbei? War der Reiscracker die dunkle Energie der Lebensmittelindustrie? Ein fehlender Koeffizient in der Theorie von allem Essbaren? Oder war es ganz einfach Füllmaterial für die Verpackungsindustrie, das falsch etikettiert den Weg in die Regale gefunden hatte?

Reisinger holte Oberhollenzer aus seinen finsteren Gedanken zurück. Er stelzte auf seinen Storchenbeinen mit einer braunen Papiertüte ins Büro und setzte sich schweigend unter das Geweih, das sein jagdmännischer Kollege vor einem Jahr in stiller Wut an der Wand montiert hatte.

Was Reisinger mit lautem Rascheln aus dem Fast-Food-Beutel zog, trieb Oberhollenzer die Zornesröte ins Gesicht. Es war die Premiumvariante eines Burgers, quasi Selbstmord auf Raten für Feige, wie der Pinzgauer Polizist sich das annähernd nach Fleisch duftende, mehrstöckige amerikanische Semmerl schlechtreden wollte.

»Magst du das Gurkerl?«, fragte Reisinger und drehte sich vor dem ersten Biss grinsend zu Oberhollenzer um.

Der kaute gerade verzweifelt an seinem zweiten Cracker und konnte nicht antworten. Er nickte nur fassungslos.

»Ich hasse dieses Zeugs«, gestand Reisinger, erhob sich mit einem Ächzer und stakste zu seinem Kollegen. Elegant klappte er den Burger auf und schippte sein Essiggurkerl auf dessen weißen Reiscracker. Bevor ihm der Pinzgauer Riese die armselig belegte Reisscheibe nachschießen konnte, kamen Pelegrini und Moll ins Büro.

Sie sahen auf die zwei essenden Kollegen und brachen fast gleichzeitig in Gelächter aus. Moll war bester Laune. Beim Aussteigen aus dem Auto hatte er eine SMS von Bettina vorgefunden. Sie hatten sich, da Felix erst übermorgen zurückkommen würde, um acht in seiner Wohnung verabredet.

»Wenn jetzt ein Arbeitsinspektor kommt und die Feinstaubbelastung aus Oberhollenzers Strohkeks misst, macht er den Schuppen hier sofort dicht«, stichelte er.

Pelegrini schnupperte kurz am Burger und zog verächtlich die Nase hoch. »Multipliziert mit dem Cholesterinwert von Reisinger sind wir ziemlich sicher im neunstelligen Bereich.«

Oberhollenzers vierter Reiscracker schaffte es nicht mehr an seinen ursprünglichen Bestimmungsort. Der Polizist schoss die vom Gurkerl mittlerweile durchgeweichte Scheibe Richtung

Pelegrini ab. Aufgrund schlechter Flugeigenschaften schlug das essbare Nichts hinter der Espressomaschine ein.

»Gute Idee«, sagte Moll. »Vielleicht können wir das Ding aufbrühen. Damit es essbar wird.« Jetzt, da die Anspannung kurz nachließ, drängte sich der Hunger in den Vordergrund. In den letzten Tagen hatte er nur sporadisch gegessen und sich vor allem von Kaffee ernährt.

Pelegrini deutete auf das noch kaum beschriebene Flipchart. »Und? Wie sieht es mit dem Weg-Zeit-Diagramm und Krainers letzten Stunden aus?«

31

Leise schnurrend schlüpfte das Dach des Cabrios aus seiner Vertiefung hinter den Rücksitzen. Es stellte sich kurz auf wie ein Segel und klappte dann rasch über die Sitze. Mit einem dezenten Klacken schloss es seine kurze Reise ab. Langsam fuhr Dominik Steiner in die Garage und stieg aus.

Seine Frau sah ihn nur kurz befremdet an, als er ins Haus trat. Sie begrüßte ihn mit einem beiläufigen Hallo. Nach kurzer Zeit kam sie mit einem Handtuch zurück. »Trockne dich ab. Wo hast du denn die nassen Haare her?«

Steiner strich sich überrascht durch seine dünnen »Fransen«, wie er sein immer schütterer werdendes Haarkleid mittlerweile nannte. »Ich war nach der Arbeit noch schnell im Lepi.«

»Ist das Leopoldskroner Bad nicht zum Bersten voll?«, fragte Lisbeth, eine pummelige Endvierzigerin, misstrauisch. Sie stützte die Hände in die Taille, die sich im letzten Jahr etwas aufgelöst hatte. »Ich dachte, ich hätte im Radio gehört, dass einige Freibäder, auch das Lepi, wegen Überfüllung ab zwei Uhr nachmittags keine Gäste mehr eingelassen haben.«

Dominik Steiner schüttelte den Kopf. »Jetzt am Abend war es nicht mehr so schlimm, obwohl es schwierig war, auf der Liegewiese einen Platz für das Handtuch zu finden.«

»Und wo ist das nasse Zeug?«, fragte seine Frau wieder misstrauisch.

»Im Auto vergessen. Ich hole es dann rein und werfe es zur Wäsche.«

Sie nickte, ohne ihn aus den Augen zu lassen. Eine Ehe war eine Reise. Kein All-inclusive-Pauschalarrangement, sondern ein Abenteuer, das auch von den schön gepflasterten Straßen weg in die Wildnis führen konnte. Und das sehr lange. Das wusste sie schon seit einiger Zeit. Auch wenn sie es eine Weile nicht hatte wahrhaben wollen: Mittlerweile wusste sie nicht mehr, ob sie diese Reise zu zweit fortsetzen wollte. Es hatte auch keinen Sinn mehr, zu hoffen, dass sich schon wieder alles finden würde. Sie holte tief Luft.

»Weißt du, was mir am meisten weh getan hat in den letzten paar Wochen, Dominik?«

Sie wartete keine Antwort ab, sondern nahm nur mit Erstaunen wahr, dass sie ihren Mann mit diesem Frontalangriff völlig überrascht hatte. Sein Kopf fuhr ruckartig herum, während er seine Turnschuhe im Flur mit der Fußspitze unter ein Regal schob.

»Dass du offenbar gedacht hast, ich würde von deinem Verhältnis nichts bemerken.« Ihre Hand fuhr kurz durch die Luft, als müsste sie unsichtbaren Schmutz entfernen. »Es gab eine Zeit, da hatten wir so einen Draht zueinander, dass wir jederzeit um den anderen Bescheid wussten. Zumindest bei mir ist dieser Draht noch nicht ganz abgerissen, auch wenn ihn das lange Zerren daran etwas dünner und fragiler gemacht hat. Und darum habe ich sehr schnell gemerkt, wie du dich noch weiter entfernt hast.« Sie folgte ihrem schweigenden Mann in die Wohnküche. »Der Teufel liegt im Detail. Es reichen ein paar Änderungen in den Routinen, Dinge, die seit fünfzehn Jahren gleich laufen. Plötzlich ist alles anders, bleibt da ein Satz aus, dort eine Erklärung. Ohne dass sich vordergründig etwas geändert hätte. Du nimmst wie aus heiterem Himmel ein Parfüm, das seit zwei Jahren fast unberührt an seinem Platz im Bad steht. Ab und zu höre ich, wie dein Handy SMS empfängt, obwohl du dieses Tippen auf der kleinen Tastatur jahrelang lautstark verdammt hast. Und so weiter und so weiter. Ich könnte dir noch viele Dinge aufzählen, die sich verändert haben. Lauter Nichtigkeiten. Aber in der Summe ergeben sie ein anderes Bild.«

Steiner vermied es, seine Frau anzusehen. Er hielt den Kopf gesenkt und ging hinter die Kochinsel zum Kühlschrank, wo er sich impulsiv ein Bier nehmen wollte. Er legte die Hand auf den Griff des Kühlschranks, zog sie jedoch einen Augenblick später zurück und drehte sich um. Seine Frau stand unweit der Tür und sah ihn ohne Groll, fast ein wenig mitleidig an. Er erwiderte ihren Blick. Sie nahm es mit einem leichten Nicken zur Kenntnis.

»Ich frage dich jetzt nicht, was sie hat, das ich nicht habe.«

»Sondern?« Steiners Gesicht war starr, wie eingefroren.

»Was mit uns los ist. Und ob noch etwas oder wieder etwas aus uns werden kann. Schließlich haben wir ja doch sehr viele Jahre miteinander verbracht.«

»Sie ist kein Thema mehr.« Dominik fühlte einen kleinen Riss quer durch seinen Körper.

Lisbeth ignorierte die letzte Bemerkung ihres Mannes.

»Ich weiß, dass ich nicht mehr so aussehe wie vor zwanzig Jahren. Ist das das Problem? Wenn ja, das kann ich nicht lösen. Auch du hast dich verändert, ohne dich gehen zu lassen. Das ist nun mal so. Es stört mich nicht. Ich brauche kein Sixpack.« Sie deutete müde auf seinen Bauchansatz. »Wir können das Rad der Zeit nicht zurückdrehen. Ich dachte im Gegenteil, das Älterwerden ist nicht so schlimm, wenn es miteinander passiert.«

Steiner schüttelte den Kopf. Er konnte im Augenblick nichts sagen, weil ihm ein Kloß im Hals steckte. So hatten sie seit langer Zeit nicht mehr geredet.

»Ich kann es dir nicht mal verdenken, Dominik, dass du mit einer anderen Frau geschlafen hast. Die gekränkte Eitelkeit ist die eine Sache. Aber je mehr ich darüber nachgedacht habe, umso unwichtiger ist diese Seite des Problems geworden. Obwohl es da ist. Der wirkliche Grund ist wahrscheinlich ein anderer, oder?«

Für Dominik Steiner war Lisbeths Beherrschung fast furchterregend. Ihre besonnene Art drängte ihn völlig in die Defensive.

Lieber wäre ihm gewesen, sie hätte getobt und mit Fäusten gegen seine Brust getrommelt oder ihn geschlagen. Dann hätte er sie wenigstens umarmen und besänftigen können. Aber so? Gegen ihre sanfte Bestimmtheit war er machtlos. Er konnte sich nicht in Luft auflösen oder im Boden versinken. Einfach verschwinden. Nein, es hatte keinen Sinn, länger wegzulaufen. »Komm, setzen wir uns.« Er deutete auf den Esstisch, den er erst vor zwei Jahren selbst aus Erlenholz für das gemeinsam gebaute Haus getischlert hatte.

32

»Wenn du mir sagst, wann Krainers letzte Stunde geschlagen hat, sag ich dir vielleicht, was sie davor gemacht hat.« Oberhollenzer sah Pelegrini leicht belustigt an. »Oder weißt du mit weiblicher Intuition, wann sie ins Jenseits befördert wurde?« Der Kripobeamte kostete kurz die Retourkutsche für die Spötteleien über seine Reiscracker aus und ging dann zum Flipchart, um mit wenigen Strichen den Montag zu skizzieren, an dem die Schauspielerin zum letzten Mal lebend gesehen wurde. »Nachdem sie sich um halb zwei im Resch and Lieblich von del Gardo verabschiedet hat, ist sie erstaunlicherweise niemandem mehr aufgefallen. Vielleicht ist sie wieder umgekehrt, weil sie etwas vergessen hatte. Ein Einkauf. Was auch immer. Reisinger und ich sind unter Aufbietung aller Kräfte den Weg zu ihr nach Hause in die Anton-Brückner-Straße abgegangen. Wofür uns allein schon eine Auszeichnung gebührt, wenn man das mal beim Brigadier anbringen könnte. Vor allem mir, weil ich mit Reisinger nicht einmal zweihundert Meter freiwillig zurücklegen würde.«

»Gut zu wissen, Oberhollenzer«, hörten die Beamten eine Stimme hinter sich. Während alle auf das Flipchart fixiert gewesen waren, hatte niemand Gokls Eintreten bemerkt. »Tut mir leid, aber mein dezentes Klopfen ist wie vieles von dem, was ich sage, ignoriert worden.« Er hob entschuldigend und sichtlich belustigt die Schultern, um sich hinter seinen Beamten auf die Kante des Kaffeetisches zu setzen.

Oberhollenzer strich den letzten Satz vor Gokls Erscheinen einfach aus seinem Bewusstsein und setzte fort: »Wir haben mit ein paar Leuten geredet, die im Garten gearbeitet haben. Einige von ihnen haben sich an Mira Krainer durchaus erinnern können, weil sie öfter vorbeispaziert ist in den letzten Wochen. Krainer ist ja keine Erscheinung, die man sofort vergisst, auch wenn sie ziemlich klein war. An diesem besagten Montag jedenfalls hat niemand sie gesehen. Weder in der Früh noch zu Mittag noch am Abend, weder auf dem Hinweg noch auf dem Rückweg.«

»Vielleicht hat sie von Sonntag auf Montag irgendwo in der Stadt übernachtet? Bei einem Lover? Es muss doch möglich sein, den ausfindig zu machen.«

Oberhollenzer blätterte um.

Moll starrte auf die neue weiße Seite des Flipcharts. »Sie hatte wahrscheinlich einen guten Grund, ihre Affäre nicht publik zu machen. Erstens, weil sie der Öffentlichkeit sowieso wenig über ihr Privatleben verraten hat, wenn man sich mal ihre Präsenz in der Regenbogenpresse ansieht.«

»Und zweitens?«, fragte Brigadier Gokl nach, als Moll kurz stockte und sein Blick wie zufällig auf Pelegrini zu ruhen kam, ohne dass er seine Kollegin bewusst angesehen hätte.

»Zweitens könnte es für ihren Liebhaber wichtig gewesen sein, anonym zu bleiben. Vielleicht ist er verheiratet oder prominent? Oder beides?«

»Laut Tagebuch hatte sie zwei Affären. Eine frisch, eine gerade beendet oder in Beendigung«, warf Oberhollenzer ein. »Genug Stoff für einen Mord aus Eifersucht, wenn einer von beiden durchdreht.«

»Gut, meine Herren.« Gokl verzichtete diesmal auf eine gendergerechte Ansprache. Nächstes Mal würde er Pelegrini schon wieder sprachlich berücksichtigen. Die männliche Polizistenkultur degenerierte durch die Rücksichtnahme auf Frauen ohnehin schon genug. »Es wird doch möglich sein, herauszufinden, mit wem die werte Frau Schauspielerin den prämortalen Beischlaf gepflegt hat. Das dürfte doch immer mehr der Schlüssel für uns werden, wenn ich das recht sehe.«

Keiner der vier Beamten nickte, aber es widersprach auch niemand.

Brigadier Gokl hielt schon die Türklinke in der Hand, als er sich noch eimal umdrehte. »Ach ja, Oberhollenzer, was ihre Kilometerleistung bei den Ermittlungen betrifft. Ich werde Sie in Anbetracht der … äh, erschwerten Umstände mal für eine Ehrung vorschlagen. Und ich verspreche Ihnen: Es wird nicht für eine Wandernadel sein.«

33

Franco verspätete sich um mehr als eine Viertelstunde. Im Laufschritt hetzte er die Stufen zu seiner Wohnung hoch. Bettina war zum Glück noch nicht da. Er schnaufte kurz durch. Als er den Schlüssel in das Schloss der massiven Eingangstür steckte, hörte er Geräusche aus der Wohnung. Franco griff mit der rechten Hand zum Schulterhalfter. Aber die Glock hatte er vorschriftsmäßig in der Polizeidirektion versperrt. Er ging in die Knie und sah sich das Schloss an. Es war unversehrt, ebenso wie der Türstock. Vorsichtig drehte er den Schlüssel nach links. Leise sprang das Schloss nach einer Vierteldrehung auf. Er hatte die Tür am Morgen nur einrasten lassen.

Hinter dem Mauervorsprung zwischen Flur und Wohnküche blieb er stehen. Es war plötzlich ganz ruhig im Raum dahinter. Er schob sich an der Wand entlang. Auch mit einer Glock in der Hand hätte ihm diese Situation nicht behagt. Er bemühte sich, ganz leise zu atmen. Hoffentlich knarrte der alte Parkettboden nicht. Erst als er sich weiter vorbeugte, sah er Bettina in der Küche stehen. Sie dachte nach und blickte von einem Hängeschrank zum nächsten.

»Wie bist du reingekommen?«, fragte er ohne Vorwarnung und etwas schärfer, als er beabsichtigt hatte.

Bettina antwortete mit einem Schrei der Überraschung, wirbelte herum und wischte dabei ein Abtropfsieb mit Salat von der Küchenplatte. Die grünen Blätter verteilten sich über den Boden. »Hast du mich erschreckt!« Sie schüttelte den Kopf und sprang sofort auf ihn zu, um ihn zu umarmen. »Nicht böse sein«, raunte sie in sein Ohr. »Ich wollte nicht wieder im Treppenhaus warten wie bestellt und nicht abgeholt. Deine Nachbarin ist mir nicht geheuer. Und als du kurz nach sieben noch immer nicht da warst, bin ich in die Wohnung gegangen.«

Weich und vertraut drückte sie sich an Franco. Ihr Körper benebelte ihm die Sinne. Wahrscheinlich hatte ihm diese Frau gefehlt, ohne dass er es gewusst hatte. Er fühlte sich durch ihre Berührung besänftigt und vergaß allen Ärger über Bettinas Übergriff. »Trotzdem kannst du mir sagen, wie du reingekommen bist. Hast du einen Schlüssel nachmachen lassen?«

»Wo denkst du hin«, erwiderte Bettina und löste sich von ihm. »Ich bin ja nicht kriminell. Ich habe eine alte Kundenkarte genommen und damit das Schloss aufgemacht. So wie man das im Fernsehen sieht. Dir brauche ich ja nicht zu sagen, wie einfach das geht. Allerdings nur bei Türen, die nicht ordentlich versperrt sind.« Sie lächelte. »Glück gehabt. Und dir wird's auch eine Lehre sein, nehme ich an. Ich möchte ja nicht, dass dich irgendein Biest einmal nachts stiehlt.« Sie drohte ihm scherzhaft mit dem Finger.

»Wo hast du übrigens das Olivenöl? Ich hab den Salat jetzt unabsichtlich geschleudert.« Sie deutete auf den grünen Haufen auf dem Boden. »Und einen weißen Spritzer kannst du uns auch machen. Für mich mit Aperol. Es müsste vom letzten Mal noch etwas von dem roten Zeug da sein.«

Sie bückte sich, um den Salat aufzuheben. »Ich hoffe, du hast Hunger. Es gibt gebratene Tintenfische. Ich habe sie heute beim Großhändler gekauft.«

»Hunger wie ein Bär«, antwortete Franco und öffnete einen kleinen Schrank, um nach dem Olivenöl zu greifen. Für die Suche nach dem Aperol brauchte er länger. Er fand ihn bei der Espressomaschine. Seine Putzperle Svetlana war offenbar schon heute da gewesen statt am Mittwoch.

Bettina bewegte sich in der Küche mit einer Vertrautheit, als hätte sie schon hundertmal hier gekocht. Franco sah kurz den

Sodaperlen zu, wie sie aufstiegen, dann begann er, ohne nachzudenken, von Mira Krainer zu erzählen und dass sie es zu ihrer aller Verwunderung nicht schafften, ihre letzten zwei Liebhaber ausfindig zu machen.

Bettina hörte geduldig zu und hackte währenddessen Knoblauch klein. Sie nickte ein paarmal.

»Ich bin zu weit weg, um ein Gefühl dafür zu haben, ob ihr zumindest einen ihrer zwei Geliebten schon getroffen habt. Aber ich kann mir lebhaft vorstellen, wie übermenschlich groß die Enttäuschung sein muss, wenn man einen Menschen umbringt, nur weil er einen verlässt oder nicht mit einem leben will. Oder weil man sich vielleicht – irrtümlich – verstanden glaubte.«

Sie kippte den Salat aus dem Sieb in die Spüle und wusch ihn ein zweites Mal unter fließendem Wasser.

»Ich habe nie wo dazugehört. Im Gasthaus war für uns Kinder nie Zeit. So ist das einfach in der Gastronomie. Da waren ich und meine Brüder beileibe kein Einzelfall. Aber das Gefühl, unbehaust zu sein, verlässt einen möglicherweise nie, wenn man nicht irgendwann mal wo Wurzeln geschlagen hat. Oder es gelernt hat, Wurzeln zu schlagen. Meine Oma, die eigentlich für uns hätte da sein sollen, war Alkoholikerin. Auch das eine Spätfolge ihres Lebens als Wirtin. Spätestens gegen Mittag lag sie auf der Couch und gab vor, es gehe ihr wieder mal schlecht. Das Wetter, der Blutdruck. Was auch immer. Eine Weile kümmerten wir uns um sie. Also vorwiegend ich, als Älteste. Bis ich merkte, dass ihre Erschöpfungszustände dem klaren Schnaps zu verdanken waren. Als ich das begriff, habe ich den Fusel ausgeschüttet. Aber das Zeug war nicht auszurotten. Nach drei oder vier erfolglosen Versuchen, Oma den Schnaps wegzunehmen, habe ich es dann gelassen.«

Sie starrte intensiv auf die grünen Blätter, die rasch durch ihre Hände glitten. »Als mein erster Freund mich verlassen hat, dachte ich auch, die Welt bricht zusammen. Und als der ganz große Schmerz vorbei war, glaubte ich plötzlich, ich kann nichts mehr spüren und fühlen. Es ist schon seltsam, wenn man sich selbst abhandenkommt.«

Blatt für Blatt legte Bettina in eine rote Salatschüssel aus Glas.

Franco sah ihr wie in Trance dabei zu. »Und jetzt?«

Bettina lachte und strahlte ihn an, während sie weiter Salatstücke unter dem fließenden Wasser putzte. »Das alles war vor hundert Jahren. Jetzt ist alles anders.«

»Soll ich dir vielleicht helfen? Oder verderbe ich alles in der Küche?« Er begann, nach den Orangen zu suchen. Im Sommer gab es in seinem Haushalt nie welche. Aber Bettina hatte bei ihrem ersten Besuch zwei für den Aperol mitgebracht. Er fand eine Orangenhälfte im Kühlschrank und schnitt eine Scheibe ab.

»Weder noch«, antwortete Bettina mit einiger Verzögerung auf seine Frage. »Ich glaube, du hast es verdient, wenn du jetzt nichts mehr anrührst. Du wirkst noch etwas zerfahren.« Sie deutete Richtung Flur. »Ich habe übrigens Kräuter aus der Gärtnerei mitgebracht. Sie liegen noch draußen.«

Franco kam mit einem Büschel Petersilie und Basilikum in der Hand zurück. Er fühlte sich plötzlich wie im Süden, so sehr dufteten die Kräuter. Mit Erstaunen bemerkte er, dass ein unbeeinflussbares Programm in ihm ablief, wie immer, wenn jemand für ihn kochte. Er war aus heiterem Himmel glücklich und leicht. Jemand kümmerte sich um ihn. Kochen war Zuwendung. Schon seine Mutter hatte Zuneigung meist über ihre Küche und einen unter zahllosen Leckereien fast kollabierenden Tisch ausgedrückt.

Auch das erste Glas trug seinen Teil zur Entspannung bei. Bettina stellte die größte Pfanne, die sie finden konnte, auf den Herd. Sie goss Olivenöl hinein und tippte auf das Ceranfeld. Ein paar Sekunden später schaltete sie die Kochplatte wieder aus und drehte sich um. »Ich kann nicht kochen, bevor ich dich nicht gespürt habe.«

Sie ging auf ihn zu und gab ihm einen scherzhaften, aber spürbaren Schubs. Willig ließ er sich auf die Couch fallen. Im nächsten Augenblick saß Bettina schon auf seinen Knien, drückte ihre Schenkel in seine Taille und ihren Mund so fest auf seinen Hals, dass anfangs nicht klar war, ob sie ihn biss oder küsste.

34

Warnen Sie mich bitte nächstes Mal vor, wenn Sie wieder Frauenbesuch haben«, sagte Melinda Glatt am nächsten Morgen. Seine Nachbarin blickte ihn säuerlich an, während er nach seinen Schlüsseln suchte.

»Habe ich jetzt Meldepflicht?«, fragte Franco und versuchte zu lächeln. Nebenbei drückte er die Wohnungstür ins Schloss und sperrte sie zweimal zu.

»Nur damit ich mir etwas in die Ohren stopfen oder ausgehen kann.«

»Ja, das lässt sich machen«, antwortete er. Nachdem er die Klinke zur Sicherheit einmal heruntergedrückt hatte, ließ er Glatt ohne ein weiteres Wort stehen. Er war bester Laune und nicht dafür verantwortlich, dass ihr Pferd Husten hatte oder was auch immer. Glücklicherweise kam Felix am Abend zurück. Das würde auch die Stimmung seiner Nachbarin heben, die er noch nie so borstig erlebt hatte.

Knapp nach acht läutete sein Handy. Das Display zeigte den Namen von Heinrich Weinmeister an.

»Was ist, du alter Schwerenöter?«, begrüßte Franco seinen Kumpan.

»Eine dumme Sache«, sagte Weinmeister. Er klang bedrückt.

»Wenn es ein Strafmandat ist oder meine Kollegen dir den Führerschein wegnehmen wollen, dann kann ich nichts machen. Diese Zeiten bei der Polizei sind vorbei, in denen wir noch etwas für unsere Freunde ausbügeln konnten.«

»Keine Angst.« Weinmeister sprach wie ein kleiner Junge, der etwas ausgefressen hatte. »Ich komme gerade aus dem Krankenhaus. Nichts wirklich Ernstes. Ich habe einen Gips bis zur Schulter.«

»Wie das? Beim letzten Mal, als wir telefonierten, warst du ja noch intakt.«

Weinmeister zögerte. Sicher war er nur auf seinem Terrain, der Statistik, wenn er für Pharmafirmen Krankheiten auf Basis von schlecht laufenden medizinischen Studien erfand oder Zahlen so umdeutete, dass mäßige Wirkstoffe zumindest zahlentechnisch brillierten und ihren Weg in Arzneiregale fanden. »Eine blöde Geschichte. Um nicht zu sagen, eine saublöde Geschichte ... Wenn ich dir das jetzt erkläre, glaubst du es mir sowieso nicht.« Er schluckte. »Kann ich in den nächsten zwei Tagen bei dir übernachten? Ich brauche Gesellschaft, und der Arzt meinte, es ist gut, wenn jemand bei mir ist.«

»Natürlich. Das hat sich ja schon einmal bewährt. Heute kommt Felix zurück, aber der hat dich ohnehin ins Herz geschlossen.«

»Gut, dann komme ich gegen sieben. Ich bringe Pizzen mit, okay? Und andere Grundnahrungsmittel.« Er seufzte lange. »Danke, Franco. Und ich weiß, dass du über mich lachen wirst. Das wird mir weh tun.« Damit legte Weinmeister ohne weitere Erklärung auf.

Als Moll kurz darauf das Kommissariat betrat, bedeckte schon ein Haufen Müll aus dem nahen Drive-in Reisingers Schreibtisch. Er identifizierte drei Kaffeebecher, Butter, Marmelade, Reste von Ham and Eggs sowie eine Apfeltasche, deren Zimtgeruch noch im Raum hing.

Der hagere Polizist klopfte sich zufrieden den Bauch und stelzte gemütlich zum Mülleimer, um ihn mit gespieltem Stöhnen zu seinem Schreibtisch zu tragen. Mit zwei gekonnten Schwüngen der Unterarme fegte er sämtliche Frühstücksreste in die große Tonne.

Pelegrini sah beim Eintreten nur noch den Müllberg in den Eimer gleiten und begrüßte Reisinger salopp: »Ökosau. Deinetwegen gehen die Bangladeschis nächstens in der Klimaerwärmung unter.«

Bei Pelegrinis Anblick schaltete Reisinger sofort wieder in den Jack-Lässig-Modus. »Ich hasse die mittleren Breiten«, sagte er, als philosophierte er über die Farbe Grün. »Und ich hasse den Winter. Alles, was Österreich wärmer macht, ist willkommen. Wenn ich es mir leisten kann, kaufe ich mir einen SUV für die Stadt. Darfst mich dann als Stadtförster beschimpfen, Pelegrini. Wie könnte man einer toughen, umweltbewegten Frau wie dir etwas übelnehmen.«

»Was ist los, Reisinger, wieder einmal Sex gehabt, weil du so gut gelaunt bist?«, raunzte sie ihn mit deutlich mehr Wohlwollen als zuvor an.

Der hagere Polizist schüttelte den Kopf. »Nein.« Er grinste Pelegrini an. »Nicht einmal.« Dann lachte er lange und suchte in seiner schlotternden Hose nach einem Papiertaschentuch, um sich die Heiterkeitstränen abzuwischen.

Kopfschüttelnd wandte sich die blonde Polizistin an Moll. »Willst du mir vielleicht auch was aus deinem Sexleben erzählen?«

Moll verneinte. »Du hast mich ja glücklicherweise nicht gefragt. Außerdem finde ich Krainers Sexleben noch interessanter. Darüber wissen wir nämlich so gut wie nichts.«

Reisinger hatte sich von seinem Lachanfall wieder erholt. Er hob, um Aufmerksamkeit heischend, die Hand. »Steiner, der Bühnenarbeiter, hat mich angerufen. Es gibt Zoff bei den *Sieben letzten Worten*. Del Gardo dürfte es irgendwie überzogen haben. Eine junge Schauspielerin hat dem verdorrten Zwerg eine Szene gemacht, weil er was Abartiges mit ihr angestellt hat. Und zwar zu Hause. Einer von Steiners Kollegen hat's gehört. Irgendwas mit Fesseln.«

Moll horchte auf. »Fesseln?« Er dachte nach. »Wir haben doch auch bei Krainer Fesselungsspuren gefunden.«

Seine beiden Kollegen nickten zustimmend.

»Dann fragen wir am besten mal nach. Hat Steiner dir den Namen der Schauspielerin gegeben?«

Reisinger suchte auf dem Schreibtisch nach einem Zettel. »Verdammt. Der liegt im Müll.« Flugs war er bei dem Eimer. Ohne Zögern kippte er den Inhalt der Tonne auf den Boden und kniete sich vor den Müll. Nach kurzem Wühlen zog er triumphierend einen Zettel zwischen Styropor- und Kartonverpackungen heraus.

In diesem Augenblick betrat Oberhollenzer verschlafen das Kommissariat. Bevor er noch eine blöde Bemerkung über Reisinger und den Müllberg machen konnte, hörte er schon wie erwartet den erstaunten Ausruf von Moll und Pelegrini.

»Das ist …«

» … jetzt nicht wahr!«

Selbst Reisinger, der in Modefragen völlig unverdächtig war, starrte auf Oberhollenzers Beinkleider.

»Was habt ihr gegen eine kurze Lederhose? Das ist doch das Einzige, was bei diesen Temperaturen hilft, oder? Dir würde sie auch gut stehen, Martina. Jede Wette, dass du in diesem Aufzug mehr erfährst als in Jeans.«

Pelegrini sah auf die mächtigen Unterschenkel des Pinzgauer Urviechs. »Jetzt weiß ich, was man auf dem Land mit Wadeln meint … Sag, warst du im vorigen Leben mal Gewichtheber?«

Oberhollenzer nickte und sprach mit deutlich bayerischem Akzent. »Ich hab an einem Abend zwölf Maß g'stemmt, ja. Sonst noch Fragen zur Salzburger Sommermode? In deinem schönen Wiener Heimatbezirk Favoriten trägt man doch vorwiegend Kopftuch. Tät dir bei deiner Laune eh auch nicht schaden. Vielleicht gibt's ja auch eine Dienstburka für dich. Bis du dich wieder eingekriegt hast.«

Reisinger schlug sich auf die Schenkel und räumte dann lachend den Müll zurück in die Tonne.

Pelegrini sah ein, dass ihre Laune an diesem Tag nicht mehrheitsfähig war, und setzte sich an den Schreibtisch. Mit einer gekonnten Vierteldrehung des Stuhls wandte sie den Männern im Raum den Rücken zu.

»Auch ein schöner Rücken …«, murmelte Oberhollenzer.

»Ich bring dich um, Oberhollenzer«, sagte Pelegrini scharf. »Und zwar mit Sushi. Ein langer, qualvoller Eiweißtod. Ich zwinge dich mit vorgehaltener Pistole, so viele Fischstückchen zu essen, wie du Schnitzel verdrücken kannst. Der Koch im Sushi-Lokal hilft mir sicher dabei. Der hat dich aufgeschrieben.«

Oberhollenzer hob abwehrend die Hände. »Ich seh schon, meine Komplimente haben eine ziemlich kurze Halbwertszeit.«

»Romana Weilguny.« Reisinger schob den Mülleimer weg und erhob sich vom Boden. »So heißt die junge Schauspielerin. Sie ist auch in der Tischgesellschaft beim *Jedermann.*«

Moll stand abrupt auf. »Gut, dann schauen wir uns das jetzt mal genauer an. Wenn del Gardo etwas mit der Sache zu tun hat, wird's schwieriger für uns. Ich rede zuerst mit Gokl, damit er uns nachher nicht vorwerfen kann, wir hätten über seinen Kopf hinweg agiert. Pelegrini und Oberhollenzer – ihr zwei hört euch noch einmal abseits der Bühne um, ob jemand Krainer am späteren Montag gesehen hat oder irgendetwas über ihren Verbleib nach halb zwei weiß. Reisinger und ich opfern uns für die Mimen, okay?«

»Dafür hast du ein Bier bei mir gut«, sagte Oberhollenzer. »Und der Reisinger kriegt ein Seiterl, weil ich nicht so bin.«

35

Moll und Reisinger parkten das Dienstauto im Hof des Stiftes St. Peter. Sie waren froh, dass Gokl zumindest zunächst keine Probleme machen wollte.

»Wenn die Sache mit dem Regisseur heiß wird, müssen wir uns allerdings etwas überlegen, ja?«, hatte der Brigadier gemeint. »Ein zeitlich sensibles Vorgehen, um es vorsichtig auszudrücken.« Auf Molls hochgezogene Augenbrauen hatte er seufzend zu einer Erklärung angesetzt. »Wir lassen jetzt mal nächste Woche die Premiere der *Sieben letzten Worte* an uns vorübergehen, ja? Nicht nur, weil ich zwei Karten dafür habe. Gerechtigkeit ist nicht immer zeitkritisch, wenn Sie mich verstehen, Chefinspektor Moll.«

Moll hatte verstanden. Derzeit war es ihm lieber, keine Fronten in der Abteilung »Leib und Leben« aufzureißen, sondern in Ruhe ermitteln zu können. Der heiße Sommer bremste die Fortschritte ohnehin schon auf seine Art. Strukturelle Bremsen hätten die Sache noch mehr verzögert. Kämpfe nur, wenn nötig, lautete momentan Molls Devise.

Er wollte schon gehen, als ihm Brigadier Gokl noch etwas nachrief: »Im Übrigen hatte ich bei meinen Gesprächen mit der Festspielpräsidentin nicht den Eindruck, dass ihr Kajetan del Gardo sehr am Herzen liegt. Außerdem bestreitet sie, dass diese Blutszene mit der Sexpuppe im Hof der Stiftsbäckerei St. Peter vor einer Woche eine PR-Masche war. Sie weiß diesbezüglich von nichts. Halten Sie mich auf dem Laufenden und legen Sie niemanden in Ketten, bevor wir nicht darüber geredet haben. Wir kennen uns schon lange genug. Sie wissen mittlerweile ja auch, dass ich Ihnen letztendlich freie Hand lasse, wenn wir rücksichtsvoll und geschickt vorgehen. Ich nehme es Ihnen nicht übel, dass Sie mich für einen Bremsklotz halten, aber ich bin in einer Position, in der ich zum Teil sehr widerstreitende Standpunkte vereinen muss.« Gokl hatte auf den Schreibtisch geklopft, was sonst nicht seine Art war. »So, damit genug der Geständnisse. Ich glaube, wir können einander vertrauen.« Und damit hatte er eine Tenniszeitschrift aufgeschlagen und Moll freundlich zugenickt.

»Ich mag den Brigadier«, sagte Reisinger nach Molls Kurzfassung der Unterredung. »Er ist in einer Sandwichposition, in die ich nie kommen möchte. Unten widerborstige Leute wie du, oben jene, die glauben, sie könnten mit einem Telefonhörer alles nach Lust und Laune regeln. Im schlimmsten Fall hat er beide gegen sich.«

Sie ließen den Brunnen mit der Bischofsfigur hinter sich und traten aus dem zweiten Viereck des Stiftes in den Toscaninihof, den schattigen Platz, der von der Abtei, dem Mönchsberg und der Schmalseite des Festspielhauses umschlossen wurde.

Reisinger zog sein Mobiltelefon aus der Tasche. »Ich glaube, wir sollten uns erst mal die Geschichte des Mädels anhören, bevor wir Kajetan del Gardo in die Zange nehmen. Sommers, der Regieassistent, schickt uns Romana Weilguny raus. Ich vertraue ihm so weit, dass er del Gardo nichts erzählt. Ich habe ihm allerdings nicht gesagt, warum wir die Schauspielerin sprechen wollen.« Damit wandte er sich von Moll ab. Sein Anruf dauerte nicht einmal zehn Sekunden. Aufmunternd nickte er Moll zu.

Fünf Minuten später kam ein schlankes Mädchen aus der Tür zur Felsenreitschule. Um die Handgelenke trug sie zwei weiße Verbände. Sie sah sich ein paarmal suchend um, bis die beiden Polizisten auf sie zutraten. Selbstbewusst streckte sie beiden Männern die Hand entgegen. Zu Molls Überraschung wirkte die junge Frau keineswegs bedrückt. Ihr Gesicht schien ständig von einem Lächeln bewohnt, das nichts Künstliches hatte.

»Warum wollen Sie denn mit mir reden?«

Sie sah ohne jegliche Verlegenheit von Reisinger zu Moll.

»Können Sie sich das nicht denken?«

Sie schüttelte den Kopf. Und nickte dann umgehend. »Ich hab zwar einen Verdacht, aber …«

Die beiden Polizisten ließen sie hängen und setzten den Satz nicht fort.

»Dann gehen wir wenigstens ins Café.« Romana Weilguny deutete auf den Garten des Resch und Lieblich, in dem nur ein paar wenige Menschen frühstückten.

Mit Genugtuung registrierte Moll, dass das auf den ersten Blick zerbrechlich wirkende Mädchen gern die Initiative ergriff und nicht wartete, was auf sie zukam, sondern lieber das Heft selbst in die Hand nahm.

»Wie alt sind Sie eigentlich?«, fragte Moll, nachdem sie bestellt hatten.

»Dreiundzwanzig. Ich weiß schon, dass ich jünger wirke. Aber das macht mir wirklich keine Sorgen. Ich fühle mich wohl.«

»Bewundernswert«, sagte Franco. »Was ist denn mit Ihren Händen?«

Romana Weilguny nickte und sah auf die Stützverbände. Ruhig zog sie ein Haarband aus ihrem Rock hervor und band die dunkelblonden Haare zu einem Pferdeschwanz.

»Del Gardo ist ein Freak. Man kann es nicht anders sagen. Ich will ihn aber nicht anzeigen. Vielleicht ist es trotzdem gut, wenn Sie etwas über ihn wissen.« Sie zögerte kurz, als müsste sie die Bilder erst wieder aufrufen. »Ich dachte, ich würde eine der Rollen bekommen, die Mira sozusagen hinterlassen hat. Er wollte mich ausprobieren, wie er sagte. In seinem Haus in Hallstatt. Ich habe mir nicht viel dabei gedacht. Regisseure sind ja arme Hunde. Sie müssen selbst Rollen spielen, die sie oft nicht durchstehen. Schauen Sie sich nur den Ferdinand Leander an. Der sitzt ständig mit einer Flasche Veuve Clicquot hinter seinem Regiepult. Falls ein Fotograf vorbeikommt, posiert er als ewiges Junggenie, das nur noch im Alkohol Trost findet. Andere reden nicht mal direkt mit dir, obwohl du neben ihnen stehst. Dieser kleine Franzose, den alle anbeten, weil er in Wien viel macht – der sieht dich nicht an und spricht in der dritten Person über dich und lässt dir über den Regieassistenten alles ausrichten, obwohl du näher bei ihm stehst als sein Mitarbeiter. Und dann quält er dich, bis du nicht mehr kannst. Weil es gerade in sein beschissen deformiertes Gemüt passt, schickt er dich mit einer Handbewegung weg und schmeißt dich raus, obwohl du in seiner Inszenierung ohnehin nur der siebte Zwerg von links gewesen wärst. Weil du nicht genug mit dem Arsch wackelst, während du die Bühne im Hintergrund durchquerst. Das passiert alles im Namen der Kunst. Und im Namen selbst ernannter Genies, unter deren Händen Schauspieler angeblich zu Gold werden. All dieser Blödsinn. In Wirklichkeit geht's um etwas zutiefst Österreichisches, wenn Sie mich fragen: Die oben treten die unten. Sobald ein Regisseur ein bisschen einen Namen hat, kühlt er sein über Jahre immer kranker werdendes Mütchen bei den Schauspielern, je unbekannter, umso mehr. Er tritt auf dir herum, bis ihm fad wird, einfach weil seine kranke Seele es so will. Und weil man ihm jahrelang eingeimpft hat, dass er als Regisseur eine Marke werden muss. Wer redet schon von normalen, guten Arbeitern. Handwerk ist bei uns ja verpönt. Nur das Genie zählt. Wenn Sie allerdings genau hinschauen, finden Sie kaum Genies, sondern maximal gute Handwerker.«

Romana Weilguny atmete tief durch und strich sich eine Strähne aus dem Gesicht. »So geht es bei uns zu. Nur damit Sie wissen, wovon ich rede. Das wollte ich Ihnen zuerst mal sagen. Und auch ein bisschen Frust loswerden.«

Moll hörte still zu, um den Erzählfluss der jungen Schauspielerin nicht zu bremsen. Selbst Reisinger wirkte interessierter als sonst.

Die junge Frau hatte sich gerade erst warm geredet. »Del Gardo ist pervers. Sie hätten seinen Keller sehen sollen, ein riesiges Gewölbe. Das ist eine eigene Unterwelt, über die er herrscht wie ein griechischer Totengott. Dort hat er ein Kreuz aufgerichtet. Ein altes, schweres Ding. Mir sagte er, er wolle sehen, ob ich der körperlichen Belastung gewachsen bin. Angeblich interessiert er sich intensiv für die Wissenschaft der Kreuzigung. Keine Ahnung, was das sein soll. Jedenfalls habe ich mich da hinaufbinden lassen, damit er weiß, ob ich diese Turnübung aushalte.«

Sie sah wieder auf den Tisch und nahm nach einer kurzen Pause einen Schluck aus ihrer Tasse. »Ich sollte jetzt eigentlich keinen Kaffee trinken. Das trocknet aus und behindert beim Sprechen. Aber momentan ist mir das ziemlich egal.« Als wollte sie sich umgehend widerlegen, bestellte sie bei der Kellnerin ein großes Glas Leitungswasser nach. »Ein paar Minuten habe ich es gut ausgehalten, so aufgehängt. Ich war mal Leichtathletin. Aber dann hat Kajetan begonnen, mir Angst zu machen.«

Da sie nicht weiterredete, fragte Moll vorsichtig nach. »Wie?«

»Er hat plötzlich mit einer Waffe vor mir herumgefuchtelt, so einer Art Lanze. Dann schien er wegzugehen. Da sind mir natürlich alle möglichen Bilder von Leuten durch den Kopf gegangen, die in irgendwelchen österreichischen Kellern dahinvegetieren mussten. Und wahrscheinlich noch müssen, weil wir sie nicht finden oder die Nachbarn wegschauen. Das ist ja ein Volkssport bei uns, wie es aussieht. Schließlich durfte ich niemandem von dieser Privatprobe in seinem Haus erzählen. Darum wusste auch niemand, wo ich war. Kajetan hat mich im Auto mit nach Hallstatt genommen. Zuvor war ich in einem Sprechchor besetzt, der die Texte des Oratoriums mit rezitierten Psalmen ergänzt und schließlich völlig verfremdet. Ich habe sehr wohl gemerkt, dass er ein bisschen auf mich steht. Aber ich gehöre nicht zu denen, die für ihre Karriere alles tun. Irgendwie ist es bescheuert, dass dich die Leute eine Woche lang auf der Straße anreden, weil du in einem Fernsehkrimi drei Minuten lang durch die Straßen gehen und dann als schöne Leiche enden darfst. Für mich ist das vor allem ein Drehtag und ein schönes Zubrot. Aber um auf diese Art Bekanntheitsblödsinn hereinzufallen, dafür bin ich zu widerborstig. Vielleicht ist es anders, wenn man ein Superstar ist und tatsächlich in Rollen brillieren kann. Aber nur sein ansehnliches Gesicht in den Fernseher zu kriegen ... Was für eine Leistung.« Sie lachte verächtlich. Es wirkte nicht gespielt. »Keine Ahnung. Momentan will ich über meine Zukunft auch gar nicht nachdenken.«

Bevor sie erneut in ihr wogendes Innenleben eintauchen konnte, wollte Moll sie noch einmal in den Keller in Hallstatt zurückführen. »Dieser Keller ... Wie sah der genau aus? Und was ist weiter passiert?«

Weilguny zögerte kurz und reduzierte ihr Sprechtempo. »So ein riesiges gemauertes Gewölbe, fensterlos natürlich. Ich weiß nicht, ob man da mal Weinfässer aufbewahrte oder ob das vielleicht eine Fassbinderwerkstätte war. Ich dachte, ich hätte irgendwo eine Art Zugang gesehen. Möglicherweise waren die Fenster oben auch nur mit schwarzen Tüchern verhängt. Del Gardo ließ mich zuerst in einer alten Stube warten und gab mir Kaffee. Ich weiß nicht, ob er mir nicht etwas in die Tasse getan hat. Valium oder etwas Beruhigendes. Auf jeden Fall fühlte ich mich ziemlich schwach nach dem Kaffee und schläfrig. Das hat sich nach ein paar Minuten am Kreuz aber geändert. So ein Spinner.«

Die junge Schauspielerin schüttelte wieder den Kopf. Es war nicht klar, ob aus Fassungslosigkeit über ihr eigenes Mitspielen oder über del Gardos Abartigkeit. »Dann zerriss er mein Kleid, bis ich mehr oder weniger nackt war. Als er mir diesen eiskalten Speer gegen den Oberkörper drückte, bin ich ausgeflippt. Da wusste ich nicht mehr, was Inszenierung ist und was echt. Er hat an mir herumgefummelt und sich dabei einen heruntergeholt. Das war aber nicht das Schlimmste. Er ist eben ein armer Hund, ein hässliches verwachsenes Männchen, dessen Leben wahrscheinlich davon bestimmt ist, dass er kein Mann ist, sondern ein Gnom mit den Bedürfnissen eines Mannes.«

Weilguny war bei den letzten Worten erstaunlich sanft geworden, als täte ihr del Gardo tatsächlich etwas leid. »Manche Sachen will man einfach nicht wissen. Früher war ich ganz anders. Da war ich gierig darauf, mir die Geschichten meiner Freundinnen und Freunde anzuhören. Ich war der wandelnde Beichtstuhl. Zu viel davon tut aber nicht gut. Ich wünschte, ich wüsste auch nichts von del Gardos Armseligkeit. Ich kann ihm ja kaum mehr in die Augen sehen.«

Reisinger und Moll wechselten kurz einen Blick, dessen Inhalt klar war: Bingo, wir haben unseren Mann.

»Irgendwann war das Ganze schließlich vorbei.« Sie sah wieder in die Ferne. »Interessant, dass man in einer halben Stunde über den Rand des Lebens schauen kann, wenn man so einem Irren in die Hände fällt.«

»Manchmal reichen Sekunden dafür. Und der Rand des Lebens ist unwiderruflich überschritten«, sagte Moll kaum hörbar.

Weilguny nickte. »Ich konnte mich dann noch ein wenig ausruhen. Del Gardo hat den Fahrdienst der Festspiele angerufen und mich nach Salzburg zurückbringen lassen. Für die Fahrt hat er mir ein Kleid seiner Frau gegeben. So froh war ich schon lange nicht mehr, in dieser Stadt zu sein.«

Moll schrieb sich ein Stichwort auf. »Sagen Sie, würden Sie bitte heute noch mit dem Taxi in die Gerichtsmedizin in die Doppler-Klinik fahren? Die Chefin dort könnte sich die Spuren an der Hand ansehen. Das wäre ein wichtiges Vergleichsmaterial für uns.«

»Warum?«

Moll überlegte, wie viel er der jungen Frau sagen sollte. Er schüttelte den Kopf. »Es ist besser für Sie, wenn Sie nicht zu viel wissen. Denken Sie daran, was Sie eben gesagt haben.«

»Wie machen wir weiter?«, fragte Reisinger zehn Minuten später, als Romana Weilguny wieder in der Felsenreitschule verschwunden war.

»Stichwort Fahrdienst.« Moll unterstrich ein Wort in seinen Notizen. »Die Blessuren an Händen und Beinen deuten ja darauf hin, dass auch Mira Krainer bei del Gardo gewesen ist. Vielleicht hat auch sie ein Chauffeur der Festspiele nach Salzburg zurückgebracht. Kannst du mal schauen, ob du ihn findest? Ich hoffe, die Leute vom Fahrdienst dokumentieren die Fahrten anständig.«

Reisinger wirkte nicht ganz glücklich über den Auftrag und nickte schließlich resignierend.

»Del Gardo schnappen wir uns erst, wenn wir hieb- und stichfest wissen, dass er uns angelogen hat«, sagte Moll und sperrte die Autotür auf.

36

»Ciao, bella!«, rief Felix, als Franco ihm die Wohnungstür öffnete. Er fiel seinem Vater um den Hals.

Franco hörte darüber hinweg, dass ihn sein Sohn wie eine Frau angesprochen hatte, und umarmte den für seinen hellen Teint ziemlich braungebrannten Jungen.

Eva stand dezent im Hintergrund und wartete, bis Franco wieder eine Hand frei hatte. »Ich glaube, es war ein voller Erfolg.« Sie drückte Franco eine riesige Reisetasche und ein buntes Minisurfbrett in die Hand. »Das hat man jetzt, sorry. Seine neue Freundin bekam auch eines. Also, es gab keine Alternative … Du kennst das. Ich muss dir nichts erklären.«

Franco lächelte. Nein, das musste Eva in diesem Fall nicht. Sie küsste ihren Ex-Mann auf die Wange und verabschiedete sich von Felix. Der rief seiner Mutter noch ein »ciao, bella« hinterher und winkte ihr nach, bis er die schwere Außentür ins Schloss fallen hörte.

»Ich muss dir viel erzählen«, sagte er kurze Zeit später. »So von Mann zu Mann.«

Franco grinste. Er war mehr als gespannt. Während er nasse Badesachen aus der Sporttasche räumte, stand Felix hinter ihm und plauderte wie wild drauflos. »Am Wochenende stelle ich dir meine Freundin Lea vor, wenn sie Zeit hat.«

»Was, so schnell geht das? Du hast sie doch gerade erst kennengelernt.«

»Ja, und?« Felix sah ihn erstaunt an.

Franco nahm in Windeseile zur Kenntnis, dass er flott in den Kindermodus schalten musste. Hier ging es nicht um Erwägungen für die Ewigkeit oder auch nur für zehn Tage, sondern um ein augenblickliches Glück.

»Weißt du, Lea ist erst fünf, aber sie kann schon rechnen. Schreiben kann sie dafür gar nicht. Sie schreibt Buchstaben immer verkehrt. Von unten nach oben und manchmal sogar spiegelverkehrt. Nur das I nicht. Das kann sie gut.«

»Lea heißt sie also, deine amore italiano.«

»Was heißt das?«

»Deine italienische Liebe.«

»Ja, aber sie kommt aus Salzburg.«

»Auch gut. So eine Fernbeziehung zwischen hier und Jesolo wäre sowieso sehr anstrengend.«

Felix kniff Franco ins Ohr. »Ich weiß schon wieder mal nicht, wovon du redest. Ich wollte dir ja nur von Lea erzählen.«

»Bitte, Felix, erzähl. Ich bin sehr gespannt.«

»Weißt du, Lea ist sehr lustig. Einer von uns hat immer eine Idee. Lea hat mir zum Beispiel gezeigt, was der beste Sonnenschutz ist.«

»Und zwar?«

»Wenn man sich mit Schlamm einreibt. Da kommt keine Sonne mehr auf die Haut.«

»Hm … und was hat deine Mutter gesagt?«

»Jetzt brauch ich was zu trinken oder so was Ähnliches.«

Das konnte Franco gut nachvollziehen.

Felix zögerte kurz und klapperte mit Zeige- und Mittelfinger kurz über die Unterlippe. »Es gibt nur ein Problem mit Lea …«

»Und das wäre?«

Er zögerte kurz mit der Antwort. »Sie trägt noch eine Windel.«

»Was?« Franco war tatsächlich überrascht. »Sie ist doch fünf, oder?«

Felix nickte. »Ja, ich versteh das auch nicht. Aber sie trägt die Windel nur in der Nacht. Damit sie nicht ins Bett pinkelt, sagt sie. Nur zur Sicherheit. Weil eigentlich braucht sie die Windel eh nimmer und nimmt sie nur wegen ihrer Mama. Aber mehr wollte sie darüber nicht reden.«

»Versteh ich«, antwortete Franco und trottete mit den nassen Sachen ins Bad, um sie schnell auszuwaschen. Der Junge wich nicht von seiner Seite. »Bis ihr euch gemeinsam eine Wohnung nehmt, ist sie die Windel bestimmt los.«

Felix nickte wieder. »Ich habe ja auch erst mit fünf aufgehört, Flaschi zu trinken.«

»Hast du Lea das erzählt?«

»Nein. Und du darfst ihr das auch nicht erzählen. Das ist ab jetzt unser Geheimnis, okay?« Felix streckte seinem Vater die Hand hin. Franco unterbrach das Ausspülen der Badesachen und schlug mit seiner nassen Rechten ein.

Erst eine Stunde später kam Felix' Redefluss etwas ins Stocken. Der Junge war müde. In der Früh hatten sie noch gebadet, dann waren sie ins Auto gesprungen und in der Hitze nach Salzburg zurückgefahren. Felix legte sich auf die Couch. »Übrigens, hast du dir das mit der Katze schon überlegt?«

Nein, das hatte er erfolgreich verdrängt. Aber bevor er antworten konnte, war Felix schon eingeschlafen.

Weinmeister läutete gegen halb acht. Er drückte die Klingel wie üblich dreimal. Franco betätigte den Türöffner und wartete vor der Eingangstür auf Heinrich. Der kam sehr salopp in kurzer Hose und T-Shirt, was sonst nicht seine Art war, und vor allem nicht allein. Er hatte eine riesige Sporttasche quer um seinen rundlichen Körper gehängt, eine Tasche von einem Ausmaß, wie sie sonst nur Eishockeyspieler verwenden. Sein Arm steckte bis zu den Schultern in einem Gips. So wie er damit schlecht koordiniert die Treppe heraufstampfte, vermittelte er den Eindruck, er würde über eine Hängebrücke in unwegsamem Gelände wanken. Hinter Heinrich stieg der Taxifahrer herauf. Er trug in der einen Hand eine Kiste Augustinerbräu und in der anderen drei große Pizzakartons, auf denen er drei Salate in transparenten Plastikschalen balancierte. Grinsend stellte er die Kiste vor Franco ab und drückte ihm den Pizzastapel in die Hand. Offenbar hatte Weinmeister ihn gut bezahlt.

Heinrich stöhnte. »Umarm mich nicht, Franco. Mir tut Liebe momentan weh.«

»Wann nicht, Heinrich? Das heißt, deine Verletzung stammt zumindest nicht aus einer Meinungsverschiedenheit.«

Weinmeister verneinte. Mit laut vernehmbarer Mühe streifte er die Badeschuhe von seinen Füßen und deutete auf seine furchterregend bunten Bermudas mit Blütenmuster. »Ich habe die Hose extra gekauft, weil sie einen Gummizug hat. Mit Knöpfen und Gürteln kann ich momentan nichts anfangen. Du hättest sehen sollen, wie die Verkäuferin geschaut hat, als ich sie bat, mir die Hose anzuziehen. So ein herzloses Trampel.«

Weinmeister fühlte sich sichtlich todkrank. Seine Stimme klang deutlich leidend. »Bitte nimm mir die Tasche ab.«

Hilflos starrte er an die Decke.

Nachdem ihn Franco unter mehrfachen Rügen, er solle vorsichtiger mit Weinmeisters geschundenem Leib umgehen, von der Tasche befreit hatte, ging Heinrich umgehend in die Wohnküche und setzte sich polternd. Dramatisch deponierte er den Gipsarm auf dem Esstisch.

Franco öffnete wortlos zwei Flaschen Bier und stellte die Pizzakartons samt Salaten in die Tischmitte. Hinter sich hörte er ein leises Grunzen.

Felix wachte auf. Er sah auf den Tisch und stöhnte noch einmal. »Was, schon wieder Pizza? Jetzt reicht's langsam, Papa. Ich möchte Reis. Oder Erdäpfel. Oder bitte einfach keine Pizza.« Kurz fielen dem Jungen noch einmal die Augen zu. Als er sie wieder öffnete, erkannte er Weinmeister.

»Heinrich! Bist du zu Besuch, oder ziehst du bei uns ein? Hast du wieder Liebeskummer?«

Weinmeister sah Franco an. »Kannst du deinen Sohn bitte abstellen? Wenn man ohnehin schon am Boden liegt, hüpft er noch auf einen drauf.«

Felix stand von der Couch auf und wankte zum Tisch. Als Franco den Pizzakarton öffnete, deutete der Junge sofort auf eine Stelle am Rand, die nur mit Tomatenmasse bestrichen war. »Das bitte!«

»Teller?«, fragte Franco und holte einen Pizzaroller.

Weinmeister schüttelte umgehend den Kopf. »Nein, so ist das ökologischer. Denk an das viele scharfe Mittel für den Geschirrspüler.«

»Stimmt. Der Karton löst sich ja in Luft auf«, nahm Franco Weinmeisters sichtlich zweigeteilte Ökoseele zur Kenntnis, während er das Stück für Felix abtrennte. »Aber den Salat dürfen wir schon mit Metallgabeln essen, oder?«

Heinrich nickte und schob sich ein großes Pizzaeck zwischen die Zähne.

Franco hob sein Bier. »Auf die Genesung!«

Weinmeister setzte wieder seine Leidensmiene auf und tat, als schmerzte auch das Biertrinken.

»So, und jetzt erzähl, wie's passiert ist«, stieß Franco seinen Kumpan an. Der verzog den Mund sofort wieder vor Schmerz, obwohl er ihn bei der gesunden Hand berührt hatte. »Ja, ja, wenn Männer krank sind, sind sie noch kränker«, grinste der Polizist.

Heinrich bekam plötzlich einen starren Blick und einen leisen, sehr sachlichen Ton. »Der Marder ist schuld. Ohne Marder wäre ich jetzt bei bester Gesundheit.«

Franco tat sich schwer, seinen leidenden Freund ernst zu nehmen. »Hat er die Bremsleitungen angebissen?«

»Nein, das hab ich dir doch schon erzählt. Die Benzinleitung. Beim vierten Mal hat es mir gereicht. Ich habe mir in einem Geschäft für Autofreaks ein Mittel gegen Marder gekauft und die Leitungen damit eingerieben. Das war dem Vieh aber völlig egal. Und schon wieder musste ich die Männer vom Abschleppdienst rufen. Die haben die Augen schon ziemlich verdreht. Wahrscheinlich glauben sie, ich stehe auf Mechaniker. Ich weiß nicht.«

Heinrich nahm einen kräftigen Schluck Bier und schnappte sich ein weiteres Pizzastück.

»Ich beschloss, zur Selbsthilfe zu greifen. Ich habe mich bei Google schlaugemacht. Da findest du super Rezepte gegen Marder. Darum hab ich es mit Hundehaaren probiert. Marder mögen Hunde nicht. Und ein Bekannter von mir hat so ein Schaf von Hund, das er dauernd kämmen muss. Er sammelt die Haare in einem Plastiksack, bevor sie zum Biomüll kommen. Ich habe mir eine Ladung geholt und den Sack unter die Motorhaube geschoben. Wahrscheinlich hätte ich die Haare aus dem Plastiksack rausnehmen müssen. Was weiß ich. So genau war das im Internet nicht beschrieben. Und der Marder hat das Rezept offenbar nicht gekannt beziehungsweise sich nicht um die Haare geschert.«

Er wischte seine gesunde Hand an den Bermudashorts ab und trank wieder.

»Da wusste ich auf jeden Fall, dass ich zu schärferen Mitteln greifen muss. Ich hasse den Gedanken einfach, dass mein Auto ein McDonald's für Marder ist.« Wütend klopfte er auf den Tisch.

»Ich möchte auch wieder mal zu McDonald's«, rief Felix aus dem Hintergrund.

»Okay, dreimal McDonald's und dafür keine Katze«, versuchte Franco einen schnellen Deal mit seinem Sohn.

Felix schüttelte den Kopf. »Nein. Ich bin doch nicht blöd. Und wenn du nicht mit mir gehst, gehe ich mit Melinda.«

»Gut, hätten wir das auch geklärt«, murmelte Franco und bedeutete seinem Freund, er solle fortfahren.

»Ja, das mit dem schärferen Mittel hat sehr plausibel geklungen.«

»Hast du dich bei einem arbeitslosen Chemiker aus Bulgarien mit was Illegalem eingedeckt, Heinrich?«

»Nein, ich hab was ganz Biologisches gefunden.«

»Brennnesseljauche?«, scherzte Franco. »Meine Schwester Laura nimmt das in ihrem Garten gegen Blattläuse. Das hilft sicher auch gegen Marder. Vor allem willst du nie wieder mit dem stinkenden Auto fahren, wenn du das Zeug unter die Motorhaube sprühst.«

Weinmeister schüttelte den Kopf. »Nein, was viel Besseres. Ich hab dir ja schon mal davon erzählt.«

Er legte eine Kunstpause ein und wartete gespannt auf Francos Nachfrage. »Und zwar?«

»Löwenpisse.«

»Löwenpisse«, echote Franco.

Felix lachte. »Ich hab mir gerade vorgestellt, wie ein Löwe auf den Marder pinkelt. Das ist sicher schwer, das kleine Tier zu treffen. Auch für einen Löwen.«

Franco dachte schon weiter. »Und das hast du dann in einem Zoogeschäft gekauft und bist auf dem Heimweg gestolpert.«

Weinmeister sah an die Decke. Hier wollte ihn bewusst niemand verstehen. Er seufzte. »Nein, eben nicht. Das war ja das Problem. Löwenpisse gibt's nicht zu kaufen. Da versagt der freie Markt völlig. Löwenpisse gibt's nur … beim Löwen.«

Franco nickte. »Und dann bist du zum Hartlauer …«

»Wenn ihr mich nicht ernst nehmt, dann höre ich auf zu erzählen«, drohte Weinmeister. Er war jetzt nahe daran, böse zu werden.

Franco nickte langsam und sah Heinrich tief in die Augen. »Dann sag mir nur schnell, dass das nicht wahr ist, was du uns jetzt erzählen willst.«

»Mach noch ein Bier auf. Das ist besser als deine versteckten moralischen Appelle, Franco.«

»Was meint Heinrich damit, Papa?«, meldete sich Felix wieder zu Wort.

»Er will damit sagen, dass alles noch viel schlimmer ist, als ich mir das jetzt denke.«

»Aber das ist doch bei Heinrich immer so, oder, Papa?«

Weinmeister nickte. »Ich gebe ja zu, dass ich mir etwas Mut antrinken musste. Und als ich das erste Mal draußen vor dem Zoo in Hellbrunn stand und die gelbe Mauer des Tierparks vor mir sah, da habe ich in aller Ruhe eine Dose Stiegl getrunken. Und bin nach reiflicher Überlegung wieder umgekehrt.«

»Zwischenfrage: Warum hast du für deine, äh, extremen Wünsche nicht einen Tierpfleger bestochen?«

Weinmeister klopfte auf den Tisch. »Die haben mich nicht ernst genommen. Die haben gedacht, ich verhökere die Löwenpisse im Netz an irgendwelche Perversen. Die haben gelacht und wollten nicht mehr mit mir reden.«

»Ja, ja, der soziale Zusammenhalt lässt zu wünschen übrig. Und das Genie ist mit seinen Ideen oft einsam, Heinrich.« Franco unterdrückte nur mit Mühe einen Lachanfall und setzte das Bier an, ökologisch korrekt ohne Glas.

»Ich habe es eine Nacht später dann noch mal probiert. Also genau genommen gestern Nacht. Wie ich da vor der gelben Mauer stand, da habe ich schon gemerkt, dass Zivilcourage auch ihren Preis hat. Also die Knie haben mir anständig geschlottert. Ich bin nur mit Mühe über die Mauer gekommen. Wenigstens hatte ich mir die Landestelle gut gemerkt. Ich landete auf der anderen Seite irgendwo neben den Pekaris. Die sind zumindest nicht aggressiv.«

»Oder sie mochten deine Bierfahne einfach nicht und hielten sich fern«, warf Franco ein.

»Ich war gut vorbereitet. Ich hatte ein neues, sehr saugfähiges Reinigungstuch mit. Ich dachte, ich wische einfach mal großflächig über den Boden im Löwenkäfig. Die sind ja nachts glücklicherweise eingesperrt. Das hatte ich in Erfahrung gebracht. Aber, ehrlich gesagt, als ich dort über den Zaun zu den Raubtieren stieg, war mir nicht ganz wohl. Dann dachte ich mir wieder, die Zivilgesellschaft braucht Leute, die mit Mut vorangehen. Und dann ging es wieder.«

»Ist es schlimm, wenn ich Felix bitte, sich kein Beispiel an dir zu nehmen?«

»Felix ist noch zu jung, um das zu verstehen«, sagte Weinmeister staatstragend.

»Doch, ich verstehe das schon, Heinrich. Du wolltest dem Löwen sein Pipi stehlen.«

Diesmal prustete Franco los. Weinmeisters Sachlichkeit bei der ganzen Erzählung war kaum mehr zu ertragen.

»Ich erzähle jetzt noch fertig. Das bin ich zumindest dem gescheiteren Teil der Familie Moll, also Felix, schuldig. Dann rufe ich mir ein Taxi und stürze mich von der Holzmeister-Stiege auf das Pflaster des Toscaninihofs hinunter.«

»Heute nicht mehr, Heinrich. Du bist nicht mehr ganz nüchtern. So etwas sollte man im Vollbesitz seiner geistigen Kräfte tun. Und wann ist das bei dir schon mal der Fall …«

»Iss!« Weinmeister deutete auf den ungeöffneten Salat. »Dann hältst du wenigstens mal ein paar Minuten die Klappe.«

Mit Mühe entfernte Franco das Klebeband um die Salatschale. Der Deckel klappte mit einem Knacken auf.

»Der Löwe war von meiner Idee nicht begeistert. Und er ist ein ziemlich hinterhältiges Tier. Ich weiß nicht einmal, ob er es selbst getan hat oder seine Frau. Er schlug einfach aus heiterem Himmel zu. Ich habe ihn nicht einmal kommen hören, obwohl meine Sinne wirklich scharf sind.«

Die Gabel in Francos Mund vibrierte. Er bemühte sich, seine Heiterkeit zu schlucken und so leise wie möglich zu lachen, obwohl sein ganzer Körper bebte. Weinmeister war so tief in seine Geschichte eingetaucht, dass er jede weitere Bemerkung persönlich genommen hätte.

»Ich hatte meine Hand gerade zwischen den Stäben durchgesteckt und versuchte, lautlos über den Boden zu wischen, da hörte ich nur noch ein kurzes Fauchen. Ich riss meine Hand vor Schreck zurück, aber das Vieh hat mich am Unterarm erwischt und mir eine anständige Bisswunde zugefügt. Der Löwe ist ja ein Hund …«

»Ein ziemlicher …«, warf Franco zwischen zwei Gabeln Salat so ernst wie möglich ein.

»Nein, er ist wirklich ein Hund. Lass dir doch zoologisch mal etwas sagen, Franco. Er hat ein Gebiss, dessen Zähne nach hinten schauen. Und das macht halt ziemliche Wunden.«

»Und deswegen hast du jetzt den Gips?«

»Nein, das passierte auf der Flucht. Als ich von der Mauer wieder heruntersprang. Ich hatte keine Zeit mehr, weil der Nachtwächter kam. Ich bin auf etwas Hartes gefallen, was die Elle nicht ausgehalten hat.«

»Da hat sich der Besuch im Unfallkrankenhaus wenigstens gelohnt.«

»Und ob. Das Problem ist ja, dass Bisswunden offen bleiben sollten. Darum hat mein Gips hier ein Loch.« Weinmeister deutete auf eine Aussparung knapp unter dem Ellbogen. »Damit sich die Ärzte die Wunde anschauen können. Es könnte sein, dass sie sich infiziert. So ein Löwengebiss ist ja nicht so sauber wie ein Operationssaal.«

»Hoffentlich hat der Löwe am Abend brav die Zähne geputzt«, sagte Felix und lachte so lange über seinen Scherz, dass Weinmeister nur noch verständnislos zwischen dem Vater mit den bebenden Wangen und dem kreischenden Sohn hin und her blickte. So kaltherzig hatte er diese Kleinfamilie nicht in Erinnerung gehabt.

37

Reisinger hatte Glück. Er machte den Fahrer, der Romana Weilguny von Hallstatt abgeholt und nach Salzburg zurückgebracht hatte, ohne großen Aufwand ausfindig. Der Fahrdienst der Festspiele hatte allerdings sonst nur eine einzige Fahrt von del Gardos Adresse vermerkt, und die lag schon länger zurück. Vielleicht hatte del Gardo einem Fahrer einfach zwanzig Euro gesteckt, damit der seine menschliche Fracht unkompliziert in Salzburg ablieferte. Andererseits waren die Fahrzeuge allesamt auffällig, silberne Limousinen, die einer der größten Festspielsponsoren für den Transport der Künstler bereitstellte. Audi steckte jährlich offiziell an die acht Millionen Euro in das Kulturevent.

Moll schickte Reisinger nach Hallstatt. Er sollte sich in der Nähe von del Gardo umhören, ob jemand eine der silbernen Luxuskarossen vorfahren gesehen hatte. Für Reisinger eine gute Gelegenheit, auf der Strecke ausführlich zu frühstücken und auf einem Parkplatz ein bisschen Zeit ungestört im Internet zu verbringen.

Sie wussten noch nicht einmal, wo Krainer die Nacht von Sonntag auf Montag verbracht hatte und ob vielleicht dort der Keim für ihr späteres Verschwinden lag. Ihr Handy hatte sie ja zwei Wochen vor ihrem Tod verloren und keine Veranlassung gespürt, sich schnell um ein neues zu kümmern. Andererseits war sie auch in der Vergangenheit immer wieder mal verschwunden, ohne dass jemand gewusst hatte, wohin. Vielleicht lag's auch diesmal nur am Lampenfieber.

Kurz nach Mittag meldete sich Reisinger per Mobiltelefon im Büro. Er hatte tatsächlich einen Nachbarn von del Gardo gefunden, der sich an einen großen silbernen Wagen erinnerte. Vor allem, weil er ihn vor kurzem wiedergesehen hatte. Und dass es montags gewesen war, wusste der Mann zweifelsfrei.

»Das ist einer von denen, die sich nicht mehr anziehen, sondern selbst bei schönstem Wetter den ganzen Tag vor dem Fernseher sitzen. Das TV-Programm ersetzt die Uhr.« Reisinger machte eine kurze Pause, während er Moll die Ergebnisse via Telefon schilderte. »Ich beschreibe dir nicht, wie es in der Wohnung gerochen hat. Auf dem Tisch standen ein paar Aluschalen mit Speiseresten von ›Essen auf Rädern‹ oder wie das jetzt heißt. Der Mann weiß deswegen so genau, wann die Limousine bei del Gardo war, weil er extra von seiner Lieblingsserie aufgestanden ist. Ich glaube, es war das *A-Team*, aber das spielt für uns aller Wahrscheinlichkeit nach sowieso keine Rolle. Auf jeden Fall ist der Audi am Montag kurz vor fünf bei del Gardo vorgefahren.«

»Diese Autos haben doch einheitliche Kennzeichen. Kann sich der Mann nicht mehr daran erinnern?«

»Nein, leider. Er weiß nur, dass der Chauffeur noch ziemlich jung war. Und seine Beschreibung der Frau passt auch auf Krainer – klein, hellblond, schmal, auffallend hübsch. Weil er sich natürlich gefragt hat, was so eine Frau beim unansehnlichen del Gardo macht. Überhaupt dürfte der Regisseur in Hallstatt mit so gut wie niemandem Kontakt haben. ›Ein Spinner‹, wie sein Nachbar sagte. Du weißt ja, wie explizit die Leute auf dem Land sind.«

»Gut, dann bis später«, verabschiedete sich Moll. Die Knochenarbeit würde weitergehen.

Moll drehte sich zu Pelegrini und Oberhollenzer um, die via Lautsprecher mitgehört hatten. »Wir klappern jetzt persönlich jeden einzelnen Chauffeur ab. Kann sein, dass unser Mann nicht gleich zugibt, dass er eine Schwarzfahrt gemacht hat. Also müssen wir aufpassen. Wenn wir Pech haben, hat der richtige heute gerade frei. Zur Not machen wir dem einen oder anderen Angst, Behinderung der Ermittlungen und so weiter. Und dass wir ihn beim Fahrdienst nicht verraten, ist auch klar.«

Drei Stunden später zog Pelegrini den Jackpot. Vor ihr stand ein hübscher Student, der nicht wusste, wohin er blicken sollte, während die junge, sehr selbstbewusst auftretende Polizistin ihn danach fragte, wie es mit kleinen Nebengeschäften bei den Fahrten aussehe. Als sie dem Mann deutlich machte, dass es um Mordermittlungen ging, nicht um läppisches Schwarzgeld, wurde er gesprächiger. Es war üblich, dem einen oder anderen Künstler die persönliche Handynummer zu geben und die Leute gegen ein bisschen Bares ohne Wissen des Fahrdienstes herumzuchauffieren. Allerdings nur, wenn dafür Zeit war. So wie an jenem Montag vor mehr als einer Woche bei del Gardo. Der Regisseur hatte ihm schon vor einiger Zeit fünfzig Euro in die Hand gedrückt, gegen das Versprechen, ab und zu Botenfahrten für ihn zu machen und zum Beispiel wie vor zwei Wochen ein Paket vom Dorotheum für ihn abzuholen. Vor einer Woche hatte er dann Krainer von Hallstatt nach Salzburg zurückgebracht.

»Sie wirkte sehr müde«, sagte der junge Mann und sah Pelegrini unter langen schwarzen Wimpern schuldbewusst an. Er war von oben bis unten gestylt, die kurzen Haare glänzten dezent von Gel.

»Hat sie mit Ihnen während der Fahrt gesprochen?«

»Kein Wort. Sie hat ein bisschen gedöst. Zumindest wirkte es so. Erst als wir bei Salzburg-Nord von der Autobahn abfuhren, hat sie mir gesagt, wo sie genau hinwill.«

Pelegrini sah ihn mit zusammengekniffenen Augen an. Es machte ihr Spaß, den schüchternen Mann noch mehr zu verunsichern. »Und zwar?«

»Heim«, sagte der Student naiv.

»Aha. Heim.« Pelegrini seufzte hörbar. »Hat das Heim auch eine Adresse?«

»Ja, doch. Ich musste sie hinter dem Kaigassenparkplatz bei der Nonnbergstiege absetzen. Sie ging dann ein paar Schritte hinauf und rechts in ein Haus hinein.«

»Können Sie das ein bisschen genauer beschreiben?«

Der Chauffeur wackelte unsicher mit dem Kopf. »Ich denke, sie stieg so fünfzehn oder dreißig Meter hinauf, so circa.«

»Warum wissen Sie das eigentlich? Sind Sie nicht gleich weitergefahren?«

Der hübsche Student zuckte hilflos mit den Schultern.

Pelegrini wartete auf eine Antwort. Der junge Mann im dunklen Anzug war kein Steher. Fesch, aber keinen Mumm. Er gab schon nach ein paar Sekunden nach. »Na ja, sie war halt …«

»Sehr hübsch«, half Pelegrini ihm weiter.

Der junge Mann nickte verlegen. »Ja, sehr. Ich habe ihr einfach nachgeschaut. Ich wollte auch wissen, ob sie sich mit jemandem dort verabredet hat.«

»Da's mir gerade einfällt«, sagte Pelegrini und zog einen Notizblock aus ihrer Leinenhose. »Sind Sie ihr auch nachgegangen?«

Der Student schüttelte vehement den Kopf. »Wo denken Sie hin. Ich war sowieso schon spät dran. Ich konnte auf der Autobahn nicht so schnell fahren, wie ich wollte. Auf mich hat ein Termin gewartet. Ein offizieller.«

»Gut, das werden wir überprüfen.«

»Das müssen Sie jetzt wohl sagen«, antwortete der Mann nun schon viel selbstbewusster. Als er sah, dass Pelegrini den Notizblock einpackte, lächelte er sie breit an. »Jetzt habe ich übrigens keinen Termin mehr.«

»Ich schon«, erwiderte Pelegrini und winkte ihm so salopp zu, dass kein Zweifel darüber aufkommen konnte, wer hier das Sagen hatte und entschied, was wann wo geschehen durfte oder konnte. Schade, dass sie nicht auf solche Kinder stand. Ausgesehen hatte der Junge prächtig.

38

Am Abend lud Melinda Glatt aus Freude über die Rückkehr von Felix zum Fischstäbchenessen ein. Allein die Erwähnung von Fischstäbchen hatte Felix schon zum Strahlen gebracht. Franco entschuldigte sich berufsbedingt und schickte stattdessen Weinmeister mit. Glatt wirkte zwar kurz sehr enttäuscht, aber Franco hatte momentan keine Lust auf ihre Launen und mochte ihr auch nicht auf die Nase binden, dass er den Abend lieber bei Bettina verbringen wollte.

Bettina wohnte in Maxglan, unweit des Landeskrankenhauses, in einer großzügigen Dachterrassenwohnung, die ihr die Eltern gekauft hatten. Der moderne Bau aus den neunziger Jahren passte nicht ganz zum sonst sehr hemdsärmeligen Auftreten von Bettina. Man hätte eher Ärzte aus dem nahen Spital in einem Wohnhaus wie diesem vermutet. Die Wohnung selbst allerdings trug ganz Bettinas Handschrift. In allen verfügbaren Nischen und Ecken fand man riesige Topfpflanzen, die prächtig zu gedeihen schienen. Die knapp zwanzig Quadratmeter große Terrasse war rundum mit Tomaten in den seltsamsten Farben, von dunkelviolett bis grün gestreift, bepflanzt. Bettina pflückte eine blaue Tomate und schob sie Franco zwischen die Zähne. Sie schmeckte süßsäuerlich. Es war schwer zu unterscheiden, welche der beiden Geschmacksrichtungen dominierte. »Alte Sorten. Sie sind sehr empfindlich gegen Braunfäule. Aber wenn man sie durchbringt, bekommt man einzigartige Tomaten auf den Teller, die man nirgendwo kaufen kann.«

Zwischen den Tomaten wuchsen in kleinen Töpfen dekorative Chilis. Franco zog eine der Etiketten aus der Erde.

»Eine vietnamesische Chiliart. Sehr, sehr scharf. Wenn du sie anfasst, darfst du dir danach nicht in die Augen fahren oder in die

Nase«, erklärte Bettina und hob eine zinkfarbene Gießkanne auf, die sie ihm in die Hand drückte. »Du machst die rechte, ich die linke Seite. Jede Tomate bekommt zwei Liter, die Chilis nach Gefühl.«

Franco nickte. Während er das Wasser aus einem Wasserspeier in Form eines Hahns in die Kanne plätschern hörte, verstand er, wie gut solche scheinbar sinnentleerten Tätigkeiten entspannen konnten. Das war wohl auch das Geheimnis von Lauras Garten in Alt-Liefering. Er musste seine Schwester wieder mal besuchen. Seit zwei Wochen hatte er nicht mehr mit ihr telefoniert. Nur in den lokalen Radionachrichten hörte er Laura manchmal. Sie war mit ihrem Job als Radiojournalistin und Moderatorin verheiratet.

Ein Sonnensegel überspannte die halbe Terrasse. Jetzt, gegen zwanzig Uhr und bei untergehender Sonne, schuf das Segel eine gemütliche Höhle, in deren Zentrum ein runder Metalltisch stand. Bettina deutete auf zwei Gläser. »Ich mache uns Aperolspritzer. Heute sind wir zwei wohlstandsverwahrloste Bobos, der Kieberer und die Gärtnerin. Du holst uns Eis aus der Kühltruhe. Die findest du im Abstellraum neben der Küche.«

Franco trottete zufrieden und von der Sonne betäubt ins Innere der Wohnung. Entspannt öffnete er die Schiebetür zum Abstellraum. Die Kühltruhe war für eine Person etwas überdimensioniert. Die Regale schienen zu bersten. Sie waren voll mit Einmachgläsern und Küchengerätschaften, mit Flaschen und einem Sammelsurium alter Sachen. Im Hintergrund hingen allerlei Lederriemen an der Wand, was er aber nur aus den Augenwinkeln wahrnahm. Als er gut gelaunt den Deckel der Kühltruhe hob, erstarrte er.

Er sah zur Decke und fuhr sich über die Augen, damit sich die Pupille schneller auf die dämmrige Kammer einstellte. Nur langsam gewöhnte sich das Auge an das schwache Licht, aber er hatte richtig gesehen.

Aus ordentlich gestapelten Eisblöcken starrten ihn tote Tiere an. Der Kopf einer rot getigerten Katze blickte unter dem blanken Eis hervor, als bettelte sie darum, endlich herausgelassen zu werden. Eine schwarz-weiße Katze schien in ihrem Quader nur zu schlafen, so wohlig hatte sie den buschigen Schwanz um den Körper gelegt. Ein Eichhörnchen hielt aufrecht stehend eine Nuss zwischen den Pfoten, ein Hamster hingegen saß nur noch schlecht zu erkennen in einem stumpf gewordenen Eisblock. Die linken zwei Drittel der Kühltruhe waren etwa bis zur Hälfte mit diesen Tierleichen gefüllt. Im durch eine Wand abgeteilten rechten Drittel befanden sich Tiefkühlgemüse und ein paar Päckchen mit Fleisch und Knochen.

Franco scheute sich, die eisigen Katzengräber aufzuheben und nachzusehen, was da alles darunterlag. Wahrscheinlich noch mehr Katzen und Hamster, Mäuse, Ratten, was auch immer. Als Mordermittler gingen ihm einen Augenblick lang die schlimmsten Vorstellungen durch den Kopf. Mit großer Überwindung griff er sich den Block, der der rot-weißen Katze als Sarg diente.

Eine nasskalte Hand legte sich auf seine Schulter. Franco fuhr erschrocken herum. Der Quader mit der Tierleiche polterte zurück in die Truhe.

»Das ist Leichenschändung«, grinste Bettina und rückte den Eisblock zurecht.

»Ich fürchte, das musst du mir erklären.«

»Da gibt's nichts zu erklären, Franco. Das ist mein Tierfriedhof.« Bettina sah ihn an, als würde sie gerade das Rezept für einfache Omeletts mit ihm besprechen.

»Ja, aber dafür gibt's doch Tierfriedhöfe.«

Bettina nickte. »Natürlich. Aber die sind immer sehr weit weg. Ich hab dir ja schon erzählt, dass ich mich sehr schlecht von Dingen und Lebewesen trennen kann, die ich liebgewonnen habe.«

Franco blickte sich um. Eine Machete lag genauso auf einem

Regalbrett wie ein rostiger Skistock, daneben ein gelber Kindersocken und eine löchrige Strickmütze. Wenn das alles Bettinas Geschichte war, dann hatte sie auf jeden Fall eine sehr bunte Vergangenheit.

»Das Eis findest du übrigens da.« Sie deutete auf das rechte Drittel der Kühltruhe.

Franco hob die Form mit den Eiswürfeln heraus und schüttelte unter dem Eindruck der eisigen Särge den Kopf.

Bettina griff ihm unter das T-Shirt und küsste ihn lange. »So und jetzt komm. Wir können später im Bett noch viel Eis schmelzen. Jetzt trinken wir erst mal etwas.«

39

Donnerstagvormittag klapperten die vier Beamten mit Krainers Foto in der Hand die Häuser an der Nonnbergstiege ab. Die historische Treppe führte zum Stift Nonnberg, der Abtei der Benediktinerinnen, hinauf und ging in einen Weg über, der sich an der schmalen Südseite des Berges herumzog und schließlich am südwestlichen Fuß des Festungsberges wieder in die Brunngasse mündete.

Diesmal war es Oberhollenzer, der punktete. Er hatte den jungen Mann, der ihm mit Stoppelbart und Boxershorts die Tür öffnete, sichtlich aus dem Schlaf gerissen.

Peter Mühlbauer war zu müde, den großen Mann vor seiner Tür wegen der Störung anzuherrschen. Er rieb sich die Augen und sagte einfach nichts. Oberhollenzer stellte sich mit Dienstausweis vor und zeigte ihm das Foto.

»Ja, natürlich kenne ich die.« Mühlbauer gähnte. »Die hat ja ab und zu bei uns übernachtet. Warum wollen Sie das wissen?«

Oberhollenzer deutete in die Wohnung. »Darf ich reinkommen? Das bereden wir nicht im Flur.«

Mühlbauer trottete voran in die Küche. Dort roch es »belebt«, wie Oberhollenzer mit einem kurzen Naserümpfen feststellte. In der Spüle und daneben stapelte sich das schmutzige Geschirr. Mühlbauer kratzte sich den Stoppelbart und wühlte dann im Geschirrberg, bis er eine Espressomaschine hervorzog. Der Geschirrberg kam ins Rutschen. Oberhollenzer stoppte die Lawine mit einer Hand, so dass Mühlbauer Zeit hatte, den Stapel wieder zu sichern. Oberhollenzer roch an seiner Hand und drückte angewidert die Augen zu. »Kann ich mich irgendwo waschen?«

Mühlbauer deutete über den Gang hinaus. »Da links.«

Auch das Bad wirkte, als hätte es lange keine Chemie mehr gesehen. Den Boden säumten zahllose Haare von mindestens drei Personen. Oberhollenzer versuchte, den Wasserhahn mit zwei Fingern auf- und wieder zuzudrehen. Auf die Benutzung eines Handtuches verzichtete er aus Angst vor einer Infektion mit unbekannten Erregern. Seine nassen Hände schüttelnd, kehrte er in die Küche zurück.

Mühlbauer versuchte gerade, die letzten Reste vom Kaffee des vorigen Tages aus der Espressomaschine zu spülen. Ein Teil des Kaffeesatzes spritzte aufgrund seiner Ungeschicklichkeit hinten auf die Küchenfliesen.

»Mögen Sie auch einen?«, fragte er Oberhollenzer.

»Teetrinker«, log der Polizist.

Mühlbauers Hand zitterte, als er frisches Kaffeepulver einfüllte. Wieder ging etwas daneben, was er nicht einmal zu bemerken schien. Als er die Espressomaschine endlich auf der kleinsten Platte deponiert hatte, setzte er sich erschöpft zu Oberhollenzer an den grauen Resopaltisch.

»Schlimme Feier gehabt, gestern?«, fragte Oberhollenzer bemüht verständnisvoll.

Mühlbauer schüttelte den Kopf. »Nein, eine lange Nacht. Ich jobbe in den Ferien als Kellner im Republic. Heute hat's fast bis fünf gedauert. Festspielleute haben das Lokal ab Mitternacht für eine Premierenfeier gemietet.«

»Was studieren Sie?«

»Im Grunde genommen nichts. Andere sagen Publizistik dazu«, scherzte Mühlbauer.

»Warum? Ist das so schlimm?«

»Überhaupt nicht. Aber alle studieren doch Publizistik. Vielleicht steige ich um.« Mühlbauer blickte zum Kaffee. »Wenn ich es mir leisten kann.«

Oberhollenzer sah den jungen Mann so mitfühlend wie möglich an. »Sagen Sie, Mira hat also öfter bei Ihnen übernachtet.«

»Nein, nicht bei mir.« Der junge Mann hob die Hände. »Nicht dass ich sie von meiner Bettkante gestoßen hätte, aber sie blieb öfter bei Leonhard, unserem Ferienpiefke. Leon Sommers nennt er sich als ... äh ... Künstler.«

Oberhollenzer zog vor Überraschung eine Augenbraue hoch, stellte sich aber naiv. »Ferienpiefke?«

»Ja, er wohnt ja nur jetzt bei uns in der WG. Angie ist im Ausland und hat ihm das Zimmer von Juni bis Ende August untervermietet. Er arbeitet als Regieassistent bei den Festspielen. Ein bisschen ein Snob, aber ganz nett.«

»Und Mira kannten Sie auch?«

»Nicht wirklich. Wir haben ein paarmal in der Küche beieinandergesessen, aber sehr selten. Ich bin ja abends meistens weg. Da müssen Sie meine Freundin fragen. Die ist am Abend öfter da.«

»Und wer wohnt sonst noch in der WG?«

»Nur wir drei.«

»Wann haben Sie denn Mira zum letzten Mal gesehen?«

Mühlbauer stützte den Kopf in seine Hände und dachte nach.

»Samstag oder Sonntag vor einer Woche. Da war sie am Abend da. Ich glaube über Nacht. Es muss Sonntag gewesen sein. Da hatte ich nämlich abends mal frei.«

»Und mit Leonhard haben Sie sich gut vertragen?«

»Geht schon. Er kümmert sich halt um nichts. Letzte Woche hatte er Baddienst. Aber er hat es nicht geputzt. Und diese Woche ist er in der Küche dran.« Mühlbauer deutete auf den Geschirrberg. »Sie sehen ja, wie ernst er die Arbeitsteilung nimmt.«

»Und dass jeder sein Geschirr selbst abwäscht?«

Mühlbauer nickte. »Wäre auch eine gute Idee. Vielleicht sollten wir das einführen.«

Oberhollenzer schüttelte unmerklich den Kopf. Wahrscheinlich wieder so ein Zivildiener, der nie Disziplin gelernt hatte. Dem hätte das Militär sicher gutgetan.

»Sie wissen wahrscheinlich, was mit Mira los ist?«

Mühlbauer schüttelte den Kopf.

»Lesen Sie als Publizistikstudent keine Zeitung?«

»Nein, wozu? Alles, was ich wissen will, erfahre ich im Internet.«

»Fernsehen?«

»Negativ.« Mühlbauer wachte jetzt auf. »Wer sieht denn heute noch fern außer Dinosaurier.« Er blickte Oberhollenzer erstaunt an. Und senkte dann schnell schuldbewusst den Kopf. »Verzeihung, so war das nicht gemeint. Aber wenn ich etwas sehen will, lade ich es mir herunter oder geh im Netz in die TVthek.«

»Verstehe«, log Oberhollenzer.

Die Espressomaschine röchelte. Während Mühlbauer unter Ächzen und Stöhnen aufstand, zog Oberhollenzer sein Handy aus der Tasche. Er wandte sich vom ramponierten Ferienkellner ab und schickte eine Erfolgsmeldung an seine Kollegen.

Mühlbauers Hand war noch nicht so sicher, dass er verlustfrei eingießen konnte. Zudem rauchte der Kaffee Furcht einflößend. Der Student roch daran und stellte die schwarze Brühe vor sich auf den Tisch.

»Ist Ihre Freundin da?«

Mühlbauer nickte. »Ja, ausnahmsweise. Sie arbeitet im Schichtdienst bei einer Schokofirma. Diese Woche hat sie Spätschicht.«

»Können Sie sie aufwecken?«

Mühlbauer zögerte.

»Es ist wirklich wichtig«, fügte Oberhollenzer hinzu, der den jungen Mann zu seiner eigenen Überraschung im Grunde sympathisch fand, auch wenn er hygienisch im Erdaltertum lebte.

Das Mädchen kam, nur mit einem langen T-Shirt bekleidet, in

die Küche. Sie grüßte nicht und setzte sich an den Küchentisch. Abwesend hob sie die heiße Kaffeetasse und führte sie an die Lippen. Einen Augenblick später entfuhr ihr ein Fluch. Mit einem wilden Blick auf Mühlbauer stellte die mollige Frau die Tasse zurück.

»Heiß?«, fragte Oberhollenzer und versuchte, seine Schadenfreude so gut wie möglich zu verbergen.

»Nein, über die Kaffeemarke habe ich mich geärgert«, höhnte das Mädchen, dem die Haare in feuerroten Strähnen über die Schultern hingen.

Oberhollenzer fragte sie direkt nach Mira. Mühlbauers Freundin hatte offenbar einen ganz guten Draht zur Schauspielerin gehabt, ohne dass sie jemals über den Beruf geredet hätten. Sie war viel mehr an Miras Engagement in Afrika interessiert gewesen. Aber auch sie wusste nichts von dem Mord an Mira.

»Das tut mir leid. Wirklich.« Sie bekam plötzlich einen glasigen Blick. »Ich bin sonst nicht so desinteressiert an den Dingen um mich herum. Aber mit Früh- und Spätschichten bin ich völlig aus dem Rhythmus und meist hundemüde. Ich dachte, ich hätte mit dem Schichtdienst am Vormittag oder am Nachmittag Zeit, ins Waldbad nach Anif zu fahren. Stattdessen schlafe ich, wenn ich heimkomme, oder stehe erst um elf auf. Aber das mit Mira habe ich einfach nicht mitbekommen.« Kurz hielt sie sich die Hand vor den Mund, als wollte sie ihre zuckenden Lippen verbergen. Dann hatte sie sich wieder im Griff und sah Oberhollenzer müde an. Nach einer längeren Pause sprach sie weiter. »Wir haben öfter am Abend zusammengesessen. Wenn Leonhard nicht auf Kunst macht, ist auch er ganz nett. Zum letzten Mal habe ich Mira Montag vor einer Woche gesehen. Da tauchte sie am späten Nachmittag hier auf. Ich habe wieder mal geschlafen nach der Frühschicht.«

»Und wann ist sie von hier weggegangen? Haben Sie das mitbekommen?«

»Ja, deswegen bin ich ja aufgewacht. Sie hat sehr laut mit Leonhard gestritten. Das war das erste Mal, dass ich die beiden streiten gehört habe. Was ich sonst von ihnen hörte, war das genaue Gegenteil.« Sie sah Oberhollenzer fragend an, ob er verstanden hatte, was sie meinte.

Der Kriminalpolizist nickte. So viel Fantasie besaß selbst ein Beamter. Auch dicke Menschen hatten manchmal Sex. Aber diese Erklärung ersparte er sich.

»Mira ist türenknallend abgerauscht. Leonhard wollte ihr nachgehen. Vor der Tür wartete aber jemand auf sie. Ich weiß nur, dass der Mann sehr klein war. Auch den hat sie angeschrien. Er solle sich zum Teufel scheren oder so was Ähnliches. Leonhard wollte von dem Mann offenbar nicht gesehen werden. Er hat die Tür sofort wieder geschlossen, als er den Typen entdeckte.«

»Und warum haben Sie das so genau gesehen?«

»Ich bin aufgestanden, weil es so laut war. Und wenn ich schon wach bin, dachte ich, gehe ich gleich mal für kleine Mädchen.«

»Was hat Leon dann gemacht?«

»Sie meinen Leonhard? Der war in Unterhose. Er hat sich angezogen und ist den beiden nachgelaufen. Glaube ich halt. Das habe ich nicht mehr so genau gesehen.«

»In dieser WG ist Unterwäsche offenbar die Dienstkleidung, sehe ich das recht?«

Das Mädchen blickte an sich hinunter. »Gehören Sie zur Pyjamageneration? Ich schlafe eigentlich im Sommer ohne alles. Aber so erscheint man ja nicht zu einem Verhör.«

»Das ist kein Verhör«, lachte Oberhollenzer, »beileibe nicht. Ich bin aber mehr als froh über das, was ich von Ihnen erfahren habe. Hier haben Sie meine Karte, falls Ihnen noch etwas einfällt.«

Oberhollenzer schob ihr mit einem Finger seine Daten über

den Tisch. »Wenn ich Sie noch um einen Gefallen bitten darf, bevor ich Sie frühstücken lasse: Sagen Sie Leon, also Leonhard, nichts von meinem Besuch, ja?«

»Kein Problem«, nickte das Mädchen. »Den sehen wir bei unseren Diensten diese Woche sowieso kaum.«

40

Reisinger feierte den Ermittlungsfortschritt auf seine Weise. Er biss mit Wonne in seinen mehrstöckigen Burger und wirkte in einer Art Fressmeditation ganz bei sich, zentriert im kauenden Selbst, das möglicherweise seinen Fokus im Magen hatte. Er aß hingebungsvoll, mit geschlossenen Augen. Jedes bestandene Abenteuer zog unweigerlich eine Belohnung nach sich. Das mussten auch seine drei kulinarisch völlig unterbelichteten Kollegen verstehen.

Plötzlich stockte er. Er hatte auf seinen Feind gebissen. »Mag jemand ein Gurkerl?«, fragte er die anderen.

Oberhollenzer schnaubte bedrohlich durch die Nase. »Reisinger, wenn du noch einmal in meiner Anwesenheit einen Burger isst, dann fackle ich deine Fast-Food-Bude ab. Wenn ich ganz schlecht gelaunt bin, während du drin bist!«

Reisinger sah seinen Kollegen hämisch an und biss besonders laut und kräftig von seinem Burger ab.

Moll versuchte zu beruhigen. »Oberhollenzer hat eine ganz eigene Art, seine Liebe auszudrücken.«

Oberhollenzer kniff die Augen gefährlich zusammen. Moll bedeutete ihm hinter Reisingers Rücken, nichts mehr zu sagen. Ächzend ließ sich das Schwergewicht auf die Kante seines Schreibtisches fallen. »Wen packen wir jetzt bei den … Eingeweiden?«, fragte er und zertrümmerte einen Reiscracker unter seiner Faust. »Sommers oder del Gardo, oder beide?«

»Ein Königreich für ein Motiv«, sagte Moll. »Del Gardo ist Mira Krainer auf jeden Fall nachgefahren. Aus welchem Grund auch immer.«

»Vielleicht hatte er ein schlechtes Gewissen«, mischte sich Pelegrini ein.

»Vielleicht wollte er aber auch nicht, dass sie jemandem etwas von seinen Kellerexperimenten erzählt«, fügte Moll hinzu. »Die Spuren an der Hand von Romana Weilguny, der jungen Schauspielerin, sind übrigens ganz ähnlich jenen, die unsere Gerichtsmedizinerin bei Krainer gefunden hat. Wir können ihn also auch über diese Schiene festmachen.«

»Und Sommers sollten wir auch mal anständig in die Zange nehmen«, stammelte Reisinger, während er sich durch seinen Burger kaute. »Der hat uns ziemlich angelogen und nichts von seiner Liaison mit Krainer erzählt. Das mag ich gar nicht. Schließlich bin ich eine Autorität. Das werde ich dem Lümmel drastisch beibringen müssen.«

Pelegrini zweifelte zwar an Reisingers Selbsteinschätzung, wollte ihn aber nicht mehr mit vollem Mund reden hören und verzichtete daher auf einen Kommentar. »Damit hat sich Sommers in den Kreis jener katapultiert, die für uns interessant sind.« Pelegrini zögerte, als scheute sie sich, weiterzureden. »Wenn ihr morgen etwas vorhabt … Geht das ohne mich? Ich müsste in Wien etwas regeln. Dringend. Um nicht zu sagen sehr dringend.« Sie sah auf das Telefon und dann wieder in die Runde.

Moll nickte. »Das kriegen wir hin. Die Schlagzeile ›Mord in drei Tagen geklärt‹ schaffen wir sowieso nicht mehr. Sommers und del Gardo nehmen wir nach der Premiere am Mittwochabend auseinander. Das habe ich Brigadier Gokl zugesichert. Immerhin wissen wir zunehmend mehr über die letzten Stunden von Krainer. Bevor wir die beiden mit dem konfrontieren, was wir wissen, sollten wir Krainers Weg noch besser rekonstruieren. Sie ging über die Nonnbergstiege hinauf, wohl in Richtung Thumegger Bezirk. Dort kam sie nie an. Das heißt, morgen früh klappern wir die Häuser oberhalb der WG ab. Und jetzt suchen wir uns noch Bilder von del Gardo und Sommers, damit wir auch was vorzeigen können.«

Oberhollenzer wischte die Krümel des Reiscrackers vom Tisch und drehte sich zum Bildschirm.

41

Die Türklinkentour der drei Beamten am Freitagvormittag war nicht sehr ergiebig. Von den Anrainern hatte niemand von Krainer, Sommers oder del Gardo Notiz genommen.

Am späten Nachmittag probte Moll eine kleine Familienzusammenführung im Garten seiner Schwester Laura. Großvater Viktor wusste nicht so recht, ob er mitfahren wollte. Er fragte mehrere Male, wohin die Reise führen würde. Ob es wieder mit dem Zelt an die Adria gehe. Dort hatte er in den siebziger Jahren mit seiner Frau so manchen Urlaub verbracht.

Weinmeister saß mit Felix im Fond und markierte noch immer das Opfer. Demonstrativ streckte er, wann immer es ging, seinen Gipsarm von sich und verzog schmerzerfüllt das Gesicht.

Moll half dem alten Viktor vor dem Garten seiner Schwester in Alt-Liefering aus dem Auto. Es war sehr rapide bergab gegangen mit ihm. Innerhalb eines Jahres war aus dem agilen alten Mann ein Greis geworden. Laura, die mit etwas mehr Schlaf als dunkelhaarige Schönheit hätte durchgehen können, kam ihnen mit Ringen unter den Augen entgegen. Viktor zögerte, als er sie kommen sah, und blickte hilfesuchend zu Franco.

»Hallo, Laura«, begrüßte Moll seine Schwester und versuchte, ihren Namen besonders deutlich und laut auszusprechen, um Viktor die Schmach zu ersparen, nach dem Namen seiner Enkelin fragen zu müssen. Laura küsste ihn auf die Wange und hieß dann sofort lautstark ihren Opa mit einer Umarmung willkommen. Auch Felix blickte der alte Mann immer wieder irritiert an.

»Hat er mich vergessen?«, wollte der Junge wissen, nachdem die Geschwister ihren Großvater zu einem bequemen Sessel im Schatten, mit Blick in den Garten, geführt hatten.

»Ich fürchte, er ist gerade dabei, uns alle zu vergessen«, antwortete Franco und nahm Felix' Hand.

»Wie geht das denn? Wie kann er uns denn vergessen? Wir sind ja da. Opa sieht uns doch, oder?«

»Seine Augen sehen uns, ja, aber ich fürchte, sein Gehirn wird langsam blind für uns.«

»Ich verstehe das nicht«, sagte Felix und zog lange Luft ein. »Wirst du mich auch mal so vergessen?«

Franco schüttelte vehement den Kopf. »Es ist eine Krankheit, Felix. Das hat sich dein Uropa nicht ausgesucht«, bemerkte er leise.

»Wir müssen ihm mal sagen, dass *wir* ihn nicht vergessen. Vielleicht hilft ihm das.« Felix drückte kurz die Hand seines Vaters, wie um eine Abmachung zu fixieren.

»Ja, das sollten wir. Es kann auf keinen Fall schaden«, lächelte Franco. Er öffnete vier Bierflaschen. Großvater Viktor lehnte ein Glas ab und bestand darauf, aus der Flasche zu trinken. Auch das war neu an ihm. In den letzten Jahren hatte Franco ihn nie so trinken sehen. Laura legte ihre Finger auf die Lippen. Sie hatte recht. Jeder Kommentar wäre zwecklos gewesen. Sehr sicher beim Trinken aus der Flasche war Viktor nicht mehr. Das Ende war dem Anfang sehr nahe. Die Windeln wurden größer, wenn es besonders schlimm kam, und am Schluss sabberte man offenbar so wie am Beginn.

Der Tag war so warm, dass das bisschen Bier auf Viktors Hemd sofort trocknen würde. Laura und Franco blickten sich verständnisvoll und mit einem Schatten in den Augen an. Für Viktor ging es jetzt nicht mehr um Details, sondern schon um das Stück, wie Franco in Anspielung auf einen Schauspielerwitz dachte.

Lauras Garten wirkte im Vergleich zu den Vorjahren etwas vernachlässigt. Einige Salatköpfe waren längst hochgeschossen, der Schnittlauch blühte zum Teil, weil sie vergessen hatte, ihn abzuschneiden. An vielen Rosen hingen alte Blüten, die sie sonst immer rechtzeitig entfernt hatte, um dem Stock mehr Kraft für neue Knospen zu geben. Lauras Garten war ein Spiegel ihrer Seele, kein Zweifel. Die Arbeit bei den Radionachrichten schien sie zunehmend auszulaugen. Die Leidenschaft, mit der sie auf der einen Seite ihren Beruf betrieb, verursachte auf der anderen Seite Kollateralschäden. Eine für sie hoch interessante minutenkritische Arbeit nahm ihr Zeit für ein Privatleben, das den beruflichen Einsatz ausbalancieren hätte können. Darüber hinaus spielten auch die Vorgesetzten auf dieser Klaviatur und erpressten ihre Mitarbeiter vielfach mit dem Argument, Interessenten für ihre Jobs stünden Schlange. »Ein Mörderjob«, wie Laura immer wieder betonte. Aber vielfach lachte sie dazu und wirkte nicht immer so ausgelaugt wie an diesem Freitag.

Laura deutete Francos Blick richtig. »Sag nichts. Ich habe Spiegel im Haus. Es ist Urlaubszeit. Und Festspielzeit. Da geht's rund. Ausweglos rund. Im September ist alles besser. Da nehme ich mir mal zwei Wochen frei.«

Franco nickte und nahm ihr die gefüllten Hühnerteile aus der Hand, die sie für das Grillen vorbereitet hatte.

Weinmeister stand hilflos mit einem Blasebalg vor dem Grill und sah ein paar Seiten zerknülltem Zeitungspapier zu, wie sie binnen kurzem verlöschten, ohne das dürre Kleinholz darüber in Brand zu setzen.

»Ich komme ja schon!«, rief Franco und angelte sich Weinmeisters Blasebalg, der für einhändige Bedienung definitiv nicht ausgelegt war.

Wie würde wohl sein Garten in seiner momentanen Verfassung aussehen? Großteils wild, mit einer kleinen dornigen Nische, in die er sich für Liebesspiele zurückziehen konnte? Im Zentrum ein schlecht gemähter Rasen zum Herumtollen mit Felix? Wo hatten Laura, Viktor oder Melinda Glatt ihren Platz, diese seltsame

Nachbarin, von der er noch immer nicht wusste, wer sie eigentlich war, und ob er sich für sie interessierte? Auf einer eingewachsenen Bank ganz am Rand? Diese Vergleiche waren irrwitzig. Franco blickte in die Glut, die sich unter den Kohlen bildete. Bettina mit ihren verrückten Marotten. Die Gedenkstätte in der Tiefkühltruhe. Die Armkleider, die sie niemals ablegte. Er versank zunehmend in dieser Parallelwelt, die so gar nichts mit seinem Alltag zu tun hatte. Vielleicht machte gerade dies Bettinas Reiz aus. Ihm eine andere Tür geöffnet zu haben. Wozu auch immer.

42

Oberhollenzer drückte einen Knopf auf seinem Tischtelefon. Er wirkte nach dem arbeitsfreien Wochenende daheim im Pinzgau frisch und optimistisch. Moll und Pelegrini hörten die Stimme einer noch sehr jungen Frau.

»Die Freundin des jungen Mannes aus der WG«, flüsterte der beleibte Polizist, der zum Wochenbeginn wieder in der knielangen Lederhose im Dienst erschienen war.

»Also, ich rufe Sie an, weil ich ein schlechtes Gewissen hatte. Dass ich von Miras Tod nichts mitbekommen habe. Wir haben uns so gut verstanden, und trotzdem habe ich ganz wenig von ihr gewusst, obwohl wir ein paar Abende miteinander in der WG gefeiert haben. Sie war zwar schon ziemlich alt, so um die vierzig, aber irgendwie trotzdem recht jung. Und gestern habe ich Mira gegoogelt.«

Das Mädchen am Telefon pausierte. Die drei Beamten im Kommissariat hörten mit eher gedämpften Erwartungen zu. Wahrscheinlich machte die Kleine jetzt eine Krise durch, weil Menschen unbemerkt neben ihr starben.

Nach der kurzen Unterbrechung ihrer Erzählung klang das Mädchen verändert, als hätte es schnell etwas getrunken. »Ich habe die Fotos von Mira im Netz gefunden. Also die mit dem Sänger, mit Jim Loft. Der ja ganz anders heißt. Ich hab vergessen, wie. Mira hat mir von ihm erzählt. Ich glaube nicht, dass sie auch nur annähernd in ihn verliebt war. Sie mochte den Typen einfach. Er hatte irgendwie Probleme. Auch mit seinem Vater, lebenslang. So eine komische Vater-Sohn-Beziehung, in der der Sohn machen kann, was er will, und trotzdem nie Anerkennung bekommt. Ich weiß nicht, ob Sie das kennen?«

»Doch, doch«, beeilte sich Oberhollenzer mit einer Reaktion.

»Mira ist jedenfalls Samstag vor zwei Wochen am Abend wutschnaubend bei uns aufgetaucht. Leon war noch nicht da. Sie hat in der Küche auf ihn gewartet. Und in ihrem Zorn hat sie mir erzählt, dass Loft diese Fotos ohne ihr Wissen gemacht hat. Als er sie einmal ziemlich betrunken von einem Society-Event mit nach Hause genommen hat.«

»Ich verstehe das nicht«, unterbrach Oberhollenzer sie. »Wenn sie nichts mit ihm hatte, warum ging sie dann mit ihm zu solchen Gesichtsparaden?«

Wieder stockte das Mädchen am Telefon. »Ich weiß es nicht. Ich war wohl zu müde, um nachzufragen. Sie wissen ja, die Schichtarbeit.«

Oberhollenzer nickte und lächelte dabei. Er erinnerte sich an Ferienjobs, die ihn ebenfalls sehr herausgefordert hatten, um es positiv auszudrücken. Arbeiten in einer Zementfabrik zum Beispiel, mit Beginn um sechs Uhr. Der Job wäre erträglich gewesen, aber das frühe Aufstehen, damals … selbst für seinen zarten Körper eine Herausforderung.

»Auf jeden Fall hat dieser Loft die Fotos mehr oder weniger gestellt. Warum, wollte sie mir nicht sagen. Das dürfte auch etwas mit seinem Vater zu tun haben. Oder dem Manager. Mira hat sich furchtbar darüber aufgeregt, weil sie nicht wollte, dass solche Fotos unter die Leute kommen. Sie war ganz anders, als man sich eine Schauspielerin vorstellt. Ziemlich uneitel und ziemlich cool. Und darum war ich so überrascht, dass ich die Fotos jetzt im Netz finde. Sie hätte sich wohl mit Händen und Füßen dagegen gewehrt. Wenn sie noch am Leben wäre. Das wollte ich Ihnen einfach sagen. Auch damit Sie nicht einen falschen Eindruck von ihr bekommen. Ja, so ist das.«

Oberhollenzer bedankte sich bei seiner Informantin und pinselte ihr den Bauch, dass sie für die Ermittlungen möglicherweise einen wichtigen Hinweis geliefert habe. Nachdem er das Gespräch beendet hatte, wandte er sich an seine beiden Kollegen. »Müssen wir Loft jetzt doch auf die Liste nehmen?«

Pelegrini wiegte den Kopf hin und her. »Ich glaube, ich verstehe die Geschichte mit dem freizügigen Foto jetzt langsam. Loft geriet immer wieder mal in Verdacht, nicht wirklich auf Mädchen und Frauen zu stehen. Das Ganze war eine Inszenierung, wenn ihr mich fragt. Er selbst oder irgendjemand aus seinem Umfeld hat das Foto ganz bewusst unter die Leute gebracht, um Gerüchte über seine Homosexualität zum Verstummen zu bringen. Das ist nicht strafbar.«

»Aber soweit ich mich erinnere, wollte Krainer nicht, dass diese Fotos publik werden«, bemerkte Moll und versuchte, sich den Ablauf der Geschehnisse in einem Diagramm vorzustellen. »Die Bilder kamen erst in die Zeitung, als die Schauspielerin schon tot war.«

Oberhollenzer sah zur Tür. »Wenn Reisinger auftaucht, soll er mal seinen geliebten Laptop aufklappen und nachsehen, wann die Fotos online gingen. Die Bilder waren ja zuerst im Netz und haben ihre Zeit gebraucht, bis sie bemerkt wurden.«

Moll nickte nachdenklich. »Wäre so ein Motiv stark genug für einen Mord?«

Pelegrini sprang auf. »Wir sollten auf jeden Fall noch mal bei Loft nachfragen. Montagnachmittag war er ja in seinem Haus. Dafür gibt's Zeugen. Aber da wir keinen genauen Todeszeitpunkt haben ... Komm, Franco, wir fahren hin. Damit wir del Gardo und eventuell auch Sommers ruhigen Gewissens auseinandernehmen können.«

43

Moll fühlte sich erholt. Am gestrigen Sonntag war der Kelch eines Treffens mit Felix' Italien-Freundin zum Glück an ihm vorbeigegangen. Leas Mutter hatte sich wegen Migräne in die Dunkelheit ihrer Wohnung zurückgezogen und die Großmutter gebeten, auf ihre zwei Kinder aufzupassen. Stattdessen war die Kleinstfamilie Moll über die Brunnhausgasse zum Leopoldskroner Bad spaziert, vorbei am mittlerweile reparierten Rechen, der den Zugang zum Wasserstollen durch den Festungsberg schützte. Franco hatte es sich nicht nehmen lassen, ihn mit Felix zu besichtigen. Ein Stab war glänzend neu. Franco brachte kaum seine Hand zwischen den Stäben hindurch, als er die Festigkeit prüfte. Irgendwie bekam er die Vorstellung nicht aus dem Kopf, dass dieses schwarze Loch, das nur etwa einen Meter hoch geflutet war, jederzeit einen Körper verschlingen und in sein Höhlensystem zerren konnte. Wenn man ein Kind hatte, dachte man oft einmal an das Schlimmste. Das Wasser floss rasend schnell im engen Stollen. Vor dem Rechen tanzte ein leerer Kaffeebecher, den die Stäbe aufhielten. Felix hatte mit einem Schreckensschrei um seinen Vater gefürchtet, als er die Böschung zum Almkanal hinunterkletterte. Aber die Inspektion ging ohne unfreiwilliges Bad zu Ende.

»Warum so schweigsam?« Pelegrini riss ihren Mitfahrer aus seinen Gedanken, als sie in Großgmain zu Lofts Villa einbogen.

»Weil ich glaube, dass wir irgendwas Entscheidendes übersehen haben.« Moll war über seine unvermittelt ausgesprochenen Zweifel selbst überrascht und rutschte unruhig auf dem Beifahrersitz hin und her.

Pelegrini sah ihn fragend an. »Woran denkst du?«

»Wenn ich das wüsste … Vielleicht hat es mit Loft zu tun. Ich kann es dir nicht sagen. Ich glaube, die Hitze raubt mir jede Intuition. Auch die kriminalistische. Oder vor allem die.«

Pelegrini versagte sich jede weitere Frage. Wenn Moll begann, selbstquälerisch herumzureden und jeden Gedanken einen Satz später wieder in Zweifel zu ziehen, war es besser, ihn in Ruhe zu lassen. »Lass mich das mit Loft heute machen. Ich glaube, ich verstehe, was passiert ist und wie das System Krainerloft funktioniert hat.«

Die Asiatin lächelte Pelegrini freundlich an, als sie den Beamten die Tür zu Lofts Nobelbehausung aufhielt. »Reinhard ist nicht allein. Sein Manager ist da.« Sie deutete auf den riesigen Raum hinter den opulenten Glastüren, in dem sie Loft schon bei ihrem ersten Besuch getroffen hatten.

Von Mayerling stand schnell von Loipersbergers Seite auf, als die Glastür mit einem Knacken aufging. Loft blieb sitzen und hob nur die Hand, ohne die Beamten anzusehen, während sein Manager freundlich auf Pelegrini und Moll zuging und sie begrüßte.

»Ich denke, wir sollten uns zu dritt unterhalten, Herr Loipersberger«, sagte Moll und baute sich mit verschränkten Armen vor Loft auf.

Der schüttelte den Kopf und sah den Polizisten müde lächelnd an. »Wenn es kein offizielles Verhör ist, nein. Hubertus bleibt da. Er ist mein Vertrauter.«

»Ja, so habe ich mir das auch gedacht«, sagte Pelegrini und blickte sich im Raum um. »Sie haben Krainer also dafür bezahlt, dass sie Ihre Freundin spielt. Ist das richtig?«

Loft sah sie kalt an und wartete lange mit einer Antwort. »Wenn es so wäre, würde ich es Ihnen nicht sagen.«

»Das spielt auch keine Rolle, Herr Loipersberger. Aber wenn wir an die Öffentlichkeit geben, dass Sie selbst das Handyfoto mit Mira in Umlauf gebracht haben, dann wird Ihr Image doch ziemlich leiden. Sie wissen ja, auch bei der Polizei gibt's Indiskretionen. Wir haben einen Datenforensiker gebeten, sich die Bilder mal genauer anzuschauen. Die finden oft Dinge, das glauben Sie nicht, Herr Loipersberger.« Pelegrini pausierte und sah lächelnd in das alarmierte Gesicht des Sängers. Das linke Auge wurde eine Spur kleiner als das rechte. Sein Gehirn arbeitete sichtlich auf Hochtouren.

»Das müssen Sie mal beweisen, Frau Kommissarin«, bemerkte Loft wie nebenbei.

Pelegrini ersparte sich den Hinweis, dass es in Österreich keine Kommissare gab. »Ich muss nichts beweisen. Ich werde es ja auch nie behauptet haben. Aber beweisen Sie mal, dass dieses Gerücht nicht stimmt, wenn es zig Zeitungen gedruckt haben.« Sie bemühte sich, so amüsiert wie möglich auszusehen, und redete weiter, als wäre das Thema ohnehin längst gegessen. »Ich glaube, es tut Ihrem Image auch nicht gut, wenn Ihre Fangemeinde erfährt, dass Sie nur deswegen Afrika-Projekte gesponsert haben, weil Mira Ihre Homosexualität camoufliert hat.«

»Tun Sie, was Sie nicht lassen können. Und was Sie rechtlich auch durchstehen«, fügte Loipersberger nach einer kurzen Pause hinzu.

»Hör auf, Reinhard.« Die Stimme hinter den vier Leuten im großen Wohnraum klang beschädigt und rauh. Und unangenehm hart. Was sie artikulierte, war nur mit etwas Mühe zu verstehen. Alle drehten sich zur Tür um. Wie eine bedrohliche Steinfigur saß Lofts Vater aufrecht in seinem Rollstuhl. Zitternd nahm er seine schwarze Brille mit einer Hand ab. Eine Gesichtshälfte blieb starr, als er langsam redete. »Ich sehe nicht mehr viel. Aber mehr, als du denkst. Ich sehe jetzt seit einem Jahr, wie du dich quälst. Ich wollte die Gerüchte um dich nicht wahrhaben. Mein Sohn eine Schwuchtel … Und dann die Vorstellung, was die Leute sagen würden.« Mühsam kramte er mit seiner gesunden Hand nach einem Taschentuch unter seinem Oberschenkel. Es dauerte lange, bis er sich den Speichel von seinem Mund gewischt hatte. »Es ist in Ordnung, Reinhard. Ich tue mir noch immer schwer, hinzuschauen, wenn du deinen Freund anfasst.« Loipersbergers Vater blickte von Mayerling ohne erkennbare Regung an. »Aber ich akzeptiere es. Ich sehe ja, wie du dich quälst und gegen dich lebst. Das geht auf Dauer nicht. Das steht niemand durch. Ich weiß das.« Er hielt kurz inne, wie um Luft zu holen. »Am Wochenende war zweimal der Doktor da, der eine, der dich immer wieder fit spritzt, wenn dein Leben auseinanderbricht. Hör auf mit dem Doppelleben. Ich verstehe nichts von Musik, aber die Leute mögen das, was du machst. Sie akzeptieren es auch, wenn du nicht mehr alle Mädchen und Frauen im Publikum heiraten kannst. Glaub mir.« Ein Mundwinkel schien zu zucken, während der andere wie gemeißelt wirkte. »Ich bin in einem Zustand, Reinhard, in dem ich dir das sagen kann. Und ich weiß, dass du deiner Freundin nichts getan hast. Du konntest nicht mal einen Fisch erschlagen, wenn du mit mir am Teich angeln warst. Du warst eine richtige männliche Zicke, ganz anders, als ich mir meinen Buben vorgestellt hatte, ein Weichei. Und das bist du zum Teil heute noch. Aber glücklicherweise nur zum Teil.«

Wieder wischte sich der alte Mann mit dem halb gelähmten Gesicht über seine Lippen. »Das mit den Bildern hingegen war schäbig. Mira hat dich so gebeten, diese Aufnahmen nicht unter die Leute zu bringen. Ich habe es gehört. Du hast sie ihr gestohlen. Ich weiß, dass sie damals sehr betrunken war. Das tut man nicht. In unserer Familie gibt es keine Diebe. Ich möchte, dass du dafür zahlst. Wenigstens mit Geld. Gib das Geld für das Projekt in Kibera her. Und mach reinen Tisch, Reinhard. Nicht meinetwegen. Tu es deinetwegen.«

Erschöpft schwieg der alte Mann und wischte sich noch einmal über den Mund. Dann suchte er nach seiner schwarzen Brille, die er zwischen seine Beine geklemmt hatte. Er nickte mehrmals langsam, als sein Sohn von Mayerlings Hand nahm. Zitternd setzte er sich die Brille wieder auf. Sie landete schief auf seiner Nase. Als erforderte es ein aufwendiges akrobatisches Manöver, schob er sie mit einem sichtlich nicht mehr sehr beweglichen Finger gerade. Dann reversierte er den Rollstuhl mit einer Hand und verschwand, abwechselnd das linke und rechte Rad antreibend, im Dunkel des Hauses.

44

Einen Tag später schwappte eine Flut über Salzburg. Sie kam von oben. Den ganzen Vormittag hatten sich die Wolken Zeit genommen, sich aufzutürmen und Feuchtigkeit zu sammeln. Die Stadt kochte, und darüber wurde es unmerklich dunkler. Vor türkisem Hintergrund lugten weiße Wolkenberge herunter, nur ein paar wenige, die selbst Wetterkundige nicht ahnen ließen, dass sie nicht mehr lange brauchen würden, um die Barockstadt mit einem unheimlichen Schwall zu überziehen. Der Himmel verfinsterte sich innerhalb einer Stunde und barst. Er schleuderte am späten Nachmittag einen Regen herunter, der an die Tropen erinnerte, so gewaltsam überzog er Salzburg. Gleich Reißnägeln aus Wasser sprangen die Tropfen vom Asphalt zurück. Um die Drainagegitter in den Straßen bildeten sich kleine Seen, das Kanalsystem konnte die Flut nicht bewältigen. Und dennoch brachte der Wolkenbruch kaum Abkühlung. Er wischte nur die stickige Luft weg, ohne der Hitze Herr zu werden.

Franco glaubte, die vierzig Meter bis zu Bettinas Wohnhaus laufend zurücklegen zu können. Als er dort ankam, war er von oben bis unten durchnässt.

»Schön«, schmunzelte Bettina, als er triefend vor ihrer Schwelle stand. »Da brauche ich dich gar nicht mehr langwierig dazu bringen, dich auszuziehen.«

Sie zog ihn in die Küche und streifte ihm das T-Shirt über den Kopf. »Ich erspare mir jetzt mal, dir einen heißen Bademantel anzuziehen. Nasse Haut ist schön.« Sie strich über seine Brust und ließ die Hände dann zum Gürtel seiner Jeans gleiten, um an der Schnalle herumzuspielen.

Franco legte ihr die nassen Hände an den Hals. Bettina schauderte kurz und lachte dann. »Hier, trink das. Ein Liebestrank, extra für dich vorbereitet.« Sie schmiegte sich an ihn und drückte ihm einen leicht bitteren Fruchtsaft in die Hand, den er hinunterstürzte, als wäre er am Verdursten. Bettina griff fest in seine Seite. »Ich hab die letzte Stunde schon sehr intensiv an dich gedacht.« Damit zog sie das Höschen unter ihrem Rock aus und führte seine Hand an ihren Schoß. Das Fleisch dort schien zu bersten vor Verlangen, es wirkte geschwollen und prall. »Komm, du Fisch.«

Damit zog sie ihn zur Couch und beugte sich über die Rückenlehne, um ihm ihr Gesäß entgegenzustrecken. Franco glaubte, Bettinas Verlangen riechen zu können. Kurz und wild rasten sie ineinander und zunehmend besinnungslos, in der Sprache zweier ausgehungerter Körper, die keine Sekunde daran verschwenden wollten, über ihr Begehren nachzudenken.

Ein paar Minuten später rutschten sie wie erschöpfte Tiere von der Lehne der Couch und ließen sich auf den Boden gleiten.

Auf dem Balkon tropfte das Wasser von den Zweigen, es schlug kleine Wellen in winzige Pfützen und schläferte Bettina und Franco ein.

»So kommst du mir heute nicht davon«, murmelte sie, als sie Francos Augen halb geschlossen sah. Sie sprang unvermittelt auf, als hätte sie jegliche Müdigkeit nur vorgetäuscht oder augenblicklich vergessen, ließ ihren Rock zu Boden fallen und lief mit nacktem Unterkörper zu einer Küchenschublade.

»Dreh dich um«, sagte sie und verbarg ihre Hand. »Ich habe etwas für dich«.

Sekunden später schrie Franco auf und bog seinen Oberkörper. Was auch immer Bettina ihm da über den Rücken geschmiert hatte, es war brennend scharf, irgendeine Tinktur, die ihn an sportliche Zeiten erinnerten. Mitschüler hatten sich mit ähnlichen Elixieren vor dem Fußball die Waden eingerieben. Die Creme stach in der Nase und erschwerte ihm das Atmen. In Sekundenschnelle saß er hellwach auf dem Boden. Bettina verzog nicht einmal den Mund über seinen Schrecken. Sie stellte sich über ihn, streifte ihre Bluse über den Kopf und öffnete den BH. Achtlos warf sie das schwarze Utensil in Richtung Couch. Nur mit ihren eng anliegenden, dunklen Ärmeln bekleidet, setzte sie sich auf Francos Brust. Ihr Blick war ernst und konzentriert, während sie ihre Hände an seinen Hals legte, als wollte sie ihn würgen. Bevor Franco ihre Finger wegdrücken konnte, verringerte sie den Druck und sah ihn kurz lauernd an. Dann beugte sie sich über ihn und strich mit ihren Brüsten über seine Oberarme. »Warte, mein Geliebter, jetzt fangen wir neu an«, flüsterte sie in sein Ohr.

Mit einem Knall landeten ein paar Sekunden später Lederriemen neben ihm auf dem Boden. Bettina kniete sich daneben und klemmte die Hände zwischen ihre Knie, als hätte sie sich entschieden, den Rest ihres Lebens in stiller Demut zu verbringen. »Mach mit mir, was du willst.« Sie wartete auf seine Reaktion.

Franco verzog keine Miene. Der größte leibliche Hunger war gestillt. Und eigentlich überraschte ihn nichts mehr bei dieser Frau. Irgendwo hörte er eine Uhr ticken, ohne jemals eine in der Wohnung gesehen zu haben.

»Du kannst tun, was du magst. Ich gehöre dir.« Bettina redete ruhig und sachlich, als müssten sie ausmachen, ob sie abends in einem Thai-Restaurant oder lieber italienisch essen wollten. »Du kannst mich würgen. Du kannst mich ritzen, knebeln, mir Dinge wo auch immer reinstecken. Ich muss dich mehr spüren. Und mich auch. Ich bin dein Lehmklumpen.« Sie sah ihn jetzt fast ein bisschen bittend an. »Nur schwer verletzen darfst du mich nicht.«

Bettina legte sich so zum Fuß der Couch, dass sie es ihm leicht machte. Die Hände hatte sie über ihren Kopf gestreckt, die Augen geschlossen. Es ging wie in Trance. Während er die Lederriemen in ihre Haut drückte, hielt sie die Augen geschlossen. Nur kurz war ein Anflug von Schmerz unter ihren zuckenden Lidern zu sehen. Leise wies sie ihm den Weg zu den Messern in der zweiten Küchenschublade. Er überhörte die Anleitung. Sie passte nicht in seinen Kopf. Während er sich über Bettina beugte, war es nicht mehr klar, ob er sich nicht selbst in Fesseln legte oder eben einen SM-Kurs für Anfänger durchlief. Nichts schien wirklich und nichts ganz unwirklich. Er schlüpfte irgendwo zwischen zwei Ebenen durch. Und er wusste nicht, wie er dort hingekommen war. Hatte diese Reise mit dem Fruchtsaft begonnen? Irgendetwas in ihm lachte hämisch, sein Körper hingegen brannte nach der Frau, die da auf dem Boden lag und ihre Beine gespreizt hielt, als hätte sie jegliche Ahnung vom Spiel des Verlangens verloren.

Es war Nacht, als Franco wieder zu sich kam. Er wunderte sich, warum er auf Bettina aufwachte. Etwas war anders. Er fühlte sich verkatert. Die Körperflüssigkeiten an ihren Bäuchen hatten nichts Verbindendes. Er mochte ihren Geruch plötzlich nicht mehr. Bettina schlief. Sie schien älter, ihre Lider zuckten ab und an. Hätte er sich vor einer Woche noch in ihre Träume gewünscht, so war er jetzt froh, sie weit weg von sich zu wissen. Sie hatten sich nicht verletzt. So weit war ihm der Verstand gefolgt, dass er ihre Rufe nach einem Messer und gefährlichen Spielen ignoriert hatte. Bettinas Hände waren noch immer geknebelt, wie er im schwachen Licht sehen konnte. Und ein halbtransparenter Ärmel schien hochgerutscht zu sein.

Franco stand auf und fühlte sich, als hätte er eine Nacht durchgezecht. Hatte sie etwas in seinen Drink geschüttet? Um Bettina nicht zu wecken, ging er ins Nebenzimmer. Er hatte keine Ahnung, wo seine Kleider lagen, und knipste das Licht an. Die Tür ließ er gerade zwei Handbreit offen, um genug zu sehen.

Milde strich das Licht über den Körper der Schlafenden. Eine erschöpfte Venus, die kein Zuhause hatte. Irgendwie war ihm wie nach unglücklichen Liebesnächten zumute, früher, als er kurz studiert hatte. Er erinnerte sich an Nächte, die mit Freude begonnen hatten und mit ein bisschen Traurigkeit endeten.

Und mit einem Mal sah er Bettinas linken Arm, an dem das bisschen Stoff hochgerutscht war. Auf dem Unterarm blitzten viele kleine dunkle Streifen hervor. Franco stieß die Tür zum Nebenzimmer noch ein wenig weiter auf, um mehr Licht in den Raum zu lassen. Die Streifen verwandelten sich in längliche Blutkrusten. Er ging näher und starrte auf die Verletzungen. Es waren zahllose Schnitte, manche nur drei Zentimeter lang, andere so lang wie ein kleiner Finger.

Wie benommen starrte er in Bettinas schlafendes Gesicht. Sie lag da gleich einem betäubten Engel aus einer anderen Welt. Was war los mit ihm? Was mit ihr? Langsam schob er auch den elastischen Stoff über dem rechten Arm ein wenig hoch. Das gleiche Bild. Wieder hoben sich dunkle Blutkrusten von der weißen Haut ab, die Spuren von Schnitten, die sie sich selbst zugefügt hatte.

Er kniete vor Bettina, verzweifelt wie ein Büßer vor seiner Sünde. Verdammtes katholisches Land, das einem ständig das Denken in Sünde und Reue aufzwang ... Wie weit hatte sich diese Frau schon von dem entfernt, was er als Leben betrachtete? Und wie lächerlich war der kurze Ausflug gewesen, den er eben wie ein Benebelter mit ihr unternommen hatte?

Langsam stand er auf. Sein ganzer Körper schmerzte. Hoffentlich regnete es noch. Oder wieder. Schnell streifte er sich seine Jeans über. Nach den Schuhen musste er kurz suchen. Er nahm sie ebenso wie das T-Shirt in die Hand und ließ die Wohnungstür leise hinter sich zuschnappen. Erst im Treppenhaus zog er sich ganz an. So schnell es ging, sprang er die Stufen hinunter. Schwer keuchend kam er beim Auto an, auch wenn er nicht verstand, warum er so erschöpft war.

45

Am Tag nach der Premiere des Oratoriums, Donnerstag früh um sechs Uhr, klopfte jemand mit dem schweren Eisenring gegen die Tür von Kajetan del Gardos Haus in Hallstatt.

Das Auto des Regisseurs stand vor dem Grundstück. Die Beamten ließen eine halbe Minute verstreichen, dann hämmerten sie noch einmal, diesmal fester und länger. Moll hatte vorsorglich einen Schlosser mitgenommen, der ihnen die Tür hätte aufsperren können. Kurz nach dem zweiten Klopfen erschien del Gardo in einem schwarzen Morgenmantel an der Tür. Als er die acht Beamten entdeckte, ersparte er sich jeden Kommentar und sah Moll nur belustigt an. Der Kriminalpolizist drückte ihm den Durchsuchungsbefehl in die Hand und klärte ihn über seine Rechte auf. Wortlos ging del Gardo zurück in das Haus und legte sich auf die Couch, ohne sich weiter um die Eindringlinge zu kümmern. Reisinger suchte mit einem Kollegen und Hans Schmid die Tür zum Gewölbe.

Zur gleichen Zeit standen Pelegrini und Oberhollenzer mit zwei Kollegen vor der Wohngemeinschaft, in der Leon Sommers, Peter Mühlbauer und dessen Freundin zusammen wohnten. Das Mädchen war schon zur Frühschicht gefahren, Mühlbauer schien ziemlich verwirrt. Er hatte sich erst vor einer Stunde ins Bett gelegt und murmelte nur etwas von einer langen Arbeitsnacht, ohne von dem polizeilichen Trupp sehr beeindruckt zu sein. Leon Sommers war ausgeflogen. Nach mehrmaligem Nachfragen brachte Mühlbauer sein Bewusstsein so weit auf Touren, dass er den Beamten sogar mitteilen konnte, Leon auch am Abend zuvor nicht in der Wohnung gesehen zu haben.

Oberhollenzer rief Mühlbauers Freundin auf dem Handy an. Auch sie wusste nichts über Sommers Verbleib. Er war am Vortag gegen neunzehn Uhr mit seinem Surfbrett, einem kleinen Rucksack und in einen Anzug gekleidet aus der Wohnung gerauscht. Er wollte sich nach der Premiere in der Nacht dafür belohnen, dass er die Inszenierung überstanden hatte.

Sein Zimmer wirkte kaum bewohnt. Zwei übereinandergestapelte Matratzen lagen neben einem riesengroßen Reisetrolley, den Sommers nur zum Teil ausgeräumt hatte. In einem schwarzen Müllsack sammelte der Regieassistent seine Schmutzwäsche. Auf einem Minitischchen lag ein Netbook. Als Pelegrini dessen Deckel mit Plastikhandschuhen aufklappte, leuchtete der Bildschirm schon nach kurzer Zeit auf. Abgesehen von einer Zahnbürste, die sie für den DNA-Abgleich brauchen würden, ließ Oberhollenzer auch Computer und Schmutzwäsche mitnehmen.

Moll stand währenddessen staunend im Kellergewölbe von del Gardo. Nur dass es kein Keller war, sondern eine Weihestätte, in deren Zentrum ein Eichenkreuz thronte. An den Säulen des hohen Raumes hingen schwere, gusseiserne Leuchter mit halb abgebrannten Kerzen. In einer dunklen Ecke entdeckten sie die Lanze, von der die Schauspielerin gesprochen hatte.

Reisinger brachte Moll wenig später seltsame Briefe, die del Gardo an eine Leonore geschrieben hatte. Moll überflog sie, sie klangen wie Geständnisse. Er würde sie später genauer lesen. Reisinger ließ alle Medikamente einpacken, die sie im Haus fanden. Sie hatten zwar nicht genügend Gründe, del Gardo zu verhaften, aber sie nahmen ihn zu einer Einvernahme mit. Vielleicht schüchterte ihn das so weit ein, dass er das Lügen aufgeben würde.

46

Ich hatte keinen Grund, Mira umzubringen.«

Del Gardo wirkte sehr ruhig, als fühlte er sich dieser Welt längst nicht mehr zugehörig. Er hatte sich für ein klassisches schwarzes Regisseur-Outfit entschieden, nur den Hals umspielte ein roter Schal, als müsste er sich in seiner beruflichen Rolle parodieren. Mittlerweile war es halb zwei. Die Beamten hatten del Gardo fast vier Stunden im Verhörzimmer warten lassen, um der Gerichtsmedizin Zeit zu geben, biologische Spuren abzugleichen.

»Sie hatten auch keinen Grund, zu lügen. Und haben es doch getan. Und damit die Ermittlungen mehr als behindert und in die Irre geführt«, warf Reisinger ein. Verhöre machten ihm Spaß. Sie waren eine gute Gelegenheit, den ganzen Müll, der in ihm faulte, rauszulassen. Er drückte auf die Pausetaste des Aufnahmegerätes. »Sie sind einfach eine perverse Sau.« Reisingers Finger peilte die Playtaste an und tippte kurz darauf. »Erzählen Sie mir mal, warum Sie Mira Krainer nachgefahren sind.«

Del Gardo ließ sich nicht provozieren und sah den Polizisten unverwandt an, ein hässlicher Gnom mit wachen Augen. »Ich habe nichts Unrechtes gemacht.«

»Sie täuschen sich«, unterbrach Reisinger ihn sofort. »Nach unseren Gesetzen ist es nicht erlaubt, Menschen ohne deren Wissen Valium zu verabreichen.«

»Beweisen Sie das mal.«

»Die Gerichtsmedizin hat Spuren davon in Mira Krainer gefunden. Und wir wissen, dass Krainer kein Einzelfall war. Wir haben die Psychopax-Tropfen in Ihrem Haus sichergestellt. Zwecks Abgleich.«

Del Gardo rutschte auf dem Stuhl hin und her. Sein linker Daumen wurde unruhig und rieb mehrmals am Zeigefinger. Reisinger sah es aus den Augenwinkeln und grinste innerlich. Treffer.

»Ich bin Mira nachgefahren, weil ich das Gefühl hatte, es könnte zu viel für sie gewesen sein. Ich habe sie wohl überschätzt.«

Aus dem Hintergrund schaltete sich Moll ein. »Sie haben ja Ihr, äh, Kreuzigungshobby, gut dokumentiert. Für das Gericht ein großes Glück.« Er nahm einige Briefe von einem ansonsten leeren Schreibtisch. »Wer ist diese Leonore eigentlich?«

»Meine Frau«, erwiderte del Gardo ruhig.

»Und wo ist Ihre Frau jetzt?«, fragte Reisinger und klopfte dem Zwerg auf die Schulter.

Del Gardo hob seine Hand und deutete auf den großen Kristall an seinem Finger. »Da drinnen.«

»Da drinnen«, echote Reisinger.

Del Gardo nickte und wirkte fast gelangweilt dabei. »So kann ich sie immer bei mir haben.«

»Der Mann mit dem Grab am Finger.« Reisinger grinste den Regisseur an.

Del Gardos Augen blitzten jetzt. »Respekt, junger Mann. Jetzt geht es nicht um mich, sondern um meine Frau.«

»Erklären Sie mir das doch mal, Sie Auswuchs an Anständigkeit. Sie holen sich vor Mädchen, die Sie auf Ihre perversen Gerätschaften schnallen, einen runter, und jetzt verlangen Sie Respekt? Warum eigentlich?«

Der Regisseur schüttelte den Kopf. »Sie würden es ja doch nicht verstehen. Ich habe meine Frau nach ihrem Tod in einen Diamanten verwandeln lassen. Selbst tot ist Leonore mehr wert als Sie als Lebender.«

Reisinger drückte erneut auf die Pausetaste des Rekorders und murmelte Moll etwas zu. Der ging aus dem Raum. In dieser Zeit zog Reisinger eine Plastikeinkaufstasche aus seiner Hosentasche.

»Weißt du, was ich mit dieser Tasche machen könnte, du hässliches verwachsenes Männlein?« Reisinger wartete eine Antwort ab.

Der Regisseur sah ihn nicht an und schwieg, zeigte aber sonst keinerlei Reaktion.

»Ich könnte sie dir über den Kopf stülpen. Fünfzehn Sekunden lang wäre es dir egal. Und danach, wenn der Sauerstoff in diesem Beutel verbraucht ist, kommt die Todesangst. Dann könntest du deine Größe und Gelassenheit beweisen.«

Reisinger öffnete die Einkaufstasche. »Praktischerweise ist die Tüte so groß, dass ich sie dir bis zum Nabel runterziehen und dich fast ganz einpacken könnte.«

Del Gardo blickte noch immer starr geradeaus. Reisinger war sich nicht sicher, ob sich nicht ein Anflug von Lächeln in den rechten Mundwinkel des Regisseurs geschlichen hatte. Vielleicht sollte er dem Gnom doch zeigen, wie das Spiel mit der Plastiktasche funktionierte. Gleichzeitig fürchtete er, Moll könnte zu früh zurückkommen. Er schwang die geöffnete Einkaufstüte über del Gardos Kopf.

»Blöderweise brauche ich die Tasche noch und möchte sie mir nicht mit dir versauen.« Langsam knüllte Reisinger die Plastiktüte zusammen und verstaute sie in seiner Hosentasche. Er ließ gerade so viel Plastik aus der Tasche sehen, um den Regisseur permanent daran zu erinnern, dass er auch anders konnte.

»Mistkerl«, murmelte der schlaksige Polizist und drückte auf die Starttaste des Aufnahmegerätes. »Wir können das hier abkürzen, wenn Sie mir alles sagen, was Sie wissen«, sagte er schlagartig ruhig und mit einem freundlichen Lächeln zu del Gardo.

»Sie kennen Frederick Zugibe? Sicher nicht.« Del Gardo starrte auf seine gefalteten Hände. »Dieser Mann beschäftigt sich seit Jahrzehnten mit der Wissenschaft der Kreuzigung. Auch ich wollte diesem Mysterium naherücken.«

Reisinger hätte gern gefragt, warum er dazu unbedingt blonde Frauen benötigte, entschloss sich aber, del Gardo weiterreden zu lassen.

»Das ist der ganze Hintergrund. Ich habe daran einen eigenartigen Gefallen gefunden. Zwischen Anziehung und Abstoßung. Auch das werden Sie nicht verstehen. Akzeptieren Sie es einfach. Und seit ich Leonore verloren habe, habe ich nach Ersatz gesucht. Das Kreuz ist der Punkt, in dem alles Leben in seinen unterschiedlichsten Facetten zusammenfällt. Eine Implosion der Leidenschaften, des Leidens, der Hoffnung, der Enttäuschung, der Liebe, des Wünschens, der Trauer, eine Implosion von allem, was uns ausmacht in der kleinsten geometrischen Form.« Del Gardo blickte Reisinger und den wieder anwesenden Moll fast mitleidig an, weil die beiden ihn sicher nicht würden verstehen können. »Ich habe Mira Krainer nicht umgebracht. Ich wollte nur mit ihr reden und wissen, dass es ihr gutgeht. Als ich sie auf der Nonnbergstiege abgefangen habe, war sie wütend.« Er hob kurz die Schultern. »Es ist gut, dachte ich. Wenn sie wütend ist, ist sie zwar nicht bei sich, aber in einem menschlich akzeptablen Zustand. Dann bin ich nach Hallstatt zurückgefahren. Warum hätte ich sie töten sollen? Außerdem – diese Aufbahrung auf dem Mühlrad … Das ist eine barbarische Inszenierung. Nicht von mir. Ich bin für das Subtile. Diese schreckliche Inszenierung im Hof, dazu das Wasser. Das ist pure Enttäuschung. Ich war nicht enttäuscht. Nein.«

»Sie waren zufrieden. Oder befriedigt, je nachdem, wie man es nimmt«, wandte Moll ein. »Das Sperma auf Miras Bauch beziehungsweise auf dem Kleid stammt von Ihnen.«

»Das habe ich hier nicht bestritten«, sagte del Gardo ruhig. »Ich habe im Übrigen sehr wohl gesehen, dass Mira aus einem Haus kam, in dem sich auch Leon Sommers aufgehalten hat. Er dachte, ich würde ihn nicht sehen. Aber für so etwas habe ich ein Gespür.

Mehr kann ich Ihnen nicht sagen. Ich habe Mira oben, wo die Nonnbergstiege in die Nonnberggasse mündet, verlassen. Sie wollte nicht stehen bleiben. Ich hätte nicht den Atem gehabt, weiter neben ihr herzurennen.«

»Und Leon?«, wollte Moll wissen.

Del Gardo schüttelte den Kopf. »Habe ich seit der Premiere nicht mehr gesehen. Er hat seinen Zweck erfüllt.«

Gegen drei übergaben Moll und Reisinger an Oberhollenzer und Pelegrini. Die beiden exerzierten dasselbe Programm durch. Die immer gleichen Fragen, auf die die immer gleichen Antworten folgten. So wie es momentan aussah, hatte del Gardo tatsächlich kein Motiv. Er hatte sich nach dem Tod seiner Frau wohl aus dem Leben in eine Fiktion von Weihrauch und Wahnsinn katapultiert. Moll mochte den Mann zwar nicht, aber intuitiv wusste er, wovon der Gnom sprach. Und er glaubte ihm auch. Selbst Reisinger zeigte sich ziemlich sicher, mit del Gardo nicht den Mann zu haben, den sie suchten.

Um sieben Uhr abends gaben auch Pelegrini und Oberhollenzer auf. Del Gardo hatte den ganzen Tag über kein Glas Wasser verlangt, nichts zu essen, sondern hatte einfach dagesessen wie eine lebende Mumie, ohne viel Regung zu zeigen, außer, wenn die Beamten seine Frau und ihre seltsame letzte Ruhestätte als Diamant an seinem Finger ansprachen. Das war die einzige Lücke, die sie fanden, um del Gardo aus seiner Reserve zu locken.

»Leon Sommers übrigens ist gestern kurz nach Mitternacht von der Premierenfeier im Krimpelstätter gegangen. Er hatte ein Surfbrett mit, sagt auch del Gardo.« Pelegrini verschränkte die Arme vor ihrer Brust und ging langsam durch das Kommissariat. »Kann mir einer sagen, wozu man in Salzburg ein Surfbrett braucht?«

Moll sah plötzlich wieder den schnurgeraden Almkanal im Stadtteil Gneis vor sich. »Die Welle. Natürlich. Er kam doch aus

München. Dort haben sie auch so ein künstliches Surferparadies für urbane Wellenreiter.« Moll griff zum Telefon. »Ich rufe mal den Almmeister an. Vielleicht weiß der etwas über Leon oder hat ihn öfter dort gesehen.«

Kuno Schlögel konnte Leon aufgrund von Molls Beschreibung via Telefon nicht zuordnen. Aber am Morgen war in der Nähe der Welle ein herrenloses Brett gefunden worden. Er hatte es mit nach Hause genommen und ein Foto davon gemacht, das er Moll per Mail schickte. »Ich habe sofort an einen Unfall gedacht und bin den Almkanal mindestens einen halben Kilometer abgegangen. Aber ich habe niemanden gefunden. Sollte der Mann tatsächlich ertrunken sein, müsste er spätestens im Rechen der Pulvermühle gelandet sein«, sagte der Almmeister besorgt. »Wenn wir da einen Toten haben, dann wird's die Welle schwer haben, zu überleben. Das wäre eine Katastrophe für unser Projekt.«

Eine Dreiviertelstunde später blinkte die Aufnahme des Surfbretts auch auf dem Computer von Mühlbauers Freundin auf. »Diese Dinger sehen alle gleich aus. Aber ich denke schon, dass das Leons Brett sein könnte.« Oberhollenzer stand hinter der jungen Frau und starrte ebenfalls auf das weiße Board mit den zwei blauen Streifen. Sie nickte wieder. »Doch, ich denke schon. Das Blau kommt mir bekannt vor.«

Sie sah Oberhollenzer fast hilfesuchend an. »Glauben Sie, dass er sich was angetan hat?«

»Hatte er einen Grund dazu?«

Das Mädchen mit den feuerroten Haaren zuckte die Schultern. »Er hatte ziemliche Gewissensbisse. Leon war noch nicht so lange verheiratet. Er trug auch einen Ring. Und dann hat er sich offenbar in Mira verliebt.«

Moll dachte nach. »Glauben Sie, dass Mira ihn ganz haben wollte? Und nicht nur mit seiner Frau teilen?«

»Schwer vorstellbar bei Mira. Ich glaube, sie hat andere Menschen wirklich gemocht. Aber am meisten hat sie ihre Unabhängigkeit geliebt. Ich kann mir nicht vorstellen, dass sie Leon zwingen wollte, seine Frau zu verlassen.«

»Und er?«

»Was weiß man schon über andere Menschen«, murmelte sie etwas hilflos. »Aber ich glaube, er liebte seine Frau.«

47

Weinmeister hatte sich bisher als Babysitter gut bewährt. Aus den geplanten zwei Tagen bei Moll waren mehr geworden. Franco hatte es nicht eilig, seinen Freund wieder nach Hause zu schicken. Im Gegenteil: Da Viktor jetzt zunehmend ausfiel, bedurfte es einiger Planung, für seinen Sohn im Sommer eine Betreuung zu organisieren. Manchmal brachte Franco ihn tageweise zu Freunden, deren Eltern freihatten und froh waren, einen Spielgefährten für ihr Kind zu finden. Nur wenige von Felix' Freunden hatten Geschwister.

Überraschend hatte sich auch Ulrichsberger angekündigt. Er tauchte mit einer Kiste Bier und einer Kühltasche auf. Der bärtige Lackel hob den Deckel von der Box, nahm eine tiefgefrorene Ente aus dem Behälter und setzte sie in ihrer Plastikverpackung auf dem Boden ab. »Da«, brummte er mit seiner tiefen Raucherstimme und kickte die in Plastik eingeschweißte Ente in Richtung Kühlschrank. Der mächtige Vogel schleuderte über den Küchenboden wie ein deformierter Eisstock.

»Tatsächlich«, sagte Franco, »sie kann nicht mehr fliegen. Endlich haben wir ein Haustier, Felix.« Im selben Moment hätte er sich auf die Zunge beißen können. Felix sah ihn nur kopfschüttelnd an. Warum nur zwang er seinen Sohn immer wieder, erwachsener zu sein als er selbst? Er musste damit aufhören.

Ulrichsberger öffnete mit einem Steakmesser drei Bier. Die Kapseln sprangen im Halbsekundenabstand quer durch die Wohnküche. Vor Felix stellte er eine Dose Cola ab. Der Junge strahlte. Sonst musste er um Cola betteln, was das zuckersüße Gesöff umso wertvoller machte. »Das kriegst du, weil du keine Läuse hast«, erklärte Ulrichsberger. »Es ist nämlich so«, und damit sah er auf die Ente, die Franco eben in einem der Kühlfächer verstaute, »es ist nämlich so, dass wir unsere Kühltruhe momentan für andere Dinge brauchen. Normalerweise passt ein ganzes Pferd samt einem Schaff Sauerkraut rein. Jetzt sind ungefähr einhundertvierzig Stofftiere drinnen.«

Felix sah ihn erstaunt an und lachte plötzlich. »Warum? Wollen sie Urlaub in der Antarktis machen?«

Nikolaus Ulrichsberger stieß mit Weinmeister und Moll an, der sich mit eisigen Händen zum Tisch gesetzt hatte. »Nein, sie haben genauso Läuse wie meine Mädchen. Jetzt sind sie ein paar Tage auf Kur in der Truhe.«

»Können Katzen auch Läuse haben?«, fragte Felix.

Bevor Franco die Frage lautstark bejahen konnte, verneinte Weinmeister schon. »Maximal Flöhe. Die kriegt man aber mit einem Halsband in den Griff.«

Franco funkelte Weinmeister böse an. Der hob nur entschuldigend die Schultern.

»Da bin ich froh«, sagte Felix und schob Ulrichsberger seine Dose zum Öffnen hin. »Ich hab schon gefürchtet, dass Papa auch die Katze in den Kühlschrank steckt, wenn sie Läuse hat.«

Ulrichsberger brauchte sichtlich Erholung von seinen Frauen. Er hatte erst vor einem Jahr sein fünftes Mädchen bekommen. Kurz erörterte er mit dem Statistiker Weinmeister, wie hoch die Wahrscheinlichkeit sei, doch noch einen Buben zu zeugen.

Weinmeister wurde augenblicklich staatstragend. »Deine Chancen stehen halbe-halbe. Du fängst im Grunde wieder bei Feld eins an.«

»Kann ich mir nicht vorstellen«, grummelte Ulrichsberger und nahm einen verzweifelten Schluck. »Andere bekommen doch auch nicht fünf Mädchen hintereinander. Da stimmt was nicht in deiner Rechnung.«

Wenn Weinmeister wo heimisch war, dann in der Statistik.

Ulrichsbergers Zweifel konnte er nicht stehenlassen. »Gut, dann sage ich es dir anders, Nikolaus. Die Wahrscheinlichkeit, sechs Mädchen hintereinander zu bekommen, ist nur eins zu vierundsechzig.«

Ulrichsberger strich sich unruhig über den Bart und sah Weinmeister streng an. »Und was soll ich jetzt glauben? Halbe-halbe oder eins zu vierundsechzig?«

Weinmeister wirkte verdutzt über so viel Blauäugigkeit. »Glaub, was du willst. Nimm dir einfach die Wahrscheinlichkeit, die dir gerade am besten passt.« Ohne den Blick von Nikolaus zu lassen, fügte er belustigt hinzu: »Die Natur ist so wie du. Sie macht ohnehin, was sie will.«

48

Am nächsten Morgen deutete nichts mehr auf das Gelage des Vorabends hin. Weinmeister hatte all seine hausmännischen Pflichten erfüllt und saß mit Felix schon beim Frühstück. Franco hatte den Abend genossen, weil er ihn sowohl von der rätselhaften Bettina als auch vom rätselhaften Mordfall abgelenkt hatte. Er hatte nicht das Gefühl, in der heißen Phase der Aufklärung zu sein, sondern irgendwo auf einem Nebenschauplatz herumzuspielen. Mit Bettina hingegen befand er sich mitten in einer Wirrnis.

Um halb neun blinkte ihr Name auf dem Handydisplay auf.

»Ich verstehe das nicht, Franco.« Sie klang kaum zerknirscht, sondern so, als wäre sein Rückzug in keiner Weise nachvollziehbar. »Was willst du mehr von einer Frau, als dass sie dir ihr Inneres zeigt? Kann ich noch viel mehr von mir preisgeben als das, was ich dir schon gegeben habe?«

Franco schüttelte den Kopf. Was Bettina über das Telefon nicht sehen konnte. Manchmal war es besser, nicht zu viel zu wissen. »Bettina, darum geht es nicht. Ich glaube, du brauchst keinen Liebhaber, sondern einen Arzt.«

»Wie willst du das wissen? Ich tue niemandem etwas. Ich bin zufrieden, seit ich immer wieder Stunden mit dir verbringe, Franco. Das ist es, was ich brauche. Sonst nichts.«

»Selbst wenn es so wäre, müsstest du etwas unternehmen. Aber ich habe frische Schnitte an deinen Armen gesehen. Du verletzt dich selbst. Ich habe lange darüber im Netz gelesen. Ich verstehe das nicht. Das ist Sache eines Arztes oder einer Selbsthilfegruppe.«

»Aber mit dir ist alles anders geworden, Franco. Auch wenn wir uns erst kurz kennen. Ich habe mich niemandem in den letzten paar Jahren so geöffnet wie dir.«

»Ich bin kein Arzt, Bettina. Und das ist keine Welt, in die ich dir folgen möchte. Vielleicht wäre es anders, wenn ich kein Kind hätte. Aber Felix hält mich in dieser ersten Welt.«

Bettina zog kurz röchelnd Luft durch die Nase ein. Sie sprach leiser weiter. »Ich hätte kein Problem mit Felix. Du hast ein Problem mit mir. Ich habe das völlig falsch eingeschätzt. Vielleicht fehlt dir einfach das Einfühlungsvermögen. Ich weiß es nicht.« Sie pausierte kurz. Franco wusste nichts darauf zu sagen. »Du hast keine Ahnung davon, wie es ist, wenn man das Gefühl hat, man würde explodieren wie eine überreife Frucht. Du kennst ja nur dich selbst und nicht einmal das gut.«

»Bettina, unternimm etwas dagegen … gegen die Selbstverletzung. Du bist fast dreißig Jahre alt. Rasierklingen sind keine Dauerlösung.«

»Auch Papageien verletzen sich selbst, wenn sie sehr unglücklich sind. Zum Beispiel, wenn ihr Partner stirbt. Willst du die auch zum Psychiater schicken oder in die geschlossene Abteilung?« Bettina klang wieder sehr sachlich, obwohl sie leise und langsam sprach, als müsste sie ihm Zeit geben, ein schwieriges Thema zu verstehen. »Die Natur findet einen Weg, Probleme zu lösen. Ich dachte, ich gefalle dir. Ich trage meine Unterarme nicht offen. Ich kann dich auch so umarmen. Vielleicht verstehe ich dich einfach nicht.«

Franco schien es, als hätten sie dieses Gespräch am Vortag schon drei- oder viermal geführt. Es veränderte sich von Mal zu Mal nur ein wenig. Bettina lebte auf einem anderen Planeten, jenem der Selbstverletzung. Er fühlte sich nicht imstande, sie von diesem Planeten zu holen. Das war keine Aufgabe für Geliebte, sondern für Ärzte. Selbst sein Begehren hatte deutlich nachgelassen, seit er um ihre Krankheit wusste. Momentan steckte er in einem Sumpf aus Blut und Mord fest. Aus beidem musste er heraus.

49

Die Premiere der *Sieben letzten Worte* hatte einiges Echo auf den Kulturseiten der Zeitungen gefunden. Kaum ein Musikjournalist ließ es sich nehmen, zitable Verbalergüsse zum Stück zu liefern. Von einer »Feier der unterdrückten Weiblichkeit« war da ebenso die Rede wie von einer »höchst gelungenen feministischen Umdeutung der Leidensgeschichte Jesu« oder dem »Endsieg der Jungfrau Maria«.

Am meisten amüsierte Moll ein kurzes Zitat des Dirigenten. »Musik sollte man am besten mit geschlossenen Augen genießen«, hatte der nur zweideutig verlauten lassen. Moll war allerdings weniger an der Zeitungslyrik verhinderter Künstler interessiert als an der Frage, ob die Medien die Hausdurchsuchung und die Einvernahme des Regisseurs mitbekommen hatten. Da beides die Beamten nicht wirklich weitergeführt hatte, wäre es unter Umständen peinlich für sie gewesen, wenn die Öffentlichkeit von der ermittlerischen Sackgasse erfahren hätte.

Die Stimmung im Kommissariat war etwas gedämpft. Das Team hatte in den letzten zwei Wochen eine Menge Kilometer absolviert, ohne wirklich irgendwo anzukommen. Selbst Reisinger hatte sich für seine Verhältnisse engagiert. Dasselbe Gefühl musste auch die Gerichtsmedizinerin Sandra Szifkovits befallen haben. Sie stand plötzlich im Büro, in ein weißes wallendes Leinenkleid gewandet, das an die Hitze draußen erinnerte.

»Ich war gerade auf dem Weg nach Hause. Darf ich mich nach dem werten Befinden erkundigen?«

»Sie dürfen«, erwiderte Moll und schaffte nicht mehr als ein freundliches Lächeln.

»Danke, das reicht.« Die Medizinerin grinste schief. »Ich kenne mich aus. Also …«, damit zog sie einen freien Stuhl zu sich und setzte sich mit übereinandergeschlagenen Beinen darauf. Selbst wenn sie sich salopp gab, wirkte sie ladylike und unerschütterlich. »Ich bin kein Freund von Intuitionen, mir ist die harte Wissenschaft lieber. Aber diesmal hat mein Begehr nach ein bisschen mehr Wissen durchaus eine intuitive Komponente. Um es kurz zu sagen: Ich habe das Gefühl, dass Mira Krainers Verletzungsmuster nicht zu dem Weg passt, den sie durch den Berg genommen hat. Ich habe mir Fotos von einer Stollenbegehung im letzten Jahr angesehen. Krainer müsste viel zerschundener sein, nachdem das Wasser sie vierhundert Meter lang durch einen teils sehr schmalen Gang getrieben, um nicht zu sagen, durchgeschossen hat.«

»Blöderweise haben wir Spuren von ihrem Kleid beim Stolleneingang in der Brunnhausgasse gefunden.«

Szifkovits nickte. »Blöderweise. Das trifft's ziemlich gut. Meine Leute bauen jedenfalls an einem Dummy. Ich hoffe, dass wir ihn in einer Woche durch den Berg schicken können. Vielleicht täusche ich mich völlig. Wenn ja, dann möchte ich das wenigstens wissen. Das mit dem Kopf haben wir schon halbwegs hingekriegt. Am besten scheint eine Hülle aus Aluminium zu funktionieren. Wir sind noch dabei, die Schlagkräfte auszutesten und welche Dellen sie machen. Bei der Haut ist es schwieriger. Da experimentieren zwei Kollegen mit unterschiedlichen Kunststoffen. Nützt es nichts, bringt es uns wenigstens eine wissenschaftliche Veröffentlichung.«

Moll nickte. Bis sie keine besseren Daten hatten, würden sie allerdings mit ihrer alten Hypothese leben müssen, dass Krainer beim Eingang zum Stiftsarmstollen in die Alm geworfen worden war.

50

Leon Sommers blieb verschwunden. Einzig seine Sporttasche mit dem Anzug war in der Nähe der Welle gefunden worden. Almmeister Schlögel schritt mit einem Mitarbeiter die ganze Strecke bis zur Pulvermühle ab, ohne eine weitere Spur des Regieassistenten zu entdecken.

Pelegrini saß mit Moll im Brunnhaus und bestaunte Schlögels Büro, ein wunderbares Gewölbe hinter dicken Mauern, das seine halbrunden, vergitterten Fenster in Bodennähe hatte. Schlögel bemerkte Pelegrinis Blick und begann gleich wieder zu dozieren. »Der Großteil des Hauses liegt unter der Erde. Sie wissen ja, die Angst vor vergiftetem Wasser hat immer wieder zu einer großen Geheimniskrämerei um Quellen oder die Wasserversorgung generell geführt. Tief unten im Keller trieb das Wasser vor langer Zeit eine Pumpe an, die den Residenzbrunnen beim Dom so richtig sprudeln lassen sollte. Das Konzept ging aber nie ganz auf. Das Wasser wurde hier vom Brunnhaus in einen Speicher auf halber Höhe des Festungsberges gepumpt, damit es auf der anderen Seite mit dem richtigen Druck wieder hinunterschießen konnte.«

Schlögel deutete vom Besuchertisch zu einem üppigen Bücherregal hinter seinem Schreibtisch, meinte aber den Felsen, der vor dem Brunnhaus aufragte. »Von dort oben lief das Wasser in einer Leitung aus Holzrohren um die Südflanke herum zum Residenzbrunnen. Lange hat die Versorgung nicht funktioniert. Es war halt eine nette Verrücktheit des damaligen Erzbischofs.«

Pelegrini war mittlerweile aufgestanden und blätterte durch Schlögels Bücher, Moll lehnte sich über den rustikalen Holztisch. »Weil wir von Geheimnissen reden … Kann es sein, dass Leon

Sommers tatsächlich verunglückt ist und irgendwo im Wasser liegt, was man von außen nicht sehen kann? Ich meine, wenn man um Mitternacht surfen geht, dann muss man entweder ein bisschen verrückt oder betrunken sein. Oder beides. Vielleicht ist ihm tatsächlich etwas zugestoßen. Die andere Option ist, dass er Krainer wirklich auf dem Gewissen hat und abgehauen ist. Aber dann hätte er wenigstens seiner Frau eine Nachricht oder etwas Ähnliches hinterlassen. Wir haben sein Handy im Anzug gefunden. Er hat seiner Frau um halb eins eine SMS geschickt, dass er sich jetzt noch mit der Welle belohnt für den ganzen Salzburger Wahnsinn. Und wie sehr er sich freut, wenn er in zwei Wochen wieder nach Hause kommt.«

Schlögel tippte mit seinen Fingern unruhig auf den Tisch und klemmte beide Hände dann unter seine Oberschenkel. »Schwer vorstellbar. Dass zwei Augenpaare eine Leiche übersehen … Aber natürlich kann ich das nicht zu hundert Prozent ausschließen.«

Offenbar wollte Schlögel keinen Toten in seinem Herzensprojekt Almkanal haben. Aber darauf konnte Moll keine Rücksicht nehmen. Schließlich war Leon Sommers mehr als verdächtig.

»Gut, dann schicken wir Taucher vom Sondereinsatzkommando rein. Die haben erstens Erfahrung mit Wasserleichen, und zweitens sehen sie mehr als aufmerksame Passanten. Wir lassen aber die Festspielzeit noch vorbeigehen, ja? Im schlimmsten Fall ist Leon Sommers sowieso nicht mehr zu helfen.«

Schlögel nickte und starrte vor sich auf den Tisch.

Pelegrini drehte sich mit einem blauen Buch zu den beiden Männern um. »Mir kommt es so vor, als würde ich das Buch kennen. Habe ich das nicht bei Krainer gesehen?« Sie blätterte auf die dritte Seite, die zur Hälfte von einem handschriftlichen Geburtstagswunsch ausgefüllt war. Die Unterschrift des Gratulanten war unleserlich. »Haben Sie das geschenkt bekommen, Herr Schlögel?«

Der Almmeister stand auf und studierte die Widmung. »Ja, das habe ich schon vor drei Jahren bekommen. Von einem Kollegen, der ab und zu beim Almkanalverein aushilft. Ein super Handwerker. Dominik Steiner.«

51

Erst als Franco leise an Melinda Glatts Tür klopfte und dabei gleichzeitig das Licht in der obersten Etage anknipste, merkte er, dass sich die Wand vor seiner Wohnung verändert hatte. Sie war voller blauer Post-its mit einem roten Herz darauf. Jedes einzelne der selbsthaftenden Etiketten war in zwei Stücke gerissen worden. Es musste mindestens zwei Stunden gedauert haben, die Wand mit diesen Zeichen der verschmähten Liebe zu bedecken.

»Stehen Sie auf abhängige Frauen?«, fragte Melinda, als sie beim Öffnen der Tür das neue Wanddekor entdeckte.

Franco schüttelte den Kopf. »Wissen Sie, Melinda, ich bin froh, dass Felix unsere Beziehung kittet.« Er versuchte zu lächeln, aber es fiel ihm schwer. Seine Nachbarin war von jeglichem Einfühlungsvermögen sichtlich unbeleckt, hatte aber seine Ironie bemerkt.

»Sorry«, sagte Glatt und wirkte wirklich betroffen. »Eigentlich wollte ich Sie gar nicht blöd anreden.«

»Manchmal scheitert man einfach, Melinda. Schon an der Tür. Quasi bei Schritt eins.«

Sie sah ihn schuldbewusst an. »Kommen Sie rein.«

»Danke, ich glaube, das ist heute keine gute Idee.«

Sie nahm ihn beim Ellbogen und zog ihn in die Wohnung. »Doch, es ist eine gute Idee. Die beste, die ich momentan habe. Setzen Sie sich. Haben Sie Hunger?«

Ohne eine Antwort abzuwarten, schob sie Franco zur Frühstückstheke in der Küche. Kaum zehn Sekunden später stellte sie eine Dose Bier vor ihm ab. Mit einem blechernen Klacken öffnete sie den Verschluss. Das Bier schäumte umgehend über.

»Es wird mit dem Essen nicht besser, aber ich biete Ihnen alles, was ich habe.«

Sie lächelte. Wahrscheinlich konnte sie netter sein, als es ihre meist herbe Art vorgab. Eigentlich war er nur hier, um Felix abzuholen. Seine Nachbarin hatte den ganzen Tag mit ihm verbracht und damit seine Betreuungsprobleme in der Ferienzeit etwas gelindert. Der Junge schlief im Moment tief und fest.

Melinda Glatt irrte mit einem Teller etwas konfus durch ihre ohnehin sehr kleine Küche. Schließlich schob sie das Porzellan in die Mikrowelle. Franco dachte an das Schloss zu seiner Wohnung und stand auf.

»Nicht schon wieder gehen«, rief sie alarmiert und drehte sich besorgt von der Mikrowelle weg, auf deren Display die Digitaluhr von einer Minute dreißig rückwärts zählte.

»Ich komme gleich wieder. Ich muss das Schloss zu meiner Wohnung kontrollieren.« Im selben Moment ärgerte sich Franco, dieses Detail überhaupt als Rechtfertigung erwähnt zu haben. Er ging ohne ein weiteres Wort hinaus und untersuchte seine Eingangstür. Missmutig beäugte er in Schlosshöhe die Türkante. Aber es war alles in Ordnung. Bettina hatte offenbar nicht versucht, die Tür irgendwie aufzubrechen. Andererseits … Vielleicht täuschte er sich, und sie hatte einen Nachschlüssel.

Leise zog er seinen Wohnungsschlüssel aus der Tasche und steckte ihn in das Schloss. Er musste zweimal drehen, bis die Tür aufsprang. Vorsichtig horchte er und schlich schließlich ein paar Schritte in die Wohnung.

Nein, es war alles so, wie er es in der Früh zurückgelassen hatte. Erleichtert ging er zu seiner Nachbarin zurück. Die Mikrowelle klingelte, als er sich erneut an die Theke setzte und zur Bierdose griff. »Könnte ich vielleicht ein Glas haben?«

Glatt kämpfte mit dem heißen Teller aus der Mikrowelle. »Bitte im Schrank rechts oben.«

Viele Schränke gab es in der Küche nicht. Er hatte offenbar eben die Erlaubnis zur Selbstbedienung erhalten.

Stirnrunzelnd stellte sie den Teller mit Fischstäbchen und Kartoffelsalat vor ihm ab. Auch der Kartoffelsalat war mehr als warm.

Franco musste unwillkürlich schmunzeln. Er und Melinda konnten sich das erweiterte Familienleben ja aufteilen. Er würde wohl öfter kochen und dafür Felix bei Melinda abliefern. Ein Geschäft, von dem beide nur profitieren konnten.

»Hab ich was falsch gemacht?« Sie sah ihn unsicher an, als er zum Besteck griff.

Er schüttelte den Kopf und biss mit Todesverachtung in ein Fischstäbchen. Wenigstens war es nicht zu heiß. Das hatte er vorher schon mit dem Finger getestet. »Perfekt«, sagte er, »das sind bestimmt die besten Fischstäbchen, die ich im letzten Monat gegessen habe.« Das war nicht gelogen. Schließlich hatten sie in den letzten vier Wochen nicht ein einziges Mal auf seinem Speiseplan gestanden. Und wenn, wären sie nur wegen Felix dorthin gekommen, obwohl er mindestens noch zwei Notfallpackungen in seinen Kühlfächern hortete.

Franco aß mit zunehmendem Genuss. Allein dass jemand ihm Essen zubereitet hatte, verursachte das übliche Wohlgefühl. Als er von seiner industriell panierten Speise aufsah, bemerkte er Glatts große Augen. Sie blickte ihn erwartungsvoll an, er hatte aber keine Lust, auch nur das kleinste Detail seiner Geschichte mit Bettina zu erzählen. Stattdessen versteckte er sich hinter seinen sechs Fischstäbchen, die er betont langsam aß. Zwei Dosen Bier und circa ein halbes Dutzend Erzählungen über Intrigen im Reitstall später trug er den schlafenden Felix hinüber in sein Zimmer, vorbei an der blau tapezierten Wand mit den gebrochenen Herzen. Als er aus Glatts Wohnung die Wasserleitung hörte und sie im Bad wusste, ging er noch einmal hinaus, um die Notizen zu entfernen. Er brauchte fast eine halbe Stunde dafür.

52

Ein gemeinsames Buch macht Menschen noch nicht verdächtig.« Moll hielt Pelegrinis alarmierte Miene für übertrieben. »Aber wir haben sonst keinerlei Spur. Wir sollten Steiner mal unter die Lupe nehmen. Schließlich arbeitet er bei den Festspielen. Er kannte Krainer auf jeden Fall. Das hat er ja auch zugegeben. Und er ist handwerklich geschickt. Denk nur an die seltsame Schwimmvorrichtung, die die Schauspielerin um den Bauch trug.«

Reisinger wandte sich verärgert von seinem Computer ab. »Für Steiner lege ich meine Hand ins Feuer. Er ist kein Gewalttäter. Ich hab ihn nie zornig gesehen. Der neigt viel mehr zum Melancholiker.«

»Wenn du unrecht hast, brenne ich dir deine Hand eigenmächtig ab«, schimpfte Pelegrini.

Reisinger machte mit seiner erhobenen Hand eine kleine Kreisbewegung. Sollte die Hysterikerin doch reden, was sie wollte.

»Wir warten jetzt mal den Versuch mit dem Dummy ab«, beschwichtigte Moll. »Sollten wir darauf kommen, dass wir uns geirrt haben, dann müssen wir sowieso vollständig umdenken, weil wir an der falschen Stelle gesucht haben.«

Pelegrini gab nicht auf. »Steiner ist verheiratet. Und er ist mit dem Almkanal vertraut, weil er doch im Verein mitarbeitet.«

Moll sah sie ruhig an. »Dann beweis mir, dass er mit Krainer ein Verhältnis hatte. Wenn du das nachweisen kannst, sitzt er auch schon im Verhörzimmer.«

Reisinger rollte mit den Augen und griff unbewusst zu seinem Smartphone.

Um den Kauf einer Katze hinauszuschieben, hatte Franco Felix ein Handy erlaubt. Offenbar war man als angehender Viertklässler ein völliger Paria, wenn man kein Mobiltelefon besaß. Gemeinsam erstanden sie am Wochenende ein Telefon, das relativ einfach Musik abspielen konnte. Franco schlug vor, auch Benjamin-Blümchen-Hörbücher auf das Handy zu laden, doch Felix lehnte das empört ab. Bevor Felix Samstagmittag wie alle zwei Wochen zu seiner Mutter aufbrach, speicherten sie gemeinsam die wichtigsten Nummern ein, von Glatt über Oberhollenzer bis zu Weinmeister, dem fernen Linzer Opa Vinzenz und Uropa Viktor.

Pelegrini hatte sich in Dominik Steiner verbissen und versuchte zusammen mit Oberhollenzer, seine mögliche Beziehung zu Krainer zu beweisen. Aber so gut wie jeder ermutigende Hinweis löste sich nach kurzer Recherche in Luft auf.

Moll fühlte sich scheintot, und er wusste nicht genau, warum. Die Hitze ging jetzt, Ende August, ganz langsam zu Ende. Bettina hatte ihn wiederholt angerufen und ihn bekniet, sich noch einmal mit ihr zu treffen. Eine Beziehung via Telefon zu beenden gehörte sich nicht. Auch diese finale Begegnung wartete noch auf ihn.

Szifkovits war zunehmend unausstehlich. In Kürze würde die traditionelle Almabkehr beginnen. Dann schloss der Wärter in Hangendenstein die Schleusen zur Königsseeache und legte den Almkanal trocken. So wie jedes Jahr würden der Almmeister und seine Mitarbeiter die drei Wochen Almabkehr dazu nützen, das Gerinne zu sanieren. Danach wurde das Wasser der Alm dazu benötigt, ein Blockheizkraftwerk zu kühlen.

Szifkovits' Mitarbeiter hatten es noch immer nicht geschafft, einen Dummy zu produzieren, dessen Oberfläche der Verletzlichkeit der menschlichen Hülle entsprach. Moll rief die Leiterin der Gerichtsmedizin nicht mehr an. Sie empfand jeden Anruf als Drängen und fegte wie ein eiserner Besen über die Beamten hinweg. Auch die Nachforschungen nach Leon Sommers hatten nichts ergeben. Er blieb verschwunden. Da er vor seinem Verschwinden keine nennenswerte Summe von seinem Konto abgehoben und danach überhaupt keine Bewegung mehr auf seinem Girokonto oder seiner Kreditkarte stattgefunden hatte, schien es angebracht, von seinem Tod auszugehen. Wo auch immer sich seine Leiche befand.

53

Am 30. August stellte Szifkovits' Truppe den Kunstkörper fertig. Die Gerichtsmedizinerin war so ungeduldig, dass sie ihn schon am nächsten Tag durch den Stiftsarmstollen schicken wollte, zuerst das kurze Stück von der Schleuse unter der Festungsbahn bis zur Petersmühle und einen Tag später dann den langen Weg durch den Berg bis zur Abzweigung des Kapitelarms in der Almpassage unter dem Eisengerüst der Bahn. Einen Tag Pause zwischen den zwei Versuchen bedingten sich die Gerichtsmediziner aus, um die Verletzungen an der Puppe zu dokumentieren.

Um halb sechs Uhr abends passierte Moll mit seinem Wagen und Oberhollenzer auf dem Beifahrersitz die Schranke in der Kaigasse, die den Individualverkehr vom historischen Zentrum Salzburgs fernhielt. Er parkte das Auto an der Westseite des Kapitelplatzes, wo es die Touristenströme nicht störte, und ging die ersten fünfzig Meter der Festungsgasse zum Schrägaufzug hinauf schweigend neben Oberhollenzer her. Beide waren sich nicht sicher, ob sie bei dieser Demonstration nicht eher Zeuge der Geburt einer wissenschaftlichen Arbeit werden würden, die ihren Ermittlungen überhaupt nicht half. Menschliches ließ sich selten durch Maschinen, wie clever auch immer konstruiert, aufklären oder simulieren.

Schlögels Enduro war mit ihrem tiefen Knattern unüberhörbar, obwohl sich der Almmeister bemühte, die Passanten in der Festungsgasse nicht zu erschrecken. Er hatte nicht den Weg um die Stadt herum genommen, sondern war verbotenerweise über das Stift Nonnberg am östlichen Ende des Festungsbergs gefahren.

»Tut mir leid wegen der Verspätung«, entschuldigte er sich, nachdem er seinen Helm abgenommen hatte. »Ein Telefonat hat mich aufgehalten.«

Routiniert stellte er seine Maschine neben dem Durchgang zum Petersfriedhof ab. Dort warteten schon Szifkovits und drei ihrer Mitarbeiter samt einem überdimensionalen Koffer aus Aluminium. Hinter dem Tor erinnerte ein in Marmor gemeißeltes Gedicht an Georg Trakl. Auf der linken Seite sperrte Schlögel eine unscheinbare Holztür auf und schleuste die Gruppe damit direkt unter die Pfeiler der Festungsbahn, die gerade mit lautem Rattern ihre Fahrt zur Bergstation antrat. Grünlich schoss die Alm unter den Eisenschienen der Bahn aus dem Berg.

»Schauen Sie, das sind die zwei Schleusen, mit denen wir die Verteilung der Wassermenge regeln. Der Großteil geht nach St. Peter.« Schlögel stieg ein paar Stufen hinunter, stellte sich breitbeinig auf einen Metallrost über dem schnell fließenden Wasser und deutete auf eine Barriere knapp unter der Oberfläche.

Die Gerichtsmediziner packten in aller Ruhe ihren Dummy aus. Sein Kopf bestand aus mattem Aluminium, während der Körper wie mit braunem Kitt überzogen schien.

»Wir haben ein paar Schichten in unterschiedlichen Farben aufgebracht, damit wir gleich sehen, wie tief die Verletzungen durch die Stollenwände und die Felsvorsprünge gehen«, erklärte Szifkovits.

»Und die Knochen?«, fragte Moll nun doch interessiert nach, wenn auch so, dass Schlögel es nicht hören konnte.

»Wollen Sie das wirklich wissen?«

Moll gab keine Antwort.

»Die haben wir der Einfachheit halber aus der Knochenbank. Aber das vergessen Sie gleich wieder. Und erzählen es auch nicht Ihrer Schwester beim Radio.« Szifkovits nickte ihm zu. Damit war dieses Thema für sie erledigt.

»Also von Leichen«, raunte Oberhollenzer.

Moll sah ihn augenzwinkernd an. Gut, dass Pelegrini nicht dabei war. Möglicherweise hätte sie an Ort und Stelle eine ethische Diskussion begonnen.

Zwei Männer zogen dem Dummy ein kurzes weißes Kleid an und schnallten ihm danach eine Apparatur um, die jener von Mira Krainer nachempfunden war und die Puppe vor dem Untergehen bewahren sollte. Nachdem die Truppe der Gerichtsmedizinerin die Kunstleiche von allen Seiten fotografiert hatte, schickte Szifkovits zwei ihrer Kollegen mit dem Almmeister zur Petersmühle. Sie sollten den höchstens ein Meter sechzig großen Körper dort auffangen, bevor er über das Wasserrad hinauskatapultiert wurde.

»Und vergessen Sie nicht, es ist in Fließrichtung gesehen der linke Zweig, ja?« Schlögel deutete zum Abschied noch einmal auf den größeren Kanal. »Er führt unter ein paar Grüften des Petersfriedhofs durch. Wenn Sie Pech haben, fällt Ihrer Wasserleiche just heute eine Marmorplatte auf den Kopf. Das Eisen, auf dem die Bodenplatten der Grüfte liegen, ist durch das Wasser darunter schon ziemlich angerostet. Ich warte nur noch darauf, dass Knochenreste aus irgendeiner Gruft in den Kanal und dann in den Hof der Petersmühle fliegen.« Schlögel lachte gedämpft und verschwand samt seinen Begleitern.

Szifkovits zog eine rote Funkuhr aus der Tasche und stellte sie auf den Boden.

Um exakt achtzehn Uhr fünfzehn ließen ihre Mitarbeiter die Kunstleiche mit dem Gesicht nach unten in den Almkanal gleiten. Sie drehte sich unverzüglich auf den Rücken und nahm schon nach ein paar Sekunden Fahrt auf, um im Stollen unter dem Petersfriedhof zu verschwinden. Die Alm würde den Körper unter dem Weg und unter den südseitigen Grüften hindurchreißen und nach vielleicht vierzig Metern wieder ans Tageslicht spülen.

Nach siebenundzwanzig Sekunden Reise verfing sich der Krainer-Dummy im Hof der Petersmühle in einem grobmaschigen Netz, das Szifkovits' Mitarbeiter am Ende des Zulaufs zum Wasserrad gespannt hatten.

Oberhollenzer und Moll hielten zu diesem Zeitpunkt der Gerichtsmedizinerin ihre Hände hin, um ihr beim Aufstieg über die schmale Treppe zu helfen. »Lieber Herr Moll, Sie werden verstehen, dass ich in diesem speziellen Fall Ihrem Kollegen Oberhollenzer noch mehr vertraue als Ihnen.« Damit reichte Szifkovits dem wuchtigen Kriminalbeamten ihre Hand und zwinkerte Moll zu.

Der Almmeister wartete bereits neben dem Tor bei seiner Enduro. Er starrte kopfschüttelnd auf einen Ölfleck unter dem Motor. »Ich konnte Ihren zwei Kollegen nicht mehr helfen und hatte sogar den Eindruck, dass ich so wenig wie möglich reinpfuschen soll. Deshalb darf ich mich verabschieden, ich habe noch einiges für die Almabkehr zu tun, Führungen durch den Stollen zu planen und so weiter.« Damit schwang sich Schlögel auf seine Maschine und knatterte diesmal zumindest halbwegs nach den Regeln der Straßenverkehrsordnung über den Kapitelplatz davon.

Auch Szifkovits hob grüßend die Hand. »Meine Herren, morgen zur selben Zeit auf der anderen Seite des Berges. Dann wissen wir zumindest schon, ob unser Konzept aufgeht.« Bestimmten Schrittes ging sie davon.

»Zeit für ein Bier im Augustinerbräu? Ökologisch gebraut, mit Strom aus dem Almkanal und der Kraft des Wassers?« Oberhollenzer sah Moll erwartungsvoll an.

Der schüttelte den Kopf. »Leider nein. Die Richtung stimmt. Vielleicht kannst du mich nach Maxglan bringen. Ich muss heute noch eine halb offene Sache abschließen.«

Oberhollenzer sah seinen Kollegen von der Seite an. »Schaut nicht nach dem großen Glück aus.«

»War eher ein Reinfall«, murmelte Franco. »Fährst du mich in die Gärtnerstraße?«

»Gärtnerstraße?« Oberhollenzer stieß Luft durch die Nase aus. »Kenne ich. Ist mir aber nicht in guter Erinnerung.«

Moll fragte nicht weiter. Auch bei ihm würde die Straße kein Ort werden, an den man sich zurücksehnte. *Komme in 10 Min*, tippte er eine SMS und schickte sie an Bettina ab.

Im selben Augenblick läutete sein Handy. Foto und Name seines Sohnes leuchteten auf dem Display auf. Glücklicherweise hatte er eine Flatrate für Felix genommen. Der Reiz des Neuen hatte dazu geführt, dass der Kleine sein Mobiltelefon momentan häufig und nicht nur für Notfälle nutzte. Moll hatte es versäumt, ein paar klare Regeln aufzustellen. Das würde er nachholen müssen.

»Ich will nur wissen, wann du heute nach Hause kommst!«, schrie Felix in sein Mobiltelefon.

»Felix, das ist ein Telefon, kein Megafon. Ich verstehe dich auch so. Ich bin allerspätestens um halb zehn da, ja? Versprochen.«

»Gut, da bin ich noch auf. Melinda muss nämlich um neun weg. Dann setze ich mich vor den Fernseher und schau mir *Robots* an, bis du da bist.«

»Ausnahmsweise, Felix.«

»Ja, ausnahmsweise. Bis später, Papa.« Damit legte der Junge auf.

Moll rutschte unruhig auf dem Sitz hin und her, um sein Handy wieder zurück zu den Schlüsseln in die linke Hosentasche zu bekommen. »Lass mich am Beginn der Gärtnerstraße aussteigen. Ich muss noch ein paar Meter gehen, denke ich.« Wehmütig sahen die beiden Polizisten nach links zum Kastaniengarten des Augustinerbräus.

Wenig später stoppte Oberhollenzer an der Ampel bei der Aiglhofstraße. »Willst du mir vielleicht noch was sagen, Franco?«

»Ja, würde ich gern. Sehr gern. Aber erst, wenn ich es verstanden habe. Morgen oder ein andermal.« Er lächelte den Bären an seiner Seite an.

Oberhollenzer nickte und legte den ersten Gang ein.

54

Bettina trug abermals das rote Kleid aus dem Sushi-Lokal, in dem er sie zum ersten Mal gesehen hatte. Sie hielt ihm die Tür weit auf und küsste ihn flüchtig auf den Mund. Ihre Haare waren frisch gewaschen und wirkten so üppig, als wären sie unecht.

Franco strich kurz über ihren linken Unterarm, der wie immer mit schwarzem Stoff bedeckt war. »Meinetwegen brauchst du diese Armkleider nicht mehr zu tragen.«

Bettina lächelte. »Das ist meine intimste Zone. Die zeigt man halt nicht oder nur selten her.« Mit einem Klaps auf den Po schob sie Franco weiter in die Wohnung.

»Ich plädiere für Aperol. Das sind wir schon gewohnt.« Sie deutete auf eine Flasche und zwei Gläser auf dem Küchentisch. »Der Weißwein ist gekühlt. Du müsstest nur die Eiswürfel holen. Das passt auch gut zu unserer Eiszeit, oder?« Damit öffnete sie den Kühlschrank und verschwand hinter dessen Tür.

»Eiszeit? Darum geht's überhaupt nicht. Das weißt du ganz genau.« Kopfschüttelnd ging Franco in den Abstellraum und hob den Deckel der Tiefkühltruhe. Bettina hatte auf- und umgeräumt. Die Tierleichen waren fein säuberlich übereinandergestapelt. Das linke Drittel der Truhe war völlig leer und bot Platz für eine Bulldogge. Vielleicht wollte sie nächstens einen 80-Kilo-Hund einfrieren. Zuzutrauen war ihr das durchaus.

Scheppernd fielen die Eiswürfel in das hellrote Getränk. Franco setzte sich seitlich an den Tisch. Eigentlich hatte er keinerlei Lust, mit Bettina über ihre Probleme zu reden. Die Vergangenheit hatte ihn gelehrt, dass solche Gespräche meist verlorene Liebesmüh waren, wenn psychisch Kranke nicht selbst die Bereitschaft aufbrachten, etwas gegen ihre Krankheit zu tun. Ein Diabetiker wäre auch zum Arzt gegangen und hätte es nicht dabei belassen, um Verständnis für seine Stoffwechselprobleme zu heischen. Sogar Polizisten, traditionell Psychologenhasser, nahmen mittlerweile Supervision und Hilfe in Anspruch, wenn sie mit irgendwelchen Erlebnissen nicht fertig wurden. Warum dann eine gebildete Frau ihre Selbstverstümmelung fortsetzte, statt einen Arzt aufzusuchen, war ihm ein Rätsel.

Bettina setzte sich gegenüber und stieß mit ihm an. Der orange Aperol glitzerte im Dämmerlicht. Es lag wohl an der Situation, dass ihm das Getränk bitterer erschien als sonst. Franco quetschte die Orangenscheibe in das Glas.

»Immerhin hast du mir ein paar Schmetterlinge im Bauch beschert.« Bettina sah ihn mit einem schmalen Lächeln an.

»Meine Falter fliegen nicht so gut, wenn sie wissen, dass du krank bist, Bettina. Darum geht es für mich. Ich würde dir gern helfen, wenn ich wüsste, wie.«

»Wirklich?« Sie kniff ein Auge zusammen. »Ich glaube, du bringst deine Beine genauso wenig auf den Boden wie ich. Gut, dass du ein Kind hast, sonst wüsstest du sowieso nicht, wo du hingehörst. Ja, und dein fast krankhafter Gerechtigkeitssinn. Das ist dein Anker. Immerhin.«

»Ja, immerhin.« Franco starrte in sein halb leeres Glas. Er fühlte sich plötzlich müde. Egal, was Bettina über ihn sagte oder dachte. Eigentlich sah sie verdammt gut aus. Hätte er sich als Mann verstanden, dem eine Puppe an seiner Seite reichte – sie wäre sicher eine gute Wahl gewesen. Aber er wollte eine Partnerin auf Augenhöhe. Und er hatte keine Ressourcen, lebenslang Krankenpfleger zu spielen bei jemandem, der sich sichtlich in seiner Krankheit eingerichtet hatte. Nein. Nichts mehr davon.

Er stürzte den Rest Aperol hinunter. Das Zeug wirkte unglaublich entspannend. Am liebsten hätte er Bettina in diesem Zustand wieder umarmt und mit ihr wo auch immer Sex gehabt. »Ich glaube, ich gehe jetzt«, hörte er sich langsam sagen.

Bettina streckte ihre Brust vor und sah ihn fast furchterregend freundlich an. »Und Sex möchtest du jetzt wahrscheinlich auch mit mir, oder?« Sie lachte.

Franco wusste nicht, ob das Lachen echt war oder nicht. Er fühlte sich wie in Watte gepackt.

»Das ist das Schöne an diesen Tropfen. Zuerst entspannen sie dich. Und gleichzeitig enthemmen sie.«

Bettina stand auf, ging um den Tisch herum und griff ihm zwischen die Beine. »Dann kommt der große Schlag, und du weißt nicht mehr, was war. Gamma-Butyrolacton. Es ist nicht mal lange im Körper nachweisbar. Bis man dich findet, Franco, ist gar nichts mehr davon in dir. Da ruhst du schon längst im Friedhof der Tiere.«

Franco wollte aufspringen. Schlagartig wusste er, warum Bettina die Tiefkühltruhe umgeräumt und den freien Platz geschaffen hatte, aber seine Muskeln gehorchten ihm nicht mehr. Er war kurz vor dem Einschlafen und konnte sich überhaupt nicht dagegen wehren. Er spürte auch keine Angst. Nur unendliche Müdigkeit.

»Komm!« Bettina legte einen Arm um ihn. »Geh mit mir zum Bett.«

Das Licht tat weh in den Augen. Franco starrte in eine unnatürlich helle Lampe über seinem Kopf. Zu Hause war er nicht. Der Kopf schmerzte. Höllisch. War er hingefallen?

Er blickte an sich hinunter und merkte erst allmählich, dass er nackt war. Trotz seiner Kopfschmerzen versuchte er, sich auf die Seite zu drehen und aufzustehen. Er rührte sich keinen Zentimeter. Seine Hände gehorchten ihm nicht, ebenso wenig die Beine. Selbst das Denken tat weh. Nach einer halben Minute begriff er, dass er sich aus gutem Grund nicht bewegen konnte. Er war gefesselt.

Der Schrei, den er unwillkürlich ausstieß, blieb dumpf. Etwas drückte auf seine Zähne. Es musste ein Knebel sein, ein Stofffetzen, den ein Seil um seinen Kopf im Mund hielt. Der nächste Schrei verlöschte ebenso wie der vorige. Das Einzige, was er drehen konnte, war sein Kopf. Seine Jeans und sein T-Shirt lagen auf dem Nachtkästchen, zehn Zentimeter von seiner linken Hand entfernt. Sie war mit Lederriemen fest an einen Stab des massiven Metallbettes gebunden, so fest, dass er die Einschnitte der Fessel in sein Handgelenk nun auch spürte.

Bettina kam in das Schlafzimmer. Sie sah ihn mitleidig an. »Drei Stunden hast du geschlafen, Franco. Ich war mir schon nicht mehr sicher, ob du noch mal aufwachst. Wenn man das Zeug überdosiert, kann auch mal was schiefgehen. Ich wollte dir ja noch etwas zeigen, bevor du ins Eisland gehst.«

Sie deutete auf ein Tischchen. Franco konnte den Kopf nicht so weit heben, um die Utensilien dort zu sehen.

»Ach ja, du bist ja noch etwas geschwächt.« Bettina hob ein gelbes Plastikteil von der Ablage hoch. Mit einem dezenten Schnappen schob sie die Klinge aus dem Tapezierermesser und streckte es Franco entgegen. »Die Rasierklingen habe ich vergessen. Wie konnte ich nur. Wahrscheinlich bin ich doch etwas aufgeregt.« Kopfschüttelnd legte sie das Messer zurück und ging aus dem Zimmer.

Franco bemühte sich, sich zu konzentrieren. Aber noch immer fühlte er sich, als würde er halb in Wolken schlafen. Er rüttelte an seinen Fesseln. Sinnlos. Wieder stach das Licht in den Augen. Er drückte die Lider zu und versuchte, sich das Zimmer vorzustellen. Die Jeans. Da musste sein Handy drin sein. Getrieben von der Angst vor der Unberechenbarkeit dieser Frau kämpfte er darum, die zehn Zentimeter bis zur Hose zu überwinden. Die Fesseln ließen ihm keinen Spielraum. Er atmete heftig. Viel Zeit hatte er nicht. Bettina würde bald zurückkommen. Mit aller ihm verbliebenen Kraft warf er seine Hüfte nach links, um das Bett näher an das Nachtkästchen zu rücken. Das schwere Gestell verschob sich nur unmerklich. Er probierte es ein weiteres Mal. Diesmal hatte er den Eindruck, dass seine Hand der Hose wirklich näher rückte. Noch einmal schleuderte er seine Körpermitte Richtung Nachtkästchen. Es blieben nach wie vor fünf Zentimeter.

»Was polterst du so?« Bettina hielt ihm eine Rasierklinge vor die Nase. »Das ist ein Freudenquell. Ich zeige dir das gleich.« Hinter seinem Kopf änderte sie das Licht in Kaltweiß. Jetzt glich der Raum tatsächlich einer chirurgischen Station.

Am Fußende des Bettes zog sie ihr rotes Kleid aus und spannte es fein säuberlich über einen Kleiderbügel. »Keine Angst, Franco. Ist alles sehr appetitlich, was ich mache.« Langsam bog sie ihre bekleideten Arme nach hinten an ihren Rücken und beobachtete Franco dabei genau. Als handelte es sich um eine ernste Zeremonie, nahm sie ihren Büstenhalter ab. Genauso bedächtig zog sie ihr Höschen aus und warf die Unterwäsche in einen Rattankorb.

Ohne dass Franco den Griff zur Ablage gemerkt hätte, hielt Bettina plötzlich das Tapezierermesser in der Hand. Sie stieg auf das Bett und setzte sich auf seinen Oberschenkel. Langsam streifte sie ihr linkes Armkleid ab. »Schau …« Mit der Rechten hob sie das Tapezierermesser und führte es zum anderen Arm. »Es ist wichtig, dass man es richtig macht. Sonst verletzt man die Sehnen oder gar die Schlagader.«

Sie setzte die Spitze des Messers an der Haut an und pausierte kurz, um Francos Blick zu kontrollieren. Dann zog sie die Klinge langsam ein paar Zentimeter durch ihren Unterarm, vorbei an allen möglichen hell- und dunkelroten Narben, die von früheren Schnitten zurückgeblieben waren. Ihr Mund zuckte nur kurz. Die Wunde blutete sofort stark. Bettina atmete tief und zufrieden aus. Das Blut tropfte auf Francos Bauch.

Er musste hier loskommen. Sonst würde er seinen Sohn vielleicht nie mehr sehen. Felix. Felix. Er wartete auf ihn. Hatte wahrscheinlich Angst. Felix wollte in der Nacht nicht allein sein. Vehement versuchte er, seine verrückte Reiterin abzuwerfen und das Bett nach links zu bewegen. Es machte einen kleinen Hüpfer.

»Halt, Pferdchen«, sagte Bettina sachlich. »Jetzt kommst du dran.«

Sie rutschte in Richtung seiner Füße und setzte das Messer am rechten Oberschenkel an. Mit einem Brennen fuhr es in die Haut. Langsam zog sie die Klinge ein paar Zentimeter Richtung Knie. Eine ewige Strecke Schmerz. Sofort trat Blut aus. »Und?« Bettina sah ihn erwartungsvoll an. »Spürst du, wie das entspannt?«

Franco probierte noch einmal, das Bett nach links zu katapultieren und die Verrückte auf seinen Knien loszuwerden.

»Ich kenne mich mit Knoten aus. Ich war früher segeln. Mit einem, der sich dann auch verflüchtigt hat, obwohl ich mich ihm mit Haut und Haar geschenkt hatte.«

Wie als Antwort schnitt sie zwei weitere lange Wunden in seinen Oberschenkel. Diese Schnitte taten so weh, dass Franco seinen pochenden Kopf nicht mehr spürte. Der Schmerz war in seine untere Körperhälfte gewandert.

»Tut gut, nicht wahr? Aber es ist noch was möglich, Franco. Warte.«

Erstaunlich schnell kletterte sie von ihm herunter und verschwand nach draußen, eine verrückte nackte Venus. Nein, keine Venus. Eine fatale Sirene. Franco hörte, wie sich die Tür zur Terrasse öffnete.

Mit letzter Kraft rüttelte Franco am Bett. Millimeterweise rutschte das Eisengestell Richtung Jeans. Als Bettina wieder in das Schlafzimmer kam, glaubte er schon, den Stoff der Hose an der Außenseite der Hand zu spüren.

Zwischen zwei Fingern hielt sie eine rote Chilischote. Sie schnitt sie mit dem Tapeziermesser in zwei Hälften. Ohne Vorwarnung drückte sie die halbe Frucht auf eine der Wunden. Trotz seines Knebels schrie Franco auf. Es war ein Schmerz, der quer durch seinen Körper schoss, ein Schmerz, bei dem man normalerweise mit dem Kopf gegen die Wand rennen musste, um die Besinnung zu verlieren. Bevor er noch einmal aufschreien konnte, saß Bettina auf seinem Gesicht und drückte ihm ihren Schoß auf den Mund.

»Nicht doch, mein Starker. Es ist Mitternacht. Weck die Nachbarn nicht auf.« Sie strich ihm über den Kopf, während er nur mühsam Luft durch die Nase bekam. »Der Tod und das Mädchen.« Vorsichtig rieb sie ihren Unterleib über seinen geknebelten Mund und griff sich an ihre voluminösen Brüste, als müsste sie ihm ihren Körper in Erinnerung rufen. »Du hättest auch nur das Mädchen haben können. Und alles vom Mädchen.« Sie verschloss mit ihrem Schoß auch seine Nase.

Franco hatte keinerlei Luftreserven. Der Schmerz hatte ihn derart erschöpft, dass er unmittelbar zu ersticken glaubte. Sein Körper warf sich herum, diesmal panisch, ohne Ziel.

»Vielleicht ersticke ich dich so. Aber nicht jetzt. Später.« Langsam löste sich Bettina von seinem Gesicht.

Franco hatte das Gefühl, die Besinnung zu verlieren, als wieder Luft in seine Lungen strömte.

»Jetzt noch die Rasierklinge. Das ist ein viel feineres Instrument, der Schmerz viel subtiler.«

Der Schnitt in den zweiten Unterschenkel und ein paar Cuts im rechten Oberarm schienen in Francos Gehirn gar nicht mehr anzukommen. Wenn der Schmerz ein Becken war, dann war das Becken längst voll. Es war mit der Chilischärfe in der Wunde übergelaufen. Er wusste nicht mehr zu sagen, ob ihm noch etwas weh tat oder ob er bereits schmerzfrei war und nur noch fantasierte.

An seiner linken Hand spürte er plötzlich unter dem Stoff der Jeans seine Schlüssel. Dort musste auch sein Handy sein. Während sich Bettina umdrehte, manövrierte er zwei Finger in die Tasche. Und spürte nur das kalte Metall des Schlüssels. Um seine Körpermitte glich das Bett einem Schlachtfest. Wieder warf er sich herum. Aber da war nichts mehr in der Tasche außer den Schlüsseln. Er versuchte, sich zu erinnern. Seine Gedanken hatten Mühe, durch die Watte zu rudern. Und durch den ganzen Schmerz, der sich wie gelbbraune Farbe in die Wattewelt geschlichen hatte. Kurz glaubte er, eine Höhle in dieser abseitigen Welt erreicht zu haben. Im Auto hatte er das Mobiltelefon wie immer in die linke Tasche gesteckt. Er war sich sicher. Die Bewegung war ihm noch in guter Erinnerung. Das Handy musste herausgerutscht sein. Erschöpft und hoffnungslos entspannten sich seine Muskeln. Tief in ihm wollte etwas weinen, aber die Schmerzen waren wie ein Orkan über ihn hinweggefahren und hatten offenbar selbst die Trauer ausradiert. So ein unwürdiges Ende. Er starrte in das kalte weiße Licht. Ein Operationssaal. Das Menschliche kannte nach unten hin offenbar keinerlei Grenzen. Felix. Warum? Hier die Hölle. Und keine Idee. Kein Ausgang. Keine Idee. Er schaffte es nicht mehr, sich irgendwie zu bewegen.

»Magst du die zweite Chilihälfte noch, bevor du in den Friedhof der Tiere gehst?« Bettina sah ihn freundlich an.

Sein ganzer Körper wollte verneinen, rührte sich jedoch nicht mehr, nicht einmal in einem letzten Aufbäumen.

Er hatte nur das sehen wollen, was ihm gelegen kam. Die Tiefkühltruhe. Nicht einmal in dem Moment, als er das freigeräumte Drittel gesehen hatte, in dem ein ganzer Mensch Platz fand, hatte sein Alarmsystem angeschlagen.

Sein Körper konnte sich doch noch bewegen. Und er konnte noch schreien. Und wie. Der Knebel in seinem Mund war verrutscht. Und die zweite Chilihälfte auf dem zweiten Oberschenkel hatte ihm bewiesen, dass er noch am Leben war. Und dass das Schmerzbecken noch lange nicht voll war. Sein langer Schrei schien die Wände zu durchdringen, hatte aber nur zwei Sekunden Zeit dafür. Bettinas Hände klatschten auf seinen Mund und drückten ihn zu.

»Ich glaube, es reicht. Jetzt wird es Zeit für die Reise, Franco. In der Tiefkühltruhe habe ich dich allzeit bei mir. Damit du mich daran erinnerst, dass man sich auf keinen Menschen verlassen kann. Ich werde ein Brett zwischen dich und meine Katzen schieben. Du hast es nicht mal im Tod verdient, diese treuen Seelen zu berühren.«

Sie nahm die rechte Hand vom Mund und hielt plötzlich wieder das Tapezierermesser in der Hand. Franco spürte, wie sie es in der Nähe des linken Handgelenks ansetzte. »Schön, dass man deine Adern gut sieht. Es tut auch nicht sehr weh. Du schläfst jetzt einfach ein.«

Damit küsste sie ihn vorsichtig auf die Oberlippe.

Einen Moment später schleuderte eine unsichtbare Kraft die nackte Frau von seiner Seite und weg vom Bett. Sie schlug gegen einen Kleiderständer auf Rollen und blieb wie betäubt liegen. Dann beugte sich ein mächtiger Körper über Bettina und schleifte sie an den Händen über den Boden. Ein paar Sekunden später lag sie links unter dem Fußende des Bettes, die Hände über den Kopf gestreckt.

Jemand tätschelte seine Wange. »Franco. Franco.«

Der gefesselte Polizist schlug mit großer Mühe die Augen auf. Ein verschwommenes Gesicht beugte sich über ihn. Ein Gesicht, das er nach kurzem dennoch erkannte. Franco wollte den Namen des Mannes murmeln, aber das Wort »Oberhollenzer« kam nur undeutlich aus seinem Mund. Entweder war es eine Täuschung und er halluzinierte schon unter dem Blutverlust, oder er war tatsächlich der Hölle entronnen.

Oberhollenzer machte sich mit der linken Hand keuchend an den Lederriemen zu schaffen. Mit der anderen Hand zog er sein Handy aus der Tasche und wählte eine dreistellige Nummer.

Etwas in Franco löste sich. Schlafen. Jetzt war es Zeit, zu schlafen. Selbst wenn er nie wieder aufwachen sollte.

55

Der Nebenbuhler war tot. Einfach so. Er hatte sich seiner Rache entzogen. Seitdem er Leon Sommers auf einer Bahre liegen gesehen hatte, war ein tosender Fluss in ihm schlagartig ausgetrocknet. Die Rache hatte ihr Ziel verloren. Mit der Ansicht des Toten war dieser erschreckende, unheimliche Hass in ihm implodiert. Augenblicklich. Eine Umkehrung des Urknalls. Die Wut hatte sich in einem Punkt gesammelt und aufgelöst.

Jetzt wollte er nur noch reden. Den Platz, den zuvor der Hass eingenommen hatte, füllte jetzt die Schuld über Miras Tod. Sie machte keinerlei Anstalten, geringer zu werden oder sich zu verflüchtigen.

Seine Schwester war weit weg. Er würde ein Flugticket buchen. Einfach so, ohne seine Frau Elisabeth überhaupt zu fragen. Er musste reden. Egal, ob es eine Salzburg-typische katholische Anfechtung war oder ein Grundbedürfnis, das in allen Menschen steckte: Er musste beichten. Erzählen. Erklären. Sich rechtfertigen. Die Schuld konnte nur über das Wort den Körper verlassen.

Und Elisabeth? Es gab keinen Grund mehr, sich ihr gegenüber wie ein Ehemann zu benehmen. Sie war längst keine Ehefrau mehr. Sie war einfach da. So wie das Salz im blauen Fässchen auf der Anrichte. Nur dass es ihm auffiel, wenn das Salz ausging. Nicht aber, wenn Elisabeth einen Nachmittag lang weg war.

Er musste reden.

56

Das Licht über ihm. Es erinnerte ihn an etwas. Franco wollte die Augen sofort wieder schließen und einschlafen. Aber der Schlaf kam nicht mehr zurück. Wieder sah er in das Licht. Es leuchtete ihm warmrot in die Augen. Vielleicht hatte Bettina die Lichtfarbe noch einmal geändert, bevor sie ihn schlachten würde. Langsam drehte er den Kopf nach links. Felix. Eine Halluzination. Sein Sohn wirkte klein auf diesem überdimensionalen Krankenhausstuhl. Wie ein Musterschüler hatte er die Hände zwischen die Knie geklemmt.

»Ausgeschlafen?«

»Ich glaube schon.« Francos Stimme röchelte ein bisschen. Er hatte lange nicht gesprochen. »Wie spät ist es?«

»Halb zwei. Nachmittags«, hörte Franco eine ganz andere Stimme. Sie kam von der Tür. Dort stand ein mächtiger Mann, auf dessen ernstem Gesicht sich ein Grinsen ausbreitete. »Du hast quasi in der Dienstzeit geschlafen.«

Franco nickte schwach und streckte die linke Hand nach Felix aus. Erst jetzt merkte er, dass ihm seine beiden Beine weh taten. Der Schmerz saß in den Oberschenkeln. Und um seine linke Hand war ein dicker Verband gewickelt. Die pochte ebenfalls, wenn auch weniger als die Oberschenkel. Dazu kam ein diffuser Kopfschmerz, als hätte er eine Nacht lang übelsten Fusel getrunken.

Felix strich ihm über den Kopf. »Gut, dass du zurück bist. Ich musste gestern Abend viel weinen. Melinda wird dir den Kopf abreißen.«

Franco ließ die Hand achtlos fallen. Diese Frau bereitete ihm die geringsten Sorgen. Irgendwie hatte er das Gefühl, dass am

Vorabend etwas fundamental schiefgegangen war. »Sagt mir jemand, warum ich hier liege?«

Oberhollenzer drückte ihm zwei große Schokoladen à dreihundert Gramm auf die Brust. »Da, das ist blutbildend, von mir und Martina. Das brauchst du jetzt.«

Mit einem Zwinkern zu Franco zog er seine Geldtasche aus der Hose. »Holst du mir einen Kaffee aus dem Automaten, Felix? Am Ende des Ganges. Dort ist er besser.«

Als Felix aus dem Zimmer war, schilderte Oberhollenzer kurz, wie er Franco vorgefunden hatte. Der schwieg die ganze Zeit, nickte nur ein paarmal. Mit Oberhollenzers Stichworten kam die Erinnerung bruchstückhaft zurück.

»Ich hab Szifkovits im Übrigen noch nie so aufgelöst gesehen wie gestern. Sie hat dir ein paar Tropfen Blut abgenommen. War ja genug davon da in Bettinas Wohnung. Einfach zur Beweissicherung. Die Verrückte ist jetzt in der Doppler-Klinik. In der geschlossenen Abteilung.«

Franco nickte wieder. »Und wie ist dieses Wunder passiert, dass du mich vor meiner Schlachtung gerettet hast?« Langsam kehrte seine Stimme zurück.

»Ich habe dein Handy im Auto gefunden und es mitgenommen in meine Wohnung. Felix hat ab zehn ein paarmal angerufen. Als du um zwölf noch immer nicht zurück warst, hab ich mir mal deine SMS und die letzten Anrufe angesehen.«

»Und wie bist du zu Bettinas Adresse gekommen?«

Oberhollenzer beugte sich verschwörerisch vor. »Insiderwissen.« Er versuchte zu grinsen, aber diesmal gelang es ihm nicht wirklich. »Nein, ich musste nur noch zwei und zwei zusammenzählen. Ich habe Bettina gekannt. Vor dir, offenbar. Sie hat mir im Sushi-Restaurant ihre Telefonnummer zugesteckt. Das muss wohl gewesen sein, als du nicht am Tisch warst. Ich habe mich zweimal mit ihr getroffen. Das hat gereicht.« Oberhollenzer sah ihn ernst an. »Weißt du, es ist schlimm genug, dass ich beruflich ab und an zuschlage. Aber privat habe ich überhaupt keine Lust dazu. Auch nicht auf Wunsch. Mehr muss ich dir nicht sagen, oder?«

Franco nickte erneut und drückte Oberhollenzers Hand.

»Ach ja, falls du dich fragst, wie ich in die Wohnung kam. Ich stand davor und wollte schon kneifen. Es geht mich ja grundsätzlich nichts an, wenn du bei einer Frau verschläfst. Aber da hörte ich dich schreien. Das war kein Lustschrei, sondern etwas ganz Schlimmes. Und da habe ich dann doch mein Besteck ausgepackt und die Tür aufgemacht. Deinem Zustand nach zu urteilen hätte ich mir nicht mehr viel Zeit lassen dürfen.«

Felix öffnete lautstark die Tür zum Krankenzimmer. »Ich habe auch kaum was verschüttet.« Damit drückte er Oberhollenzer einen halbvollen Kaffeebecher in die Hand und ging zum Waschbecken, um seine klebrigen Hände zu reinigen.

57

Der September fegte die Hitze aus der Stadt. Selbst das Licht schien sich schlagartig zu ändern. Vielleicht lag es auch nur daran, dass sich mit dem Ende der Festspielzeit plötzlich viel weniger Menschen durch Salzburg wälzten. Die Radfahrer hatten wieder Platz und wirkten weniger aggressiv als während der letzten Monate, und die Salzach floss so ruhig Richtung Norden, als wollte sie den Städtern jede unnötige Hektik ersparen.

Mit einem kleinen Rucksack, in dem sich nur sein Waschzeug und eine große Tafel Schokolade befanden, schlenderte Moll am Vormittag des 2. September aus dem Unfallkrankenhaus über die Nonntaler Brücke nach Hause.

Als die Wirkung der K.-o.-Tropfen nachgelassen hatte und das Gefühl des Erschlagenseins wich, hatte er Zeit gehabt, über die letzten Wochen nachzudenken. Man konnte nicht wie Schlachtvieh in einem fremden Bett liegen und danach weitermachen, als sei nichts gewesen. Allmählich hatte er auch wieder begonnen, sich mit dem Fall Mira Krainer zu beschäftigen. Am Rudolfsplatz vor dem Landesgericht schlug er den kurzen Weg nach links, heim ins Nonntal, ein. Die Wunden unter den Verbänden schmerzten noch immer. Nur ein Schnitt hatte genäht werden müssen.

Aus Trotz drehte er um und bog in die Kaigasse ein. Er konnte auch den langen Weg über die Abtei gehen. So wie Mira Krainer die Nonnbergstiege hinauf und dann die Nonnberggasse entlang. Wenn sie überhaupt so weit gekommen war.

Langsam stieg er Stufe für Stufe hinauf, vorbei an der WG des immer zerstreut und ungewaschen wirkenden Peter Mühlbauer und seiner Freundin. Oben mündete die Treppe in einen Weg, der zum Tor unter der Statue der heiligen Ehrentraud und zum Stift der Benediktinerinnen führte. Die Bewegung war nicht besonders angenehm. Vielleicht tat sie der Psyche gut. Dem Körper sicher nicht. Verdammte Sturheit.

Links neben dem Weg sah Moll eine Enduro an einem Gittertor lehnen. Obwohl er schon zigmal mit Felix hier vorbeispaziert war, war ihm diese rostige Tür zu einer Kaverne oder einem Keller noch nie aufgefallen. Die Enduro hingegen kam ihm bekannt vor. Gemächlich spazierte Moll in Richtung Gittertür. Sie war verschlossen. Auch innen steckte kein Schlüssel.

»Herr Schlögel, sind Sie da?«

Niemand antwortete. Moll wartete eine Minute und rief noch zwei, drei weitere Male nach dem Almmeister. Beim Zurückgehen sah er, dass die Enduro wieder Öl verlor. Er zog ein sauberes Papiertaschentuch aus dem Rucksack und wischte damit über den Motorblock.

Felix war noch nicht von seiner Mutter zurückgekehrt, wo er auch die Nacht verbracht hatte. Eine Stunde lang ruhte sich Franco auf der Couch aus. Die ambitionierte Wanderung hatte ihn doch sehr angestrengt. Neben der Espressomaschine entdeckte er eine zu zwei Dritteln leere Aperolflasche. Er stand energisch auf, goss sie aus und warf sie in den Abfall. Felix würde er am Abend abholen. Jetzt wollte er ins Büro gehen. Das würde ihn zumindest ablenken.

Schnelle Schritte taten weh. Er versuchte, sich seine Verletzungen nicht anmerken zu lassen, als er das Büro betrat.

Reisinger grinste hämisch. Pelegrini servierte ihm zum ersten Mal, seit er sie kannte, einen Kaffee an den Schreibtisch. »Willkommen zurück.«

»Ja, ich habe Glück gehabt. Und Oberhollenzer. Haarscharf wäre ich als Tiefkühlkost verendet«, versuchte Moll einen Scherz.

Pelegrini nickte. »Vielleicht bleibe ich allein. Beziehungen sind einfach verdammt anstrengend.«

»Nur wenn man eine hat«, warf Oberhollenzer ein und brach sich eine Rippe von der Schokolade ab, die Moll eben von der Aluminiumfolie befreit hatte.

»Hab ich was versäumt?«, fragte Moll.

»Wie man's nimmt«, antwortete Oberhollenzer mit vollem Mund. »Die Taucher vom SEK haben Leon Sommers gefunden. Vor einem Wehr, ganz in Sand eingegraben. Das war von außen unmöglich zu sehen.«

»Fremdverschulden?«

»Szifkovits meint nein. Die Todesursache ist Ertrinken. Anzeichen von Gewalt gibt es keine. Wahrscheinlich ist er gestürzt und war benommen. Es gibt eine kleine Verletzung am Kopf, die aber nicht tödlich war. Und betrunken war er laut Gerichtsmedizin auch recht ordentlich.«

Moll trank den Espresso in einem Zug aus und setzte die Tasse ein wenig zitternd ab. »Gibt es bereits Ergebnisse vom Versuch mit dem Leichendummy? Ich glaube, ich weiß schon, was herauskommt.«

Pelegrini schüttelte den Kopf. »Also Szifkovits meint nach der vorläufigen Auswertung des ersten Versuchs, dass Krainer nicht den ganzen Weg durch den Stollen genommen hat. Die Verletzungsmuster dürften gut zusammengepasst haben. Nach seiner Reise durch den Berg sah der Dummy ziemlich mitgenommen aus.«

»Das engt den Kreis der möglichen Täter doch sehr ein, oder? Wenn die Leiche unter der Festungsbahn in die Alm geworfen wurde.«

Pelegrini klatschte in die Hände. »Ich sag's doch. Dominik Steiner ist unser Mann. Als Mitglied des Almvereins hatte er dort Zugang.«

Im Hintergrund erwachte Reisinger zum Leben. »Lasst den armen Kerl doch in Ruhe. Der arbeitet sowieso gerade Beziehungsschrott mit seiner Frau auf. Ich glaube nicht, dass er so einfach jemanden umbringt. Nicht dass man sich nicht täuschen kann. Andererseits ... ich dachte immer, er und Lis wären ein super Paar. Und jetzt überlegen sie, ob sie sich nicht trennen sollen.« Er schüttelte den Kopf und widmete sich wieder seinem Bildschirm, auf dem in der rechten Spalte halb nackte Frauen mit der Aufforderung zum Chatten aufblinkten.

»Wer geht mit mir morgen durch den Stiftsarmstollen?«

»Was? Im Taucheranzug?« Pelegrini blickte Moll mit großen Augen an.

»Morgen beginnt die Almabkehr. Da legt der Verein die Alm für drei Wochen lang trocken. Sobald das Wasser weg ist, gehen wir mal durch. Vielleicht entdecken wir etwas im Stollen.«

Oberhollenzer hob abwehrend die Hände. »Also meine Statur ist für Höhlen und enge Gänge nicht geeignet. Reisinger wäre wohl der Richtige.«

»Klaustrophobie ... nein danke«, rief der dürre Polizist, ohne sich zu seinen Kollegen umzudrehen. »Zur Not besorge ich bis morgen ein ärztliches Attest.«

»Wir wollen dich nicht stressen, Manfred. Du hast in den letzten Wochen ohnehin weit über deine Verhältnisse gearbeitet«, rief Moll quer durch den Raum.

»Okay«, sagte Pelegrini und verdrehte die Augen. »Ich werde dieses Abenteuer unter Stadt- und Landeskunde ablegen.«

»Und vergiss die Gummistiefel nicht, Martina.« Moll grinste, weil er sich die Städterin nur schwer in grünen Plastikstiefeln vorstellen konnte.

Pelegrini erriet seine Gedanken. »Keine Angst. Die Frau von Welt trachtet auch, in der Höhle schick zu sein.«

»Gut, meine Lieben. Ich muss noch was zu unserem liebsten Spurensicherer Hans Schmid bringen, dann mache ich für heute auch schon wieder Schluss. Oberhollenzer, dich würde ich bitten, dass du dich morgen am späteren Nachmittag bereithältst. Keine Angst, außerhalb des Stollens.«

Er erhob sich so sportlich wie möglich und versuchte auf seinem Weg zur Tür, jeden Eindruck des Humpelns zu vermeiden.

»Übrigens, Jim Loft hat geheiratet.«

»Was?« Moll drehte sich in der Tür noch einmal erstaunt zu Pelegrini um.

Die Polizistin hielt ihm ein Zeitungsfoto entgegen. »Gestern. In Amsterdam. Hubertus von Mayerling. Sein Vater war Trauzeuge. Unglaublich, oder?«

»Fein. Wenigstens einer, der gelernt hat, dass man nicht ständig gegen sich leben kann.« Moll schloss leise die Tür. Sein Schritt fühlte sich jetzt etwas leichter an.

58

Kuno Schlögel sah mitgenommen aus. Er saß etwas verwirrt hinter seinem Schreibtisch im Brunnhaus und suchte seine Stirnlampe. Die Haare standen wirr ab und wirkten viel grauer, als Moll sie in Erinnerung hatte. An seinem grauen Poloshirt fehlte der oberste Knopf. Der Almmeister hatte sich seit Tagen nicht mehr rasiert.

Pelegrini in ihren geblümten Gummistiefeln wirkte dagegen wie eine Modepuppe, während sie und Moll im heimeligen Büro warteten, dass ihr Führer endlich alle Sachen für seinen kleinen Rucksack fand.

Die kleinen, halbrunden Fenster in Kniehöhe hatten durch ihre Vergitterung etwas von einem Gefängnis. Dahinter zeigte sich leuchtendes Grün, und ein frischer Wind wehte ins Zimmer.

»So«, sagte Schlögel und erhob sich, um gleichzeitig seinen Rucksack überzuwerfen. »Beim Eingang zum Stollen warten wir auf Dominik Steiner. Ich habe vier Uhr mit ihm ausgemacht. Dort ziehen wir uns noch was über. Im Berg ist es recht frisch.«

Moll sah auf sein Handy. Noch immer keine Nachricht von Schmid und seiner Tatortgruppe 1, eine Nachricht, auf die er dringend wartete.

Flott wanderten sie vom Brunnhaus in Richtung Weingarten, ein kleines Grundstück nördlich des Stiftsarmstollens. Nur der Name erinnerte noch daran, dass in Salzburg vor ein paar hundert Jahren Wein angebaut wurde. Jetzt kultivierten einige Enthusiasten auf dem Mönchsberg wieder Rebstöcke. Die erste Ernte stand gerade bevor.

Statt mit einem Rechen war der Eingang zum wasserfreien Stollen nun durch eine Gittertür versperrt. Schlögel deutete auf die

Eisentür. »Die habe ich heute Mittag einhängen lassen. Sie bleibt jetzt drei Wochen da, bis wir den Kanal wieder fluten.«

Steiner kam bereits voll eingekleidet zum Treffpunkt. Er fuhr mit seiner Maschine fast bis zum Eingang und begrüßte alle mit Handschlag.

Nur der nasse Kanalboden erinnerte daran, dass dies eigentlich ein Wasserweg war und kein Stollen für mutige Höhlenforscher.

Schlögel knipste seine Stirnlampe an und ging voran in den Kanal. Moll blickte auf sein Handy, es zeigte bei der Empfangsstärke nur noch einen Strich.

Schnell schwand das letzte Tageslicht. Schlögel deutete auf eine Kupferplatte mit der Zahl 400 an der Stollenwand. »Der Stollen ist immer wieder mal eingestürzt. Darum ist er jetzt vierhundert Meter lang, obwohl der Berg an dieser Stelle nur zweihundert Meter dick ist. Jedes Mal, wenn ein Stück einbrach, haben die Bergleute eine Umgehung gegraben.«

Moll und Pelegrini folgten mit ihren Taschenlampen dem Almmeister. Steiner hielt viel Abstand, weil er immer wieder mal fotografierte. An manchen Stellen lief der achthundert Jahre alte Stollen wie ein gotisches Fenster spitz zusammen, dann wieder hatten ihn die Bergleute rund gewölbt. Moll las 370 auf einer Tafel an der Wand. Sein Handy zeigte gar keinen Empfang mehr. Es roch modrig.

Immer wieder hatten sich Bergleute in der Felswand verewigt, vor hundert Jahren genauso wie vor dreihundert. Dass draußen Sommer war, hatten Moll und Pelegrini zwischen den engen Wänden mittlerweile vergessen.

Der Almmeister drehte sich um und leuchtete mit seiner Taschenlampe auf den Boden. »Schauen Sie mal. Alles ganz eben. Wie Beton.«

Pelegrini übernahm die Rolle der Stichwortgeberin. »Sieht nach

Marmor aus. Warum hat man den Boden so aufwendig konstruiert?«

Schlögel stieß ein kurzes Lachen aus. »Eine Laune von Wolf Dietrich. Oder besser gesagt, intelligente Entsorgung von Altlasten. Der Erzbischof wollte neben dem Dom einen Platz nach italienischem Vorbild. Dort aber lag der Friedhof. Als selbstherrlicher Kirchenmann hat er den Gottesacker einfach aufgelassen. Also mehr oder weniger verschwinden lassen. Die Skelette blieben in der Erde, die Grabtafeln aus Adneter Marmor hat er hier als Boden des Stiftsarmstollens einsetzen lassen.« Der Almmeister hielt kurz inne und sah die zwei Polizisten an. »Genau genommen gehen wir hier über die steinernen Zeugen vieler Toten. Und Tode.«

Als wäre ihm die Bedeutung der marmornen Grabplatten auch selbst erst jetzt bewusst geworden, drehte er sich bedächtig um und ging weiter. Der Stollen war an manchen Stellen nur einen halben Meter breit oder nur einen Meter hoch, er veränderte seine Dimensionen ständig. Während Moll und Pelegrini eben noch über Sinterspuren staunten, die wie Zähne altertümlicher Raubtiere aus dem Fels ragten, rief Schlögel sie. Er steckte zehn Meter weiter in einem schmalen Durchlass fest und war nur als unruhig flackernder Lichtpunkt zu erkennen. Eine lose Plastikschnalle an seinem Rucksack hatte sich in einer Felsspalte verfangen und hielt den Almmeister gefangen. Moll und Pelegrini manövrierten den Almmeister wie eine sperrige Statue, um ihn wieder aus seiner verklemmten Lage zu bringen.

Schlögel lachte, nur halb heiter. »Danke. Ich habe lange gebraucht, um zu lernen, dass es kaum ausweglose Situationen gibt. Manchmal sieht man den Ausweg bloß nicht.«

Moll blickte Pelegrini stumm an. Sie senkte ihre Taschenlampe auf den Boden.

Der Polizist konnte das Gesicht des Mannes nicht sehen. »Was meinen Sie damit, Herr Schlögel?«

Das Licht aus Schlögels Stirnlampe schien dem Polizisten direkt ins Gesicht. »Sind Sie verheiratet? Oder waren Sie es jemals?«

»Ich war es. Und ich bin froh, dass ich es nicht mehr bin. Zumindest nicht mit jener Frau.«

Der Lichtkegel wanderte auf und ab, als nickte Schlögel.

»Sehen Sie. Genau das ist es. Sie haben den Ausweg genommen. Ich sehe ihn erst jetzt. Um zehn Jahre zu spät. Und ich frage mich seit Tagen, warum ich nie an Trennung dachte. Seltsam, nicht? Da die Lösung doch so einfach ist, um aus einer misslichen Lage herauszukommen. Manchmal will oder kann man das Offensichtliche nicht sehen. Warum nur?«

Ohne eine Antwort abzuwarten, ging der Almmeister weiter.

»Ich mache jetzt Paartherapie«, meldete sich eine Stimme aus dem Hintergrund. Steiner war lautlos hinter dem Trio aufgetaucht.

Schlögel drehte sich noch einmal um. »Zu spät für mich. Aus einem dreibeinigen Gaul wird auch nach der Therapie kein Rennpferd, weißt du?«

Zehn Meter weiter zweigte links eine kleine Kaverne ab. Von da führte eine Wasserleitung zum Brunnen des Stiftes von St. Peter. Das Wasser des Almkanals schien an vielen unbekannten Stellen der Stadt an die Oberfläche zu kommen. »Bevor der Almkanal in die Salzach fließt, nimmt er auch noch einigen Dreck der Stadt mit. Es gibt offenbar viele Altbauten, deren Abwässer in den Kanal rinnen. So gesehen ist die Alm nicht nur Lebensader der Stadt, sondern auf ihren letzten hundert Metern auch noch ihr Enddarm.«

Wieder lachte Schlögel heiser, als sei ihm gar nicht nach Lachen zumute.

Nach eineinhalb Stunden verließen sie den Stollen und tauchten unter dem Eisengeländer der Festungsbahn wieder auf. Die warme Septemberluft tat gut. Moll war froh, den feuchten Fels hinter sich zu lassen. Als er seine Regenjacke und das Sweatshirt ausgezogen hatte, piepste sein Handy. Es hatte wieder Empfang. Die erwartete SMS der Tatortgruppe von Schmid war eingetroffen. Die Nachricht bestand nur aus einem kurzen Wort, *Treffer*. Moll leitete es an Oberhollenzer weiter und nickte Pelegrini hinter dem Rücken von Steiner und Schlögel zu.

59

Eine halbe Stunde später saßen sie ohne Steiner wieder im Büro des Almmeisters. Schlögel stellte drei Gläser Rotwein auf dem Besprechungstisch ab. Moll beobachtete ihn und wunderte sich, dass nichts an diesem Mann seine seelische Zerrüttung verraten hatte. Er musste seine Rolle über Jahre gut gespielt haben. Die Rolle, die man von ihm erwartete. Unglaubliche Selbstkontrolle, gepaart mit perfekter unaufdringlicher Selbstinszenierung.

Moll rückte vom Tisch weg, als Schlögel sich mit verschlossenem Gesicht zu ihnen setzte. »Irgendwie scheint es, als sei die Alm zu Ihrem Leben geworden.«

Der Almmeister nickte. »Manche Dinge sucht man sich nicht. Die finden einen. So war es mit der Alm. Ja, ich lebe mit diesem Gerinne. Das ist die befriedigendste Partnerschaft, die ich bisher hatte.« Sein Mund verzog sich. Das erste Lächeln an diesem Tag, das gelöst wirkte.

»Und wie ist das alles mit Mira Krainer passiert?«, fragte Moll, ohne Schlögel auch nur einen Moment aus den Augen zu lassen.

Der Almmeister sah ihn an, als würde er die Frage nicht verstehen. »Das wissen Sie doch besser als ich. Sie sind der Kriminalbeamte. Ich habe Ihnen nur gesagt, welchen Weg die Tote durch die Alm genommen haben dürfte.«

Moll ließ ihm kurz Zeit. »Und wie erklären Sie sich, dass Öl aus Ihrem Motorrad auch auf jenem Stück Stoff war, mit dem der Mörder Krainers Blut wegwischte? Und dann dummerweise der Leiche unters Kleid steckte und es mit ihr entsorgte?«

Schlögels Selbstbeherrschung hatte einen Riss bekommen. Er wirkte alarmiert. In einem Mundwinkel entdeckte Moll ein feines

Speichelbläschen. Es dauerte eine Spur zu lange, bis der Almmeister antwortete.

»Ich kann es mir gar nicht erklären. Aber ich nehme an, dass viele dasselbe Öl verwenden wie ich.«

»Dummerweise hat so ein Öl eine eigene Signatur, die in jedem Motor ein wenig anders ist. Und außerdem haben Sie uns angelogen. Wir haben Leute gefunden, die Sie mit Krainer gesehen haben. Was Sie uns nie verraten haben. Leute, die in der Nonnberggasse wohnen.«

Schlögel blickte Moll ausdruckslos an. Plötzlich warf er im Aufspringen den Tisch um und stieß Moll damit gegen die Wand. Pelegrini riss reflexartig den Lederverschluss zum Gürtelhalfter auf und griff nach ihrer Waffe. Der Almmeister war mit zwei Sätzen bei der Bürotür, die er sofort wieder hinter sich zuwarf. Im Gegenlicht der Eingangstür zum Brunnhaus sah er einen riesenhaften Umriss stehen.

Als Oberhollenzer den Lärm aus dem Büro hörte, hatte er sich gerade noch umdrehen und die Hand zum Schulterhalfter bewegen können. Zu mehr war nicht Zeit geblieben. Der sportliche Almmeister sprang im Flur rechts über eine Absperrung aus Draht auf eine Steintreppe hinunter. Ein gelbes Schild verbat Unbefugten den Zutritt zu dieser Kellerstiege. Schlögel nahm immer drei oder vier Stufen auf einmal bergab. Seine Schritte klangen, als klatschte eine flache Hand aufs Wasser. Moll und Pelegrini stürzten aus dem Büro.

»Da hinunter«, rief ihnen Oberhollenzer zu und deutete mit seiner Glock in Richtung der Treppe.

Geschickt riss der Almmeister eine blecherne Kellertür auf und warf sie hinter sich wieder zu. Sie rastete nicht ein und pendelte zurück, so dass sie die Verfolger nur wenig Zeit kostete. Hinter der Tür tat sich eine graubraune Unterwelt auf, ein Raum, der etwa die halbe Grundfläche des Brunnhauses einnahm und mindestens zehn Meter hoch sein musste. Er wurde nur von kalten, fahlen Neonlampen beleuchtet. Der Almmeister sprang gekonnt über die Stufen nach unten. Irgendetwas brummte laut in dieser unterirdischen Halle.

»Bleiben Sie stehen! Sie kommen hier nicht mehr raus«, rief Moll dem Flüchtenden zu. Obwohl er sich nicht sicher war, dass es nicht doch einen unbekannten Ausgang gab.

Ein paar Sekunden später verriet der Klang von Schlögels Schritten, dass er auf dem Grund der Unterwelt angekommen war. Sie sahen ihn hinter einer großen grauen Maschine verschwinden, die für den Lärm in dem riesigen Raum verantwortlich schien.

»Vorsicht«, flüsterte Moll, als sie ebenfalls den tiefsten Punkt des Brunnhauses erreicht hatten und Schlögel nicht mehr hören konnten. Schnell drückte er Pelegrini im Dämmerlicht hinter einen Pfeiler.

Schlögel hatte keinen Ausweg mehr. Er konnte nur aufgeben. Oder bis zum Umfallen kämpfen. Wie als Antwort donnerte ein Metallteil gegen die Deckung der Polizisten. Weit oben an der Treppe erschien Oberhollenzer im Gegenlicht. Moll lief geduckt bis hinter die brummende Maschine. Der Generator, von dem der Almmeister vor einiger Zeit erzählt hatte.

»Geben Sie auf, Herr Schlögel. Es hat keinen Sinn mehr. Wollen Sie noch mehr Blut vergießen? Es reicht doch schon. Sie sind kein Killer, dem so etwas egal ist.«

Mit einem Schrei schnellte der hagere Almmeister hinter dem Generator hervor. In der erhobenen Hand hielt er eine Eisenstange.

In derselben Sekunde detonierte ein Schuss. Schlögel erstarrte in seiner Bewegung. Im ersten Augenblick erinnerte die Haltung des Mannes Pelegrini an das Spiel Versteinern, mit dem sie sich als Kinder oft die Zeit vertrieben hatten. Der Almmeister war in der künstlichen Pose einer missglückten Statue eingefroren.

Moll wartete nur noch darauf, dass der Mann vor ihm in dieser

Haltung umfallen würde. Aber nichts dergleichen geschah. Pelegrini hatte den Almmeister nicht angeschossen.

»Waffe runter, Hände über den Kopf«, schrien sie gleichzeitig, während Pelegrini aus ihrem Versteck kam und mit der vorgestreckten Glock auf Schlögels Oberkörper zielte.

Scheppernd schlug die Eisenstange auf dem Betonboden auf. Ganz langsam hob Schlögel die Hände hoch. Ebenso langsam senkte sich sein Kopf.

»Auf den Bauch legen«, schrie Pelegrini noch immer voller Adrenalin.

Der Almmeister fiel auf die Knie, als wäre er Teil einer Leidensgeschichte, und legte sich dann in den Staub. »Macht nichts«, sagte er. »Ich bin sowieso schon lange tot.«

Der Mann mit dem Stoppelbart und den wirren Haaren streckte Moll seine Arme entgegen und wartete widerstandslos auf die Handschellen.

Pelegrini ließ heftig atmend ihre Glock sinken. »Ich konnte nicht schießen, Franco. Du warst plötzlich in der Schusslinie. Ich habe gegen die Wand geballert.«

»Gut so«, keuchte Moll. »Hat ja gut funktioniert. Ich wusste nicht, dass Schlögel so nahe ist. Sonst wäre ich vorsichtiger gewesen.« Er blickte an seiner Jeans hinunter. Eine seiner Wunden war aufgeplatzt. Aus einem langen Schnitt am Oberschenkel sickerte Blut. Es hinterließ eine seltsame Spur in der Form einer zerrissenen roten Schlange auf seiner Hose.

Oberhollenzer stand mittlerweile mit einem anerkennenden Nicken neben seinen Kollegen. Auch er atmete heftig, was nicht zuletzt von den vielen Stufen kam, die er eben hinter sich gebracht hatte. Verächtlich kickte er die Eisenstange weg, mit der sie der Mann auf der Flucht gerade noch attackiert hatte. Sie donnerte gegen den mächtigen Generator, der an der Wand monoton vor sich hin lärmte und die riesige Halle mit einem jenseitigen Brummen erfüllte.

60

Die Polizistin hatte ihn doch tatsächlich von der anderen Straßenseite aus gegrüßt, obwohl er sie alles andere als fein behandelt hatte. Reinhard Loipersberger fühlte sich gut. Zum ersten Mal seit langem. Die Reaktionen der Musikredaktionen auf seine neueste Auskopplung waren so positiv, dass er sich um das neue Album keine Sorgen machen musste.

Mit leichten Schritten lief er zwischen den Autos, die im Stau standen, hindurch und legte Pelegrini die Hand auf die Schulter. »Haben Sie kurz Zeit? Ein Kaffee? Wie Sie ja wissen, ist das definitiv keine patscherte Anmache. Dazu fehlt's Ihnen einfach an Männlichkeit.« Er lachte aus ganzem Herzen.

Pelegrini schlug in seine ausgestreckte Hand ein.

»Ich bin froh, dass Sie Miras Mörder haben«, sagte Loipersberger, während sie von der Terrasse des Hotels Sacher aus in Richtung Altstadt blickten. »Komischerweise hat mir ihr Tod ein neues Leben geschenkt. Seltsam, nicht? Sie haben auch einen großen Anteil daran, vermute ich.«

»Inwiefern?« Pelegrini fand Loipersberger wie ausgewechselt. Dieser entspannte Mann war ihr weitaus lieber als der künstliche Loft. Obwohl in jedem auch ein anderer steckte.

»Sie haben mich unter Druck gesetzt. Manchmal braucht man den Druck, um sich zu bewegen oder um Kräfte zu mobilisieren. Ich hätte mir nie gedacht, dass mein Vater letztendlich so gut damit umgehen kann, dass sein Sohn schwul ist. Dabei hat er es schon länger gewusst.«

Pelegrini hob ihr Glas. »Ist ein dienstlicher weißer Gespritzter, natürlich.« Sie grinste.

»Natürlich«, sagte Loipersberger und nippte an einer Cola mit

Zitrone. »Wissen Sie, ich habe eine ziemlich weite Reise gemacht. Ich bin jetzt dreiunddreißig. Vor fünfzehn Jahren war ich noch der Schlosser-Reini, der sich am Wochenende öfter mal hundert Schilling ausborgen musste oder pfuschen ging, um sich was dazuzuverdienen als Lehrling. Dazwischen ist viel passiert. Nicht nur mit meinem Konto.«

Er starrte hinauf zum Museum am Mönchsberg.

»Ich habe zuletzt viel daran denken müssen, wann ich mich am wohlsten gefühlt habe. Und erstaunlicherweise war das nicht, als ich mich plötzlich um nichts mehr kümmern musste, weil bis hin zur richtigen Whiskymarke im Superhotel alles an seinem Superplatz stand. Am besten ging es mir, als ich Teil einer lustigen Band war. The Enormous Project hießen wir damals. Ich weiß nicht mal, ob wir uns richtig aussprachen. Das Touren im Bus war einfach klasse, als wir dann mal über den Pinzgau hinaus bekannt wurden und durch Österreich fahren konnten. Manchmal standen wir sternhagelvoll auf der Bühne, aber wir haben wirklich mit Inbrunst gespielt und alles gegeben, was wir hatten. Dazu kam auch der Wille, es unseren Eltern zu zeigen, die uns für rauschgiftsüchtige Versager hielten und uns am liebsten in den Lehrwerkstätten eingesperrt hätten. Und irgendwann waren wir tatsächlich so weit, dass wir mit einem Nightliner herumzogen, als Vorgruppe einer Band, die es heute gar nicht mehr gibt. Da spielten wir schon vor fünfzehn- oder zwanzigtausend Leuten, die uns zum Teil sogar zuhörten. Diese eine Stunde auf der Bühne, das war die einzige Zeit am Tag, in der wir ganz bei uns waren. Da waren wir am Leben. Klingt das esoterisch für Sie?«

Pelegrini schüttelte den Kopf.

»Diese Zeit auf der Bühne – da ist man ganz bei sich. Ganz daheim. Das mag ich auch heute noch. So paradox es klingt, aber das sind zweieinhalb Stunden, in denen ich mich wirklich fühle, obwohl ich doch in dieser Zeit Jim Loft bin, bei dem sich manches Mädchen den BH vom Körper reißt. Und obwohl ich nur Teil einer riesigen Maschine bin, die sogar den Takt vorgibt und die Klicks im Ohr, damit die Musik zu den aufwendigen Visuals passt. Trotzdem fühle ich mich da eins mit mir. Wahrscheinlich, weil es das ist, was ich seit mehr als fünfzehn Jahren machen wollte. Seltsam, nicht wahr?«

Loipersberger erwartete keine Antwort. Er lächelte einfach versonnen vor sich hin und nuckelte am Strohhalm wie ein kleiner Junge. Beim Erzählen wanderte sein Blick über die Dächerkulisse des Stadtzentrums.

»Und jetzt kann ich ein Stück mehr bei mir sein, seitdem ich nicht mehr tun muss, als könnten mich alle meine weiblichen Fans heiraten. Mira war eine gute Tarnung. Sie hat davon profitiert. Ich habe viel Geld für ihre Afrika-Projekte gespendet. Wir mochten uns wirklich. So wie Bruder und Schwester. Das mit dem inszenierten Foto, dieser Handy-Leaks-Sache, das tut mir im Nachhinein sehr leid. Ich dachte damals, das sei die beste Methode, um die Diskussionen über meine sexuelle Orientierung zu beenden. Wenn man in einer tiefen Lüge feststeckt, geht es meist nur noch tiefer hinein, obwohl es meist am gescheitesten ist, reinen Tisch zu machen.«

Loipersberger lächelte, als hätte er eben etwas über sich erfahren. »Wir wussten übrigens nicht, dass Mira zu diesem Zeitpunkt schon tot war. Und dann traf das auch noch zusammen mit dem Leichenfund. Ich werde den Geldhahn jetzt nicht abdrehen, sondern weiter etwas hergeben für vernünftige Dinge in Ostafrika. Mich selbst interessiert das alles, ehrlich gesagt, überhaupt nicht. Aber Hubertus kümmert sich darum. Der war mal in Tansania und versteht Mira viel besser. Nur damit Sie nicht glauben, ich wäre sozial völlig daneben.«

Wieder riss Loipersberger seinen Blick vom grünen Kuppeldach des Doms los und sah die junge Polizistin an.

Zum ersten Mal fühlte auch sie sich in Gegenwart des Musikers wohl. »Es gibt immer einen Ausweg. Fast immer«, sagte sie.

61

Franco hatte seinen Widerstand gegen ein neues Haustier aufgegeben. Woraufhin Felix in einen indianischen Freudentanz ausgebrochen war. Felix sollte seine Katze haben. Weinmeister hatte sofort zugesagt, mit ihm ins Tierheim zu fahren und ein Tier auszusuchen, obwohl der tolpatschige Statistiker im Umgang mit Katzen zuletzt kein besonders gutes Händchen bewiesen hatte.

Am späten Freitagnachmittag ließ Moll eine dreistellige Summe in einer Zoohandlung, um eine Katzenkiste zu kaufen, ein paar Säcke teure Streu und ein paar Spielsachen für den Wohnzimmertiger. Im Supermarkt daneben erstand er zwei Sixpacks. Die würde er mit Weinmeister aller Voraussicht nach auch noch brauchen. Mit Ausnahme der letzteren Utensilien deponierte er alles in Felix' Zimmer.

Als Felix läutete, atmete Franco noch einmal tief durch. Er bemühte sich, die Tür mit einem Lächeln zu öffnen. Was ihm sein Sohn da mit ausgestreckten Händen entgegenhielt, war tatsächlich nicht dazu angetan, schlechte Laune zu machen. Es war ein kleines, rot-weiß getigertes Fellbündel, das ihn neugierig ansah. Ein Ohr war deutlich kleiner als das andere, was der Katze ein fast spitzbübisches Aussehen gab.

Franco deutete lachend auf das kleinere Ohr. »Ah, eine Montagskatze. Sie wurde offenbar nicht richtig zusammengebaut.«

Im selben Augenblick schlug ihm das Tier schon neugierig auf die Finger, ohne ihn zu kratzen.

Weinmeister hob seinen Gipsarm hoch und verdrehte die Augen über Francos Bemerkung.

»Hast du Hook was zu essen gekauft?«

»Hook?«, fragte Franco. »Warum Hook?«

»Weil er ein bisschen rostig wirkt. So wie der Abschleppwagen aus Cars«, erklärte Felix.

»Das mit dem Essen … an alles habe ich gedacht, nur nicht an Katzenfutter.«

Franco ging in die Küche und sah sich verloren um. Sein Blick blieb an der Kühl-Gefrier-Kombination hängen.

»Katzen essen doch Fisch. Was ist, wenn ich für euch Fischstäbchen brate?«

Felix nickte vehement.

»Für mich auch«, sagte Weinmeister und ließ sich erschöpft auf einem Stuhl nieder. Mit Daumen und kleinem Finger deutete er in Richtung Franco eine Trinkbewegung an. Der stellte umgehend zwei Flaschen auf den Tisch. Weinmeister öffnete sie mit einem kleinen Taschenmesser, das er nicht einmal ausklappte. Er schoss den Deckel einfach weg. »Ich kann zwar noch immer nicht mauern, aber das habe ich in den Ferien mal auf dem Bau gelernt.«

Fünf Minuten später brutzelten Fischstäbchen in der Pfanne, und im Backrohr versuchten Fertigpommes, ein bisschen Farbe anzunehmen. Die Katze fegte währenddessen durch die Wohnküche, unmittelbar verfolgt von Felix, und biss Franco immer wieder mal in die Ferse, als wäre die gerade ihr bevorzugtes Beuteobjekt.

»Habt ihr eine Pflegeanleitung für den Kleinen mitgenommen?« Zum wiederholten Male schüttelte Franco den Kater mit den zwei weißen Hinterpfoten von seinem Fuß. »Wie heiß können wir ihn waschen? Und darf man ihn schleudern? Oder gehört er in den Trockner?«

Weinmeister tippte sich an die Stirn. »Jetzt sei endlich mal ein Vorbild für deinen Sohn. Felix hat eine Chance verdient, da ihn das Leben schon mit einem problematischen Vater gestraft hat.«

Felix ignorierte das Geplänkel und rollte einen blauen Ball über den Boden, dem Hook wild nachjagte. Franco wendete die ersten zwölf Fischstäbchen. Eine angebrochene Packung lag noch auf der Arbeitsplatte der Küche.

Während die erste Partie der geometrischen Meeresfrüchte auf einem Teller samt Küchenkrepp in der Mitte des Esstisches auskühlte, meldete der Ofen mit einem Piepton, dass auch die Pommes frites einen gesunden Teint erhalten hatten.

Mit dem rot-weißen Kater auf dem Schoß setzte sich Felix zum Tisch. Hook schien kein Kind von Geduld. Er hüpfte von Felix' Beinen auf die Tischplatte und krallte sich sofort zwei Fischstäbchen. Mit einem feinen Wehlaut vermeldete er, dass die Temperatur der Beute noch nicht auf Katzenniveau gesunken war.

»Jetzt weiß ich, warum er Hook heißt«, kommentierte Franco die Szene. »Weil er sich alles selbst angelt. Vielleicht sollten wir ihn mal an den Leopoldskroner Weiher zum Fischen mitnehmen. Dort kann er dann einen auf Selbstversorger machen und sich sein Futter selbst besorgen. Was ich optimal finden würde.«

Felix schob sich vorsichtig ein Fischstäbchen zwischen die Zähne. »Hook wird uns sicher noch viel Spaß bereiten.«

Davon war Franco überzeugt. »Und wenn er den Spaß außerhalb seiner Katzenkiste macht, räumst du ihn weg, ja?«

Weinmeister nahm einen tiefen Schluck Bier. »Mir ist eigentlich ein Rätsel, warum du der Trinker in eurer Kleinfamilie bist. Felix hätte mit dir viel mehr Grund dazu.«

62

Oberhollenzer legte wortlos ein großformatiges Farbfoto auf Molls Schreibtisch und ging dann zur Espressomaschine, um zwei kleine Tassen schwarzen Kaffee zuzubereiten. Konzentriert sah er auf den dünnen braunen Strahl aus der Maschine. »Habe ich eben von der Gerichtsmedizin bekommen«, sagte er leise.

Im Hintergrund hörte Pelegrini via Handy Lofts neues Lied. Franco erkannte den Refrain wieder. »You are my obsession, a deadly fatal passion, which I cling to, since I can't stand life without you«. Der Text passte irgendwie zu dem Bild, auf das er wie betäubt starrte. Es zeigte den Oberschenkel einer Frau, in den ein Abschiedsbrief eingeritzt war. »Ich spüre die Erde unter mir nicht. Vielleicht kann ich am Himmel oben etwas fühlen.«

Die Sätze liefen vom Knie in dreieinhalb Zeilen bis zur Leiste hinauf. Im Hintergrund war deutlich erkennbar, dass der Körper auf einem Tisch der Gerichtsmedizin lag.

Oberhollenzer stellte den Espresso schweigend vor Moll hin.

Moll hob den Blick. »Bettina?«

Oberhollenzer nickte.

Bettina. Die Frau vom anderen Planeten. Die Frau mit der anderen Umlaufbahn. Die Borderlinerin.

»Insulin. Sie war jetzt nicht mehr in der geschlossenen Abteilung, sondern in einem offenen, betreuten Projekt. Scheinbar hat sie einer Mitpatientin, mit der sie gut konnte, die Spritze und die gesamten Insulinvorräte ausgespannt. So machen es sonst nur Ärzte. Soll ein angenehmer Tod sein.«

»Bettina war Biologin. Sie hat sich ausgekannt. Sie hat mal mit Tieren und Insulin gearbeitet.« Moll starrte wieder auf das Foto. Nein, Bettina hatte ihre Beine nicht auf den Boden bekommen.

Oberhollenzer nahm das Bild wieder weg und schob es zurück in einen gelben Umschlag.

Pelegrinis Handy gab einen unbekannten Ton von sich. »Viertel vor zwei«, rief die Polizistin und stoppte Lofts neuen Hit. »Schlögel zeigt uns jetzt die Kaverne, wo er Krainer umgebracht hat. Los geht's. Holen wir ihn.«

Der Almmeister hatte den Beamten nach seiner Festnahme keinerlei Schwierigkeiten mehr gemacht und ihnen bereitwillig jede Auskunft gegeben. Mit der Inszenierung auf dem Wasserrad hatte er den Verdacht auf seinen jungen Nebenbuhler, den Theatermann, lenken wollen. Eine Dummheit, wie er im Nachhinein sagte. Erst als er Krainers Leiche in der offenen Almpassage unter der Festungsbahn deponierte, war ihm die Idee gekommen, eine falsche Spur vierhundert Meter almaufwärts zu legen und deutlich sichtbare Fasern von Krainers Kleid beim Eingang zum Stiftsarmstollen zu deponieren und den Rechen abzumontieren.

Just dieser Rechen war es gewesen, der Moll irritiert hatte, ohne dass er einen Grund hätte nennen können. Bei seinem Spaziergang mit Felix hatte er kaum seine Hand zwischen den Gitterstäben durchstecken können. Ein fehlendes Eisen hätte die Funktion nicht beeinträchtigt. Umso weniger plausibel war es gewesen, dass Schlögel diesen Schutz entfernt hatte – für eine Reparatur, die genauso gut ein paar Wochen später, zur Zeit der Almabkehr, durchgeführt hätte werden können.

Kuno Schlögel war mittlerweile in die Justizanstalt in der Schanzlgasse überstellt worden. Statt zu Fuß über die nahe Nonnbergstiege zur Kaverne hinaufzusteigen, nahmen Schlögel, begleitet von zwei Uniformierten, und das Polizisten-Trio einen Bus der Justizwache. Er transportierte die Gruppe über das alte Nonntal und die Nonnberggasse bis zum kleinen Platz hinter dem Ehrentrudistor unter der Abtei der Benediktinerinnen.

Schmids Leute hatten die Felskammer bereits aufgearbeitet. Vor der abgesperrten Gittertür links unter dem Tor warteten unter anderem der Untersuchungsrichter samt Staatsanwalt und Brigadier Gokl.

Ein Mitarbeiter des Almvereins ließ die Gruppe in die Kaverne. Vorsichtig gingen die Leute über den Felsschutt. Rechts am Boden lief eine Reihe von Leitungen durch die Höhle, so wie früher die Wasserrohre, die den Residenzbrunnen aus einem Speicher oberhalb des Brunnhauses mit Wasser versorgen und zum Sprudeln hätten bringen sollen. Schweigend ging die Gruppe in das graugelbe Felsloch. Überraschenderweise war es nicht ganz dunkel. In der Mitte der Kaverne ließ ein Fenster im Felsen einen Blick auf das alte Nonntal zu und brachte Licht in die Steinhöhle. Wahrscheinlich hatten die Knappen durch dieses Fenster bei den Bauarbeiten den Felsschutt entsorgt.

Auch von Obdachlosen fanden sich zahlreiche Spuren. Einer der Gründe, warum die Kaverne irgendwann einmal verschlossen worden war. Die grüne Doppelliterflasche, mit der Schlögel Mira Krainer tödlich verletzt hatte, hatte die Tatortgruppe 1 längst mitgenommen.

Schmal und eingefallen stand Schlögel zwischen zwei tragbaren Scheinwerfern. Mit einer Plastikflasche demonstrierte er, ohne ein Wort zu sagen, wie er ein einziges Mal auf Krainer eingeschlagen hatte. Was danach passiert war, wusste er nicht mehr. Er konnte sich auch erst nach mehrmaligem Nachfragen erinnern, die Tote umgedreht zu haben. »Ich hielt ihren Blick nicht mehr aus«, gestand er leise. Einen Tag nach Miras Tod war ihm die Idee mit der falschen Spur zu seinem Nebenbuhler, Leon Sommers, gekommen. Deshalb hatte er sich über einen Freund zwanzig Liter Lebensmittelfarbe besorgt und hinter der Almpassage ins Wasser gegossen, als Teil der Inszenierung. Dazwischen hatte er immer wieder einmal lichte Augenblicke gehabt, in denen ihm der Wahnsinn seiner Tat und der Inszenierung zu Bewusstsein gekommen war. Aber der Hass auf den jungen Sommers war stärker gewesen als jede Vernunft. Mit dem Tod des Regieassistenten irgendetwas zu tun zu haben, bestritt er vehement.

»Ich war so enttäuscht«, murmelte Schlögel. »So enttäuscht von Mira. Sie war doch meine Tür zu einem anderen Leben. Und dann lässt sie mich fallen.«

Moll drehte der Szenerie den Rücken zu und stützte sich auf das Felsfenster. Er konnte das Dach des Hauses sehen, in dem er mit Felix unterhalb der Festungsgasse wohnte. Vielleicht war er zum Zeitpunkt des Mordes nur hundertfünfzig Meter Luftlinie entfernt gewesen.

Erst als er die Raucherstimme des Staatsanwaltes hörte, drehte er sich wieder um. »Und wie haben Sie die Tote zum Wasser transportiert?«, fragte der Anklagevertreter, der sich mit den Akten offenbar noch nicht intensiv auseinandergesetzt hatte.

Schlögel sah auf seine Füße und redete fast stimmlos. »Meine Frau spielt Hockey. Sie hat einen riesigen Rucksack. Dort habe ich Mira hineingepackt und die dreihundert Meter zur Almpassage hinuntergetragen.« Sein Gesicht zuckte kurz. Dann hatte er sich wieder unter Kontrolle.

»War sie so leicht?«

Der Almmeister nickte fast unmerklich und biss sich dann auf die Lippen. Sie hörten nicht mehr auf zu beben.

63

Ja oder nein? Was meinst du, Lea?«

Die Fünfjährige dachte kurz nach und beobachtete dabei das orangefarbene Fischstück, das sich eben von den Händen des Kochs weg auf die Reise gemacht hatte. »Nein.«

Felix nickte. »Dann sage ich diesmal ja.«

Gespannt verfolgten die zwei Kinder den Weg des Lachses auf dem Förderband. Als sich der gelbe Teller mit dem rohen Fisch dem nächsten Tisch näherte, wo Oberhollenzer direkt am Band saß, hob Felix die Hände. Er hatte die Daumen fest in seine Fäuste geklemmt.

Oberhollenzer sah den Fisch auf Reis kurz an und würdigte ihn keines weiteren Blickes mehr. Er zog an ihm vorbei in das Hinterland des Running-Sushi-Lokals.

»Gewonnen«, jubelte Lea. »Die nächste Portion Hummerchips gehört mir.«

»Okay«, antwortete Felix, »dafür wette ich, dass sich Oberhollenzer das nächste Schnitzel nimmt.«

Lea biss in ihre weiße Trophäe und bröselte dabei auf den Tisch. Als sie redete, verließ eine weitere weiße Wolke ihren Mund. »Jetzt gewinnst sicher du.«

Es war der zweite Freitag im September. Franco hatte Oberhollenzer zum Running-Sushi eingeladen und ihm versprochen, dass es dabei extra für ihn jede Menge Hausmannskost am laufenden Band geben werde. Tatsächlich hatte er den Koch gegen ein gutes Trinkgeld dazu gebracht, exzessiv Schnitzel, Rippchen und Hühnerflügel zu braten. Felix und Lea saßen näher bei der Küche, am nächsten Tisch sammelten neben den beiden Männern auch Martina Pelegrini und Melinda Glatt fleißig Miniteller. Seine Nachbarin, so Francos Überlegung, brauchte etwas kulinarische Abwechslung. Also hatte er an diesem frühen Freitagabend alle ins Running-Sushi verfrachtet. Leas Mutter war bei ihrem Kleinkind geblieben. Die schmale Fünfjährige mit den dunklen Zöpfen verstand sich offenbar wirklich blendend mit Felix. Zuvor hatten die Kinder mit Hook gespielt. Und Franco hatte schnell gewusst, welchen Wunsch die Kleine nach ihrer Rückkehr zur Mutter sofort äußern würde.

Oberhollenzer blieb seiner Linie treu. Zwar hatte er versprochen, ein Sushi oder Maki zu kosten, seine Absicht aber noch nicht wahr gemacht.

»Danke noch mal«, sagte Franco und prostete Oberhollenzer zu.

Der wuchtige Polizist hob sofort sein Glas. »Du bist zwar manchmal verrückt, aber so bist du mir trotzdem lieber als als tiefgefrorenes Filet.« Der Pinzgauer nahm einen tiefen Schluck.

»Eines musst du mir trotzdem noch sagen, Franco.« Oberhollenzer deutete mit dem Kopf zu jenem Tisch, an dem sie Bettina vor mehr als fünf Wochen zum ersten Mal mit ihren Ärmeln und dem roten Kleid gesehen hatten. »Hast du nicht gemerkt, dass Bettina da einen massiven Schaden hat?« Er tippte sich mit dem Zeigefinger an den Kopf.

Franco sah ihn an und konnte schon wieder ein bisschen lächeln. »Doch. Aber dann war ich mit ihr abends essen. Zuerst las sie die Speisekarte circa eine Viertelstunde lang und konnte sich nicht entscheiden. Dann bestellte sie zwei Gerichte. Als sie aufgetragen wurden, kostete sie vorsichtig und entschied dann, dass sie eigentlich keinen Hunger hatte. Mit großem Appetit aß sie dann nur von meinem Teller. Und da dachte ich mir: Sie ist eigentlich eine völlig normale Frau.«

Oberhollenzer prustete los. Pelegrini schlug Franco auf den Hinterkopf, konnte aber nicht umhin, ebenfalls zu lachen, während Glatt gespielt die Augen verdrehte und den Blick des massigen Polizisten suchte.

»Jetzt nimmt er ihn«, hörten sie Lea sagen.

Oberhollenzer drehte sich zu den beiden Kindern um. »Solange ihr auf mich wettet, lasse ich die Sushis im Kreis fahren, bis sie schwindlig werden. Und wenn ihr mir nicht endlich einen Teller Hummerchips überlasst, fessle ich euch beide mit meinen Handschellen an das Tischbein. Klar?«

Felix und Lea nickten betroffen.

»Was sind Handschellen?«, fragte Lea, ohne ihre Lautstärke zu verringern.

»Polizistenspielzeug«, erklärte Felix beiläufig und fühlte sich erfahren wie ein Fünfzehnjähriger. »Mein Papa hat auch welche.«

»Aha«, antwortete Lea und hatte ihre Frage schon wieder vergessen. Sie griff nach der nächsten Portion Hummerchips. Als sich Oberhollenzer in ihre Richtung drehte und nicht ganz dezent räusperte, stellte sie den Teller erschrocken zurück auf das Laufband. Den nächsten Tisch mit Oberhollenzer überlebten die weißen Cracker nicht.

Melinda Glatt schien Vergnügen daran gefunden zu haben, Fisch einmal in einem anderen Aggregatzustand als in einem Bröselanzug zu konsumieren. Und Pelegrini wirkte ebenso entspannt wie Moll.

In der nächsten Woche würde die Schule beginnen. In knapp fünf Monaten entschied sich mehr oder weniger Felix' Lebensweg. Je nach Halbjahreszeugnis konnte er entweder ins Gymnasium gehen oder eine Hauptschule besuchen. Das österreichisch-ständestaatliche Herz liebte es, Kinder bereits mit neun zu selektionieren. Aber im Moment machte die vierte Klasse Franco noch keine Sorgen. Nichts machte ihm derzeit Sorgen. Er lebte. Er liebte Felix. Und er würde irgendwann auch wieder eine Frau lieben. So richtig. Kitschig. Nicht intelligent. Sondern mit ganzem Herzen. Wie es sich gehörte.

Er grinste in sich hinein bei diesem Gedanken, weil er sich momentan auf angenehme Art frei fühlte, trotz aller Schatten, die irgendwo am Himmel standen.

Ein Mann mit zwei Kindern betrat das Sushi-Lokal. Franco glaubte ihn von irgendwoher zu kennen. Er hielt zwei Buben etwa in Felix' Alter an der Hand. Als der Mann an ihrem Tisch vorbeiging und Oberhollenzer sah, blieb er ruckartig stehen und beugte sich zu seinen Jungen hinunter. »Kinder, das ist heute kein guter Tag für Running-Sushi. Ich glaube, die sind nicht frisch. Und vor allem, heute gibt es sicher keine Hummerchips. Vor allem nicht für uns.« Damit machte er auf dem Absatz kehrt und zerrte die beiden Jungen unter Protest aus dem Lokal.

Danksagung

Besonders bedanken möchte ich mich bei Almmeister Wolfgang Peter, der mir viel über die Geschichte des Armkanals verraten hat, bei Thomas Rabitsch für seine Einblicke in das Toruleben und die Musikerpsyche sowie bei meinen Lektorinnen Andrea Hartmann und Kerstin von Dobschütz für ihre intensive und überaus angenehme Arbeit mit mir und dem Manuskript.